클럽 DSLR

클럽 DSLR

초판 1쇄 발행일 2017년 3월 15일

지은이·최예원
펴낸이·김종해
펴낸곳·문학세계사

주소·서울시 마포구 신수로 59-1(04087)
대표전화·02-702-1800   팩시밀리·02-702-0084
이메일·mail@msp21.co.kr
홈페이지·www.msp21.co.kr
페이스북·www.facebook.com/munsebooks
출판등록·제21-108호.(1979. 5. 16)

ISBN 978- 89-7075-849-7 03810

이 도서의 국립중앙도서관 출판예정도서목록(CIP)은 서지정보유통·지원시스템
홈페이지(http://seoji.nl.go.kr)와 자료공동목록시스템(http://www.nl.go.kr/
kolisnet)에서 이용하실 수 있습니다. (CIP제어번호 : CIP2017005394)

한국출판문화산업진흥원의 출판콘텐츠 창작기금을 지원받아 제작되었습니다.

클럽 DSLR

최예원 소설집

문학세계사

　내 삶이 푸르던 시절, 존재의 본질로 산다는 것이 어떤 것일까 잠시 고민한 적이 있다. 한 사람에게서 그의 외적인 모든 가치를 다 벗겨 내고, 마지막 자존까지 다 덜어 내고, 비로소 애벌레처럼 무방비로 남은 무른 육신이 정말 존중받을 수 있는가 하는. 그래서 천착한 것이 바보에 대한 인간적 가치였다. 소설 「생존 게임」은 그래서 생겨났다. 누군가의 도움 없이는 결코 이 험난한 세상 속에서 살아남을 수 없기에, 사랑만이 존재의 가치를 의미화한다는 다소 그렇고 그런, 그러나 명백히 진실이기도 한 공벌레 같은 보잘것없는 것에 대한 애정. 나의 존재론적 상상력은 실체를 보지 못했기에 이후로도 지속되었다.

　어머니란 어떤 존재일까. 바보는 생각해 본 적이 없다. 까마득한 깊은 속에 채워 넣은 바보만의 가치 속에 허덕였기에, 바보는 눈앞의 사랑이 얼마나 완벽한 실체인지 알지 못했다. 그러나 완벽한 사랑은 동화처럼 따뜻하지도, 환상적이지도, 화려하지도 않았다. 바보에게 보인 사랑은 현실적이었고 참으로 진실하고도 헌신적이었으며 잔인하도록 아름다웠다.

　바보는 어머니가 자신을 보아 주는 것이 마냥 즐겁고 신났다. 그래서 바보는, 주인을 따르는 백구가 그러듯이, 겁 없이 세상에 대해

패악한 수다를 마구 쏟아 낼 수 있을 것만 같았다. 그런데 그런 어머니가 떠나고 바보는 세상을 보기가 낯부끄러워지기 시작했다. 부모 죽은 죄인이란 옛말이 있듯이, 바보는 고개를 들어 하늘을 보기가 부끄러웠다. 도덕적·윤리적 죄만 죄인 줄 알았던 바보에게 인젠 바보를 둘러싼 모든 것이 죄가 되었고, 글을 쓰는 것조차 죄가 되었다. 그래서 바보는 자신의 죄를 알기 전까진 글을 쓰지 않으리라 다짐하고 시간을 허송했다.

「클럽 DSLR」은 그런 바보가 문득 곁에 또 한 사랑이 있음을 깨닫고 오랜 침묵을 깨고 쓴 글이다. 사실 바보는 아직도 참사랑을 알지 못하고 온전히 죄를 이해하지도 못한다. '인생은 이렇소' 하고 세상에게 맛깔스런 답을 내어줄 만하지도 못한, 부족하고 허술한 무명 이야기꾼일 뿐이다. 노년이 살같이 성큼 다가온 지금, 바보는 또다시 무른 애벌레처럼 존재의 본질에 발가벗겨진 채 놓여 있을 뿐이다.

받은 사랑의 기억을 깨우며 바보에게 늦었지만 '이제 또다시!'라며 힘찬 손을 내밀어 준 이가 곁에 있었기에 조심스레 대화의 창을 열어 본다, 세상을 향해.

2017년 정월 금호강변에서 최예원

차례

누군가의 기억 속에 자신의 존재가 남아 있다는 게
꼭이 축복만은 아니리라. 특히 나의 기억 속에는 전혀 남아 있지 않은
타자의 머릿속에 내가 존재한다는 건
커다란 위협임에 틀림없었다.

클럽 DSLR

1

에이에프 105밀리미터의 마이크로렌즈에 포착된 잠자리의 눈알은 기이하다 못해 섬뜩한 면이 없지 않다. 고생대 석탄기, 그 태고의 화석에서 방금 깨어나 시공을 건너 이곳에 나타난 것만 같은 원시 사냥꾼 메가네우라의 타고난 위압감으로 가득 찬 대형 겹눈. 그것은 2만여 개의 촘촘히 박힌 낱눈들과, 정수리에 달린 세 개의 거대한 헤드라이트들을 굴리면서 모니터 밖 차 안의 세계를 음흉하게 내려다보고 있었다. 어느 날부터인가 제 몸보다도 더 거대하게 발달한 이 낯익은, 그러나 낯설기 그지없는 곤충의 눈알들이 그의 시점을 통해 우리들 앞에 나타났을 때 개발실 직원들의 반응은 뜨악했다.

"기분 나쁘게 이건 또 뭐야. 이걸 사진이라고 올린 거야? 요즘은 개나 소나 DSLR 카메라에 값나가는 렌즈만 있으면 아무

사진이나 찍어 올려 대며 작가연하니 참 한심한 노릇이야. 프레임 기초도 못 잡는 주제에 말이야!"

클럽 갤러리를 가득 메운 기이한 잠자리 사진을 보고 제일 먼저 입을 뗀 이는 콘텐츠 개발 담당 직원 김유이였다. 3년 동안 주식회사 '렌즈맨 커뮤니티LENSMAN COMMUNITY'에서 일해 오면서 웹사이트의 이런저런 게시물들을 관리하고 편집하는 일을 맡아 온 그였기에, 개성적인 사진들에 대해 익숙해질 대로 익숙해진 그였다. 그런 그가 그다지도 유별난 반응을 보이는 것으로 보아, 좋은 쪽으로든 나쁜 쪽으로든 그것이 범상한 사진만은 아닌 게 분명한 듯했다.

사람의 시선을 끌려고 고의로 왜곡했을 법한 몇 장의 사진에 담긴 곤충의 상체는 광각으로 일그러져 실제보다 더 거대하게 보이기도 했는데, 그런 식으로 사실寫實성을 파괴하고 왜곡을 극대화한 사진들에 대한 김유이의 비판은 더욱더 혹독했다.

"이 사진가 분명히 정서적으로 문제가 있는 사람인 게 틀림없어. 하늘이 내린 자연의 아름다움을 고의로 파괴하려고 작정한 사람이 아니고서야 어떻게 이렇게 왜곡된 시각에서 곤충을 조명할 수가 있겠어! 이런 식으로 기이하게 나가다가 나중에는 날개 하나쯤은 고의로 뜯어 놓고 사진을 찍어 올릴 것 같은데. 아니 어쩌면 아예 저 거대한 눈이 달린 머리를 통째

바닥에 떨어뜨려 버릴지도 모르지, 모니터를 단두대 삼아서 말이야…….”

김유이는 무언가 참을 수 없다는 듯 마우스 휠을 신경질적으로 돌렸다. 그가 스크롤 바를 끌어내리자 특이한 접사 곤충 사진들이 엮인 굴비인 듯 줄줄이 모니터에 나타났다가는 위로 사라졌다. 갤러리에 올라온 잠자리 연작물이 사라지고 다른 회원이 올린 보라색 사랑초 꽃망울로 화면이 바뀌는 데에 30초는 족히 걸린 듯했다. 서버가 막힘이 없는 아침 시간대였으므로 가로 세로 여덟 줄의 미리보기 게시판의 서너 쪽은 넘긴 게 분명했다.

그것이 제아무리 그의 취향과 어긋난다 할지라도, 갤러리에 올라온 사진 파일만으로 얼굴도 모르는 사진가의 정신까지 감정해 대는 것은 좀 지나쳐 보였다. 그래서일까. 김유이가 보이는 그 반응에는 어떤 사적인 감정이 숨어 있는 것이 아닐까 하는 의구심마저 들 정도였다. 마치 와우 놀이터에서 자신과 적이 된 오크와 대적한 사람이 게임에서 대패한 후, 우여곡절 끝에 아이디를 알아낸 적들과 컴퓨터 밖 현실의 세계에서 마주친 것처럼 그의 말투에는 시비를 거는 사람의 독기 같은 것이 배어 있었다.

“저 정도야 접사 시각치고는 그리 특이한 것도 아닌데 뭘 그래요. 이런 사람들의 적극적인 활동 덕분에 사이트가 움직이니 오히려 대견하게 봐 줄 일이지 않나?"

　김유이의 등 뒤에 바짝 붙어서 함께 모니터를 보던 계대해
는 너그러운 체하며 그의 말에 이의를 달았다. 계대해의 부드
러운 목소리가 김유이의 목덜미를 초록 애벌레처럼 스멀스
멀 스치는 듯했다. 김유이는 표정을 살피느라 자신의 옆얼굴
을 뚫어지라 쳐다보는 계대해의 눈을 의식적으로 피했다. 하
지만 목덜미에 스치는 후더분한 입김만으로 계대해가 자신의
생각을 그에게 은근히 강요하고 있음을 눈치챘다. 계대해는
무슨 일이건 늘 판단을 사원들에게 맡기는 편이지만, 그의 말
투에 '그렇지 않나?'라는 말꼬리가 따라붙을 때엔 사정이 달
랐다. 부드럽고 온화한 청유형 말투 속에 감춰진 알 수 없는
강한 위압감으로, 그는 사원들의 판단을 자신의 심중心中으로
은근히 유도하곤 했던 것이다. 김유이는 계대해의 그런 속성
을 너무 잘 알고 있었다.

　"여긴 프로 작가들의 장이 아니라 아마추어들의 놀이터야.
자유로운 공간인 만큼 그 정도의 숨 쉴 틈은 주어야 사이트가
돌아가지 않겠어?"

　계대해는 자신의 말이 필요 이상으로 길어지는 것을 느꼈
지만 중단할 수가 없었다. 이상한 일이지만 계대해는 김유이
가 자기 주장을 강하게 내세울 때마다 지나치게 말이 많아졌
다. 상관의 권위로 단 한 마디의 명령만 하면 쉽게 해결될 일

이었지만 계대해는 그런 강압을 쓰지는 않았다. 그것이 야만적 경영이라 생각해서이기도 했지만, 그보다는 어쩌면 계대해는 자신이 김유이와 같은 단순한 영혼들을 아주 잘 다룰 줄안다고 착각하고 있었던 것인지도 몰랐다.

"아무리 접속률이 중요하다 해도, 이건 아니지요. 세상에는 질서라는 게 있고, 보편적 정서라는 게 있지요. 이 사람은 그런 것들을 흐뜨러트리는 걸 무슨 대단한 파격으로 여기는 모양인데, 그건 파격이 아니라 파괴라고 봐요, 난……."

김유이는 계대해가 상업적 발상으로 온라인의 세계를 지나치게 관대하게 운용한다고 생각하는 게 틀림이 없는 듯했다. 그래서인지, '대단한 파격'이라는 말을 강조하는 그의 어투에는 사진을 평가하는 계대해의 시각에 대한 노골적 불만이 배어 있었다.

"하지만 유이, 모든 세상 사람들의 미적 기준이 당신 같지는 않지 않겠어? 자신의 미적 시각을 지나치게 신뢰하는 것도 일종의 오만이야!"

계대해는 자신도 모르게 말이 길어지자 약간은 짜증 섞인 목소리로 대꾸했다.

김유이가 불쾌하기 그지없게 여기는 곤충 사진의 구도나 시점에 비록 과장이 심한 아마추어적인 결함이 있다 해도, 클럽 사람들의 이목을 집중시킨 것만은 분명했기에, 접속자의 수에 비례해 광고료를 받아 내야 하는 경영자인 계대해로서는 그런 인간의 유용성을 간과할 수는 없었다. 평범한 것을 문제화시키는 재주. 그것은 가끔 인터넷의 세계를 특이한 과열 상태로 이끌어 가고, 그런 주의를 자주 끌수록 클럽의 대외적 관심도는 올라갔던 것이다.

계대해의 완강한 태도에 김유이는 자신의 주장이 옳음을 증명해 보일 필요를 느꼈는지, 스크롤 바로 넘겨 버린 예의 그 잠자리 사진들을 모니터로 다시 불러내기 위해 마우스 위의 검지를 바쁘게 움직였다. 그 사이 갤러리에 새로운 사진들이 올라오는 바람에, 몇 장의 게시물을 넘기고도 문제의 사진은 나타나지 않았다. 김유이는 하는 수 없이 검색란에 사진가의 클럽 가입명을 직접 쳐 넣었다. 대세는 전략. 그것이 잠자리 사진가의 활동 닉네임이었다.

"이런 이런…… 내 이럴 줄 알았지. 이 작자 원래부터 취향이 이랬었다니까. 그러면서 무슨 예술가연 하는 거야!"

김유이는 자신이 건져 올린 '대세는 전략'의 과거 전적을 개발실 직원들에게 까발히기라도 하려는 듯 모니터가 잘 보이도록 한쪽으로 비켜 앉았다. 그러자 모니터 위에는 승용차를 배경으로 다양한 자세를 취한 반라의 여성 모델들의 사진들이 떠올랐다. 잠자리 사진가의 초기 작품들이었다. 수백 개의 미리보기 사진 중에서 가장 평범한 사진은 카메라로 얼굴을 가린 채 거울을 향해 플래시를 터뜨리는 인물 사진과 인사동 쌈지길 사진 하나가 다였다.

"이거 봐요. 썸네일이 아주 레이싱걸들로 도배를 했잖아. 그러면서 무슨 자기가 특별한 감각의 예술가인 체하냐는 말이지!"

김유이는 의기양양해서 '대세는 전략'의 본색을 과장하려 애썼다.

"그게 뭐 어때서, 여기 클럽 사람들치고 레이싱걸 사진에 빠지지 않은 사람이 어디 있나. 공짜 모델 출사 기회라고 좋아들 하지 않나?"

계대해는 김유이가 열을 올리며 '대세는 전략'에 매달리는 게 재미있어서 은근히 '대세는 전략'을 두둔하며 말했다.

"그게 나쁘다는 뜻이 아니라, 이 작자는 클럽에서 화제가 되는 소재만 골라 다니면서 사진을 찍어 올리고 있다는 얘기를 하자는 거지요. 작가 정신 어쩌구 하는 건 다 거짓이고, 이 자는 단지 유행을 좇아 사진을 올리는 것뿐이라는 거지요! 여기 보세요. 이 사람 처음 가입하고 나서 한 활동 행적들."

김유이는 자신이 사람의 내심을 제대로 파악하고 있다는 것을 계대해에게 밝히려고 애쓰며 게시판의 관리실로 접속했다. 그리고는 '대세는 전략'의 아이피IP 추적을 통해 그가 올린 다른 글들도 모두 찾아내었다. 과연 그의 말대로 '대세는 전략'이라는 자는 여러 가지의 가명으로 차명 가입한 흔적이 있었다. '점잖은 신사'라는 가명으로 활동했던 초기에는 전혀 작품 활동을 하지 않고 단지 자유 게시판에서 점잖지 못한 농담글을 올린 것이 활동의 전부였다. '집 나간 수도승'이라는, 종교적으로 다소 무례한 가명으로 활동할 즈음에는 개신교 관련 글에 악의적 댓글을 다는 사람들을 따라다니며 수도승다운 중용을 충고하고 다니기도 했는데, 그 충고라는 것이 진지하다기보다는 가벼운 말참견에 더 가까웠다. 그다음 '수집가'라는 이름으로 활동할 시기에는 클럽 장터에서 중고 카메라를 사고파는 일로 시간을 보낸 듯했다. 개중에 몇 건은 '되팔이'를 해서 이문을 남긴 듯한 흔적도 있었다.

"어떻게 할까요?"

김유이는 얼굴을 치올리며 당당하게 계대해에게 말했다. 차명 아이디 가입과 '되팔이'는 클럽 관리 규정상 징계나 제명 대상이었으므로 '대세는 전략'에게 징계 처분을 내리겠다는 뜻이었다. 계대해는 그의 그런 의도를 알면서도 아무런 대꾸를 하지 못했다. 일부러 대답을 미룬 채 그를 피해 사무실 구석에 놓인 원탁으로 향하자 김유이의 시선도 덩달아 따라왔다. 계대해는 대답 대신 탁자 위에 놓인 전기 주전자를 만지작거리며 시간을 끌었다. 그러자 김유이가 멀찍이 앉아서 다시 한 번 "예에!"라며 재촉했다. 그의 재촉을 의도적으로 피하려고 반대쪽으로 시선을 돌리자 이번에는 서랍장 위의 주방장이 그를 대신해서 계대해를 주시했다. 사람을 빤히 쳐다보는 듯한 큰 눈을 가진 주방장 머리 모양의 그것은 연전에 김유이가 중국 여행을 갔다 기념으로 사 온 싸구려 도자기 녹차함이었다. 머리 위로 티백을 넣으면 각휴지를 빼듯 입으로 그것을 하나씩 꺼내 쓰는 그런 함이었다. 통이 비어서인지 가로로 길게 찢어진 주방장의 입이 계대해가 머뭇거릴 때마다 마치 비웃는 듯 야릇한 공명이 울리는 것 같았다. 계대해는 서랍장에서 녹차 티백 한 통을 꺼내어 신경질적으로 그것을 뜯었다. 그런 다음 티백을 한 움큼 쥐어 주방장의 머리 뚜껑을 열어 꾹꾹 쑤셔 넣었다. 그는 비웃고 있던 주방장의 입에서 복수를 하듯 티백 하나를 꺼내어 잔에 담았다. 그런데 주전자의 물을 잔에 채우려면 김유이 쪽으로 다시 돌아서야만 했다. 어쩐지 아직도 김유이가 그의 뒤태바라기를 하고 있을 것만 같아 그는 잠시 머뭇거리다 하릴없이 몸을 틀었다. 아니나 다를까 줄곧 그의 일거수일투족을 좇았는지 그가 돌아서기가 무섭게 김유이의 시선이 부딪혀 왔다. 김유이는 그 순간을 놓치지 않고 공격하듯 약간은 건방지게 말을 쏘았다.

"대장, 어떻게 할까요."

턱을 한껏 위로 치올리며 말하는 김유이의 어조는 조금 전보다 더 강렬했다. 그렇지 않아도 살 없이 세모진 그의 턱이 더 뾰족하고 날카로워 보였다. '대장이 지금 무슨 생각으로 꾸물대는지 다 아니 그만하시구려!' 하는 듯한 그런 얼굴로 그는 계속해서 뾰족한 턱을 내민 듯 치올린 채 상사의 결단을 종용했다. 그 뾰족한 턱은 마치 아름작거리며 야비하게 머리를 굴리고 있던 계대해의 이마를 찍어 내릴 듯 당당하고 자신만만해 보이는 것도 같았다. 김유이의 뒤로 보이는 삼성의 로고가 그려진 네모난 패널의 모니터에는 전리품처럼 '대세는 전략'의 전적들이 꼼짝없이 붙들려 있었다. 티백 봉지로 재갈을 물려 버리고 싶은 충동을 참으면서 계대해는 마침내 침묵을 깨고 김유이에게 대꾸했다.

"꼭 그래야만 하나? 그다지 악의가 없어 보이는 행적들이기도 하고 그의 활동이 클럽에 생기를 주고 있으니만큼, 내 생각엔 기회를 주는 차원에서 좀 더 두고 보는 게 어떨까 하는데……."

김유이의 저항에 대비해 그는 일부러 목에 힘을 주어 강한 어조로 말했다. 미리 기선 제압을 할 양에서였다. 그러나 그 의도와는 달리 김유이는 전혀 기세가 꺾이지 않은 채 그에게 반격을 시도했다.

"하나를 깨기 시작하면 둘, 셋, 넷이 깨지는 건 시간 문제라고 봐요. 이 자는 이미 두 가지나 되는 중요한 규칙을 깬 사람이니 본보기 차원에서라도 징계를 하지 않으면 클럽의 수많은 다른 사람들을 통제하는 데에도 어려움을 겪게 될 겁니다."

김유이의 말이 틀린 건 아니었다. 계대해는 김유이가 옳은 소리를 하고 있다는 사실을 알면서도 선뜻 그가 하자는 대로 따를 수가 없었다. 이미 언급했다시피 클럽의 운영 수입은 접속률에 따른 것이며, 범상한 이들보다는 '대세는 전략'과 같은 문제성을 지닌 이들이 오히려 사람들의 이목을 많이 끄는 회원인 까닭이었다. 대부분의 회원들이 올리는 카메라 관련 사용기나 좋은 작품들이 미치는 효과는 '대세는 전략'과 같은 이들이 문젯거리를 한 번에 터뜨렸을 때에 오는 영향력과는 비교가 되지 않았다. 그랬기에 그 자리에서 결단을 내리는 게 그리 간단한 일은 아니라는 걸 알면서도 집요하게 '대세는 전략'의 징계를 요구하는 김유이의 행동에 대해 계대해는 짜증이 나기 시작했다.

"자네 말이 무슨 뜻인지는 당연히 나도 알아! 하지만 신고도 들어오지 않은 마당에 굳이 운영진에서 미리부터 그를 제재할 필요는 없지 않나? 자네만 세상 깨끗하게 사는 줄 아나 본데, 나도 원칙은 지킬 줄 아는 사람일세. 자네가 처음 '고도리'라는 가명으로 클럽 활동을 했던 시절을 생각해 봐. 야동을 단골로 올리며 징계는 도맡아 당했었지 않나? 적어도 '대세는 전략'이라는 자는 야동은 안 올리더구먼!"

마지막 말은 하지 않는 게 나았을 걸 그랬다. '고도리' 시절의 그의 전적 얘기를 꺼내자 김유이의 얼굴이 어둡게 일그러졌다. 계대해는 그가 '고도리' 시절의 이야기에 그렇게 민감하게 반응하리라고는 미처 예상치 못했다. 초기 클럽의 회원들 거개가 서른을 넘긴 노총각들이라 '선데이서울' 수준의 사진이나 동영상 따위를 올리는 건 예삿일이었다. 작금에 와서야 회원 백만을 넘기고 연령층이 다양화되면서 성인물은 징계 대상이 되었고, 누드 사진의 경우는 성인 인증을 받게 규정을 바꾸게 된 것이었다. 그러니 그의 과거 전적이 문제 삼을 만큼 부끄러운 일은 아니었다. 그런데도 어쩐 일에서인지 김유이는 자신의 과거 활동 전적에 대한 언급에 대해 지나치게 민감하게 반응했다.

"그래요! 대장이 정 그렇게 생각하신다면야 저도 도리가 없죠!"

김유이는 더 이상 말이 없었다. 무언의 시위를 하듯 상사에게서 등을 돌려 모니터를 향해 머리를 박은 채 가만히 있었다. 회색 점퍼를 걸친 그의 등 돌린 뒷모습이 어쩐지 스스로는 영원히 돌아서지 않을 것 같은 굳은 석고처럼 움직임이 없었다. 무엇 때문이었을까? 어떤 예감 같은 것이 퍼뜩 스쳐 지나가며 계대해는 순간 그에게서 싸늘한 그 무엇인가를 느꼈다. 마치 미랭시를 본 느낌이랄까? 잠시 스쳐간 정체를 알 수 없는 그 섬뜩함은 그러나 주전자에서 물이 끓는 소리와 함께 이내 사라졌다. 끓는 물을 붓고 찻물이 우러나오기를 기다리면서 그는 다시 한 번 김유이를 쳐다보았다. 어쩐지 방금 느꼈던 알 수 없는 그 섬뜩함의 정체를 확인해야 할 것 같아서였다. 김유이는 여전히 등을 돌린 채 말이 없었다. 그러나 그의 그 섬뜩했던 뒷모습은 어느덧 아주 평범한 20대 후반의 젊은 어깨로 변해 있었다. 문득 그의 오른쪽 팔꿈치가 움직이는 게 보였다. 마우스 휠을 돌리는지 그의 어깨너머로 보이는 싱크마스터 모니터 위에는 잠자리의 커다란 눈알이 점점 확대되어 거대한 눈만 남은 듯했다. 그가 마우스 휠을 돌릴 때마다 사냥을 꿈꾸는 잠자리의 눈은 점점 거대해져 종국에는 서버가 있는 온 사무실을 수억 개의 홑눈들로 점령해 버릴 것만 같았다. 마침내 잠자리의 홑눈들이 그물처럼 사무실 전체를 뒤덮어 버리자 그의 팔꿈치의 움직임도 멈추었다.

2

두 평 남짓한 고시원 쪽방 816호. 동쪽 구석에 있는 1인용 독서대 책상 위에는 좁은 방에 어울리지 않는 27인치 최신형 싱크마스터 모니터가 자리를 차지하고 있다. 모니터의 이마에 달린 외눈박이 화상 카메라로 주사走査된 방의 내부는 실시간으로 화면 가득 뿌려지고 있어, 마치 외부에 은 회칠을 한 유리 캡슐의 안처럼 방 안의 모든 것이 그 위에 적나라하게 드러났다. 만일 누군가가 멋모르고 쪽방에 발을 디뎠다면, 방 전체가 흡사 모니터에 의해 감시당하는 듯한 시선에 불쾌감을 느껴 단 1초도 지체하지 않고 나가 버릴 그런 곳이었다. 그러나 김유이는 기이한 느낌을 주는 이 작은 방에 아주 만족해했다.

팔베개를 한 채 바닥에 등을 대고 누워 김유이는 책상 위의 모니터를 올려다보았다. 의자에 걸친 그의 발가락이 모니터의 하단에 조금 드러났다. 캠의 각도를 5도쯤 숙이면 그의 상반신까지 보일 듯했다. 그는 적어도 자신이 누워 있을 때만은 정체를 숨길 수 있도록 화상 카메라의 각도를 교묘하게 조절하여 장착해 놓은 것이었다. 혹시 실수로 컴퓨터를 켜 놓았을 때를 대비한 섬세한 장치였다. 그래서일까. 화상 캠의 커다란 외눈은 사팔뜨기처럼 약간 위로 치뜨고 있어 모니터에 비친 실내는 정면을 비출 때와는 사뭇 다른, 어딘지 무심한 느낌을 주었다. 약간은 비뚤어진 각도에 덜미를 잡힌 흑백 사진 하나가 모니터 위쪽으로 살짝 비쳤다. 회색의 나무틀에 알루미늄 장식 선을 가늘게 박은 간결한 액자의 오른쪽 하단에는 '미래를 날다/Y.I.K.'라는 시치미가 붙어 있었다. 김유이는 액자를 위로 더 올려 그 꼬리표가 안 보이게 하거나 화상 캠의 각도를 조금 틀어야겠다고 생각하면서 다리를 쭉 뻗어 의자의 등

받이까지 발을 올렸다. 그러자 의자에 가까스로 걸쳐진 그의 발이 모니터 하단에 익살스럽게 솟아올랐다. 발가락을 꼼지락거리면서 김유이는 그날 회사에서 있었던 일을 되올렸다. 계대해가 왜 그다지도 '대세는 전략'에 관대한지. 그리고 그는 정말로 '대세는 전략'이라는 자를 믿고 있는지. 아니면 단지 클럽의 이윤을 극대화시키기 위해 단순히 타협하고 있는 것인지. 그는 도무지 계대해의 속을 알 수가 없어 답답했다. 김유이가 보기에 요즈음의 계대해는 그가 처음 회사에 입사원서를 제출하고 면접을 갔을 때 보았던 그때 그 사람이 아닌 듯했다.

주식회사 '렌즈맨 커뮤니티'에 처음 면접을 보러 가던 날 김유이는 첫인상에 지나치게 신경을 쓴 나머지 오히려 낭패를 본 일이 있었다. 면접관에게 잘 보이려고 인터넷으로 주문한 수입품 왁스를 머리에 바른 게 화근이었다. 긴장된 마음으로 화사로 가는 지하철을 기다리는 중에 그는 문득 자신을 흘금흘금 쳐다보는 사람들의 뜨거운 시선을 느꼈다. 영문을 모르던 그는 한참이 지나서야 자신의 머리에서 역한 냄새가 난다는 것을 알았다. 나중에 안 일이지만 그가 산 왁스는 유명 상표를 모방해 공업용 왁스를 미용용으로 둔갑시킨 중국산 가짜 왁스였다. 긴장한 나머지 그는 왁스에서 유별난 냄새가 나는 것을 미처 알아채지 못한 것이었다. 되돌아가 머리를 감기엔 시간이 촉박했다. 그는 어쩔 수 없이 머리에 원유 찌꺼기를 떡칠한 몰골로 지하철을 탔다. 제발 그런 사소한 일로 인재를 몰라보지 않기를 바라며 그는 하릴없이 머리에서 역한 휘발유 냄새를 풍기면서 면접장으로 갔다.

"우리 회사는 카메라 장비를 중심으로 하는 포털 사이트이지만 사진과 관련된 많은 작업을 병행하는 곳인 줄은 알고 계시죠? 김유이 씨는 공모전에 사진 작품을 내보신 경력은 있으신가요?"

"……."

그는 아무 대답도 않은 채 약간은 교만하게 고개만 처들어 보였다. 김유이는 머리에서 나는 역한 왁스 냄새를 의식한 나머지 지나치게 어색하게 행동하는 자신을 느꼈지만 어쩐 일인지 제대로 된 처신을 할 수가 없었다. 면접관의 질문이 못마땅해서 그런 건 아니었다. 공모전에 대한 불쾌한 기억 하나가 언뜻 스쳐가 시너로 마비된 그의 의식이 더더욱 굳어져 버린 때문이었다. 그는 마치 냄새에 후각이 마비된 것이 아니라 뇌의 일부가 굳어 버린 듯 면접 시간 내내 온몸이 뻣뻣해지고 혀가 굳어 대답을 제대로 할 수가 없었다. 계대해를 제외한 세 명의 면접관들은 자신들에게 도전이라도 하려는 듯한 이 무뢰한에게 상당한 불쾌감을 느꼈다. 다행히도 계대해는 그런 그를 미소 띤 얼굴로 바라봐 주었다. 면접에서 얼어 버린 그의 모습을 순박하게 봐 준 그가 아니었다면 그는 아마도 단박에 탈락했을 터였다.

이렇듯 계대해에 대한 김유이의 기억은 남이 보기에 어느 면에서는 부족해 보일 듯도 한 그를 사원으로 뽑아 감싸 안을 정도로 배포가 넓고 마음이 넉넉한 사람이었다. 사실 김유이는 주식회사 '렌즈맨 커뮤니티'에 원서를 내기 전부터 계대해에 대해 조금은 알고 있었다. 회사에 원서를 내기 전부터 이미 '클럽 DSLR'의 회원이었기 때문에 얻은 지식은 아니었다. 그보다 훨씬 전부터 그는 계대해를 알고 있었다. 김유이는 오래전 그가 대학을 갓 입학했을 무렵 그리 잘 알려지지 않은 사진 전문 잡지에서 시행한 인터넷 사진 공모전에서 본선까지 오른 적이 있었는데, 대회의 본심 심사위원 세 명 중 하나가 바로 계대해였던 것이다. 김유이가 그를 기억하는 이유는 물론 그가 단지 본심 심사위원이었기 때문만은 아니었다. 그보다는 더 큰 한 사건, 그러니까 지금의 김유이의 삶의 자리를 뒤바꿔 버리게 만든, 한 사건에서 보여 준 그의 태도 때문이었다, 그때 그는 계대해에게서 무언가 따뜻한 기대의 빛을 보았던 것이다.

김유이가 아마추어 사진가 대회에서 공모전 수상을 한 것과 거의 비슷한 시기에 한국에서는 대규모의 사진 공모전이 있었다. 비엔날레 형식으로 열리는 대회는 '국제 이미징 전시회'라는 제목을 걸고 하는 행사인 만큼 세계적인 작가들도 상당수 초대되었다. 그런데 그 대회에서 뽑힌 한 작가의 대상 수상작이 김유이의 작품을 표절했다는 시비가 일었다. 「미래를 날다」라는 제목의 김유이의 작품을 「미래를 열다」라는 제목을 붙여 지극히 유사한 기법으로 재조합한 그는 뉴욕에서 정규 사진학과를 나온 유학파 젊은이 김인규였다. 비록 대회는 달랐지만 거의 비슷한 시기에 열린 프로 사진가들의 대회에 나온 수상 작품이 아마추어 사진가의 작품을 베꼈으리라고는 누구도 상상하지 못했다. 그랬기에 본심에 오른 김인규의 작품은 우수상 수상작과 우열을 다투다 간발의 점수 차로 대상 수상작으로 선정되었다. 김유이는 사진에 관심이 많은 아마추어답게 아직 부족한 점이 많은 자신의 사진에 대한 안목을 넓히기 위해 비싼 입장료를 내가며 표를 샀다. 학비 대기도 빠듯한 형편에 그 정도의 문화생활비를 지출하는 게 부담스럽지 않은 것은 아니었지만, 세상엔 돈보다 더 귀한 추구할 만한 가치라는 게 있으리라 믿었기에, 그는 어려움 속에서도 비루한 욕망이 아닌 가치를 선택한 자신의 지적 갈망을 스스로 대견스럽게 여기기까지 했다. 도대체 어떤 작품들이 수상의 영예를 차지하는지, 그런 국제 대회의 갤러리에 자랑스럽게 내걸리는 사진들엔 어떤 특별한 점이 있는지 궁금해하며, 그는 기꺼운 마음으로 전시회를 찾았다. 그런데 뜻밖에도 그가 전시회장에서 마주한 것은 너무나 낯익은 한 장의 전사지였다. 그는 거기서 자신의 작품 「미래를 날다」와 마주하게 된 것이었다.

"이 사진은 얼마 전 가난을 비관해 자살로 생을 마감한 어느 40대 가장에 대한 기사를 신문에서 접한 뒤 떠오른 착상으로 얻어낸 작품입니다. 저는 그 기사를 보고 문득 저의 아버지를 기억해 냈습니다. 제 뒷바라지를 하느라 건설 현장에서 일하시다 실족한 아버지는, 다친 몸을 이끌고도 자식의 유학비를 대기 위해 일을 멈추지 않았습니다. 아직도 그 후유증으로 아버지는 지금 장기 요양 치료를 받고 계십니다."

세간의 이목을 한몸에 받은 이미징 세계의 신예 영웅은 자신의 말에 스스로 감동한 듯 울먹이느라 잠시 말을 멈추었다. 그런 다음 소리를 가다듬어 다시 말을 이어갔다. 누가 보아도 의심의 여지가 없는 진심 어린 모습이었다.

"현대라는 즉물적 사회의 빠른 변화에 적응하느라 지치고 고단한 몸을 쉴 겨를도 없이, 종국에는 자식을 위해 제 살까지 다 내어 주고야 마는, 가시고기처럼 희생적인 우리 시대 아버지들의 자화상을 그린 것이죠. 비록 힘들고 고단한 삶이지만 맹렬히 살아온 아버지들의 지친 어깨에 날개를 달아 주고 싶었습니다……."

김인규가 취재진과 관람객들에게 둘러싸여 창작 동기와 작품 취지를 묻는 기자에게 한창 진지하게 설명하는 모습을 보며, 김유이는 순간 자신의 호흡이 가빠 오는 것을 느꼈다. 대가의 작품에서 발견한 것이 뼈를 깎는 산고의 흔적이나 거대한 예술의 벽 따위가 아니라 자기 자신의 작품이라니. 김유이는 뭔가 잘못됐다는 생각이 듦과 동시에 아뜩한 어지럼증이 돌고 다리가 휘청거렸다. 그의 불안정한 자세 때문에 곁에 서 있던 관람객 하나가 몸이 기울어져 앞에 있던 또 다른 관객을 밀쳤다. 방심한 관람객은 살짝 밀렸음에도 그 힘에 떠밀려 작품 설명에 한창인 김인규 쪽으로 허청 넘어졌다. 그러자 사진을 둘러싸고 있던 무리의 사람들이 일제히 김유이를 향해 돌아봤다.

어떻게 전시장을 빠져나왔는지 김유이는 기억도 나지 않았다. 그가 "그것이 진짜 당신의 창작물이요?"하고 김인규에게 물음을 던진 것도 같았고, 사람들의 따가운 시선에 떠밀려 강제로 쫓겨난 것도 같았다. 분명히 기억나는 것은 어느덧 그는 전시장 밖으로 밀려나 있었고, 다시는 그 품격 있는 예술인들의 장소로 진입하지 못했다는 사실이었다. 그날 그는 돈보다 더 귀한 것의 가치에 대한 그의 신념의 일부가 헐려 나가는 것을 느끼며 이상한 혼돈 상태로 허청허청 집으로 돌아갔다.

대가의 개성 있는 예술성을 기대하고 전람회에 갔던 그는 그 사실이 충격적이기보다는 의아한 생각이 들었다. 국제 이미징 대회의 전시 날짜는 김유이가 수상한 아마추어 대회보다 사흘이 늦었다. 비록 그렇다고는 하더라도 사진 공모 기간이 김유이가 수상한 아마추어 대회와 같은 4월 1일에서 4월 15일이었기에 거의 비슷한 시기에 열린 프로 사진가들의 대회에 나온 우수작이 아마추어의 사진을 베꼈으리라고는 상상할 수 없는 일이었다. 김유이는 일이 터졌을 때 처음에는 그것을 우연의 일치로 치부하려 애썼다. 세상에 비슷한 상상을 하는 예는 얼마든지 있을 수 있으니까. 게다가 그는 그 작품을 신문 기사를 보고 생각해 낸 것이라 하지 않았던가. 더구나 그를 거부하던 김인규의 모습은 거짓이라고 하기엔 너무나 자신만만하고 완강하지 않았던가?

"지금 나를 의심하는 겁니까? 내가 댁 같은 아마추어의 사진을 어디서 보고 베낄 수 있단 말입니까. 내 사진은 뉴욕에서 찍은 거고. 한강 모래알처럼 많은 이름 모를 사진 대회까지 신경 쓸 만큼 한가한 사람이 아니오, 난."

어떤 영감으로 그런 사진을 찍게 되었는지, 우연히 찍은 사진인지 아니면 연출인지. 혹시 김유이 자신과 유사한 발상이 겹쳤다면 아마추어로서는 대가와 맞먹는 발상에 대한 감각을 인정받을 수 있지 않을까 하는 순진한 기대감을 안은 채 그가 김인규에게 "그것이 진짜 당신의 창작물이요?"라고 물었을 때 김인규는 그렇게 말했었다.

모욕적으로 전시장에서 쫓겨난 뒤로 그의 머릿속에서는 어째서 자신의 작품과 유사한 작품이 대상작으로 재탄생해 나올 수 있었는가에 대한 생각만이 맴돌았다. 그러다 문득 떠오르는 기억 하나가 있었다. 사진을 공모전에 내기 전에 그는 동일한 장소 동일한 각도에서 찍은 문제의 그 사진을 시간대를 달리해 찍으면서 빛의 변화를 심도 있게 관찰했다. 그리고 그중 두 장을 라이카 동호회의 홈에 올린 적이 있었다. 사람들에게 공모전에 올릴 작품 중 어느 것이 더 좋겠냐고 의견을 물어보기 위해서였다. 저작권을 지켜야 한다는 빨간 경고문이 붙은 그곳은 '클럽 DSLR'보다는 드나드는 사람이 적었다. 김유이가 그곳에 가입한 것은 우연한 기회에 지인에게서 얻은 중고 필름 카메라를 팔아 필요한 렌즈를 사기 위해서였지만, 그곳의 분위기에 빠져 결국엔 판매를 포기하고 잠시 머물렀던 것이다. 추측건대 그 유학파 녀석이 미국에서 사진을 찍었다고는 하지만, 그 동호회에서 자신의 사진을 보았을 확률이 높았다. 인터넷의 세계는 발이 묶여 있는 게 아니니까 말이다. 그는 그 사실을 떠올리자마자 당장 그의 사진을 카메라로 찍어 자신의 작품과 함께 대형 포털 사이트의 광장 마당에 올렸다. 상세한 사연과 함께 올라온 글에 세인들의 이목이 쏠렸다. 그리고 마침내 심사위원들은 대상을 철회할 것인지 아니면 유지할 것인지에 대한 시시비비를 가리기 위해 긴급 회의를 열었다.

김유이와 비견해 대단하기 짝이 없을 그가 표절 시비에 휘말렸을 때 세상은 모두 뉴욕 유학파의 편을 들어주었다. 기법의 유사성은 우연의 일치일 수 있는 일이고, 단지 사물의 구도나 형태가 유사하다고 해서 그것을 표절로 볼 수는 없는 것이라는 거였다. 무엇보다 뉴욕 유학파의 작품에는 전문가적 세련미와 예술적 감성이 풍부하게 드러난다는 것이 그를 옹호하는 절대적 이유였다. 이런 열세 속에서도 김유이의 작품을 옹호한 이가 있었다. 계대해였다. 계대해는 김유이의 작품을 본 적이 있는 사람으로서 편견 없이 솔직하게 자신의 관점을 피력했다.

"흑과 백이 주는 극단적인 대조. 카메라의 앵글을 위를 향해 약간은 비튼 듯한 불균형한 시점. 그리고 작품 속에 나타난 인물을 놀랍도록 사물화시킨 객관적 배경 처리. 이 모든 것들이 작가 김유이의 「미래를 날다」와 아주 흡사합니다. 이런 독특한 시점은 그리 흔히 일치할 수 있는 일이 아니라고 보기에, 설사 작가 김인규 씨가 독창적으로 「미래를 열다」를 생산했다 할지라도 이미 먼저 발표된 사진과 유사한 작품을 대상으로 뽑는 것은 옳지 않다고 봅니다. 특히 말썽의 소지가 있는 작품을 수상작으로 선정하는 것은 대회의 이미지를 훼손시킬 여지가 있으므로 신중해야 할 것입니다."

김유이는 계대해가 한 평을 지금도 거의 외우다시피 기억하고 있었다. 그러나 그의 주장에도 불구하고 뉴욕 유학파 김인규는 대상에 선정되었다. 계대해는 심사위원의 한 명으로 참석한 것이 아니라, 인터넷 세간을 떠들썩하게 한 사건에 대한 공정성을 기하고자 애호가의 대표로 참석한 것이었기에, 문제점을 지적한 계대해의 의견이 통하기에는 사진계에 미치는 그의 영향력이 아주 미미했던 것이다. 그리고 김유이는 그날 이후 사진 예술 세계에서는 사라진 존재가 되었다. 표절 시비를 사진가 협회 내부에서 조용히 처리하지 않고 왜곡된 입장에서 경솔하게 인터넷에 유포해 작가적 품위를 손상시켰다는 이유로, 다시는 어느 공모전에도 나설 수 없는 징계 처분을 협회로부터 받은 것이었다. 게다가 그는 웹상의 물의를 일으킨 '찌질한 아마추어 찍사'라는 오명이 붙어 인터넷 동호회에서마저 퇴출당하는 신세가 되어 버렸다. 그래도 다행한 것은 세상의 스포트라이트는 대상 수상자인 뉴욕파 인간에게 향해졌고, 물의를 일으킨 그에 대한 기억은 고맙게도 깡그리 잊어 준 것이었다.

계대해는 그렇게 김유이에게 일종의 믿음으로 기억되었다. 인간을 믿는다는 것이 얼마나 허망한 일인가를 모르는 바 아니면서도 그일 이후 김유이는 계대해라면 어쩌면 자기를 제대로 발견해 줄지도 모른다는 막연한 기대감 같은 것을 지니게 되었다. 그래서 몇 년이 지난 후 주식회사 '렌즈맨 커뮤니티'의 사원 모집 광고를 보았을 때, 그는 잘 다니던 직장에 서슴없이 사표를 던지고 '클럽 DSLR' 행을 택했다.

그런데 그랬던 그가 요즘 김유이의 눈에 조금씩 거슬리기 시작한 것이다. 오늘 일만 해도 그랬다. '대세는 전략' 같은 무례한 자식을 그대로 내버려 두다니, 그가 원래 그런 어정쩡한 인간이었단 말인가? 아무리 생각해도 김유이는 최근 들어 변해 버린 듯한 계대해를 이해할 수 없었다.

방바닥에 드러누워 갖은 생각을 하던 김유이는 생각난 듯 자리에서 일어나 그림이 걸려 있는 벽 쪽으로 갔다.

김유이 특유의 앵글을 위로 약간 비튼 듯한 불균형한 시점과 흑백이 극단적으로 대비된 사진. 하늘과 함석지붕과의 경계 정중앙을 뚫고 우뚝 서 있는 거대한 크레인의 꼭대기에 한 사내가 새의 날개를 펼치듯 양팔을 쫙 벌린 채 나는 듯한 자세로 멈추어 서 있다. 사내는 머리를 아래로 숙이고 있지만 외로 꼰 듯한 목이 시선을 약간 위로 틀어 보이게 했다. 계대해가 말하던 김유이의 특징이 그대로 드러나는 사진이었다.

그는 표절 시비가 불거졌던 그 사진을 마지막으로 다시는 사진을 공모전에 내거나 웹상에 올려 사람들에게 보여 주는 짓 따위는 하지 않았다. 단지 혼자 사진을 찍어 하드에 저장해 두거나, 가끔 마음에 드는 그림은 4의 6배판으로 직접 인쇄해서 사진첩에 꽂아 혼자 즐기곤 했다.

김유이는 사진틀을 양쪽 손으로 잡아 살짝 올렸다. 그리고는 액자를 잡은 채로 고개를 돌려 모니터를 바라보았다. 김유이를 스캐닝한 웹캠이 모니터 위에 그의 뒷모습을 고스란히 전사했다. 사진틀은 보이지 않았다. 김유이는 고개를 끄덕이며 액자를 걸어 책상 위에 놓은 다음 바닥에 뒹굴고 있던 두루마리 휴지를 끌어당겨 한 움큼 찢었다. 그리고는 그것을 돌돌 말아 스카치테이프로 붙인 다음 액자를 매달았던 못에 끼웠다. 부피가 생긴 못에 다시 액자를 걸자 액자는 김유이가 틀을 약간 위로 걸어 올렸을 때처럼 치마를 위로 바짝 당겨 매달렸다. 사진 속의 사내가 더 멀어진 느낌이 들었다. 김유이는 그것을 물끄러미 쳐다보다 말고 혼자 중얼거렸다.

"난 사람을 믿을 만큼 어리석은 인간이 아냐. 그저 단지 계대해 그가 한 말을 확인해 보고 싶었을 뿐이야."

그는 계대해에게 무엇인가를 기대한 것도 아닌데 어쩐지 자꾸 쓸쓸하고 서운한 느낌이 들었다. 사진 속의 사내가 사팔 뜨기 눈을 하고 처연하게 김유이를 바라보았다. 무언가 잡힐 듯하던 것이 더 막연하고 아득해져서 그로부터 점점 더 멀어져 가는 듯한 느낌이 드는 것 같았다.

김유이는 사진 속의 사내를 외면하듯 팩 돌아서 책상 의자에 앉았다. 모니터 속에 그의 얼굴이 커다랗게 반추되었다.

3

아득한 공간 머나먼 우주의 한 점에서 기인했을 유성의 파편. 재색 얼룩이 점처럼 뒤섞인 그것은 3D 그래픽의 과장된 영상처럼 꼬리에 불덩어리를 단 채 그의 눈앞으로 쏜살같이 날아왔다. 영상은 평면의 사진들을 수십 겹으로 분열시키며 입체감을 주려 했지만 그의 눈은 그따위의 속임수에 현혹되지 않고 파편을 따라 시선을 정확하게 움직였다. 그러자 요동을 치던 파편이 그의 발아래 힘없이 떨어졌다. 파편은 바닥에 떨어지면서 강력한 폭발음과 함께 산산조각이 났고 대신 그 안에서 은색의 작은 상자가 나왔다. 황칠 세공이 된 그 섬세한 상자는 1500여 년 전 신라 금속 장인이 깎은 사리함을 모방한 것이었다. 그는 그 안에 오색의 영롱한 진신사리가 들어 있을 것이라 생각하고 상자에 손을 넣었다. 그런데 그 순간 상자는 문득 형체를 바꾸어 버렸다. 금속성의 그것은 불현듯 액체 실리콘처럼 뭉글뭉글해지더니 어느덧 출구가 없는 밀폐형 캡슐로 변해 버렸다. 그럴 리가 없는데……. 그는 혼자 중얼거리며 캡슐의 출구를 찾으려 애썼다. 그가 이리저리 헤맬 때마다 캡슐은 점점 부풀어 올라 공간을 삼켜 버렸고 마침내 거대해진 캡슐이 그를 삼켜 버렸다. 밀폐된 캡슐. 은세공의 벽면 내부는 거울처럼 반질반질하고 매끄러웠다. 그 위로 비친 그의 모습이 사방팔방으로 흩어지며 초점을 잃었다. 찌지 직하는 효과음과 함께 그의 아바타는 사라져 버렸다.

"겨우 20분 만에 죽어 버리다니!"

계대해는 마우스에서 손을 떼며 혼잣말을 했다.

'클럽 DSLR'의 무료 서비스 목록에 올려진 이것은 올라온 지 불과 일주일 만에 접속률 과다로 트래픽 과부하를 일으킨 게임 '너를 찾아봐'였다. 서비스 자체는 무료였지만, 게임을 하려고 화면에 접속하면 그때마다 노출되는 배너 광고료가 만만찮아 오랫동안 주식회사 '렌즈맨 커뮤니티'의 중대한 수입원이 되어 왔다. 계대해는 그 게임을 아주 만족해했다. 광고 수입을 올려주기 때문이기도 하거니와 게임 자체에 대한 재미도 있어 IT업계의 젊은 경영자답게 게임을 좋아하는 그였기에 집에 오면 종종 그곳에 접속해 시간을 보내곤 했다. 늘 하던 대로라면 그는 적어도 두 시간은 버텨 레벨을 유지할 수 있는 게임이었다. 한 번 실수할 때마다 올려놓은 레벨이 다시 떨어지도록 만들어 전투력에 불을 붙이는 야릇한 중독성이 있는 게임이었다.

오늘 그가 게임에서 대패한 이유는 아무래도 그날 회사에서 '대세는 전략' 건을 두고 있었던 김유이와의 마찰 때문인 듯했다. 계대해는 그의 세상 물정 모르는 철부지 같은 순수성을 높이 평가했지만, 가끔 회사를 경영할 때마다 부딪히는 그런 종류의 문제는 그를 신경 거슬리게 했다. 특히나 '대세는 전략'에 대한 김유이의 지나치게 고까워하는 시각은 계대해로 하여금 그의 정규직 전환에 대해 심각하게 고려해 볼 문제라고 생각하게끔 했다. 그도 그럴 것이 '대세는 전략'이라는 자는 '클럽 DSLR'에서 상당한 인맥을 거느린 자일 뿐 아니라, 바로 '너를 찾아봐'라는 캡슐 게임 아이디어를 낸 장본인이기 때문이었다. 계대해는 올 초에 기업 자금을 추가 융자 받으면서 포털의 방문객을 유도하기 위한 플래시 게임을 개발하기로 하고 게임 스토리 공모를 했다. 클럽 게시판에 올라온 공모글 중에 가장 눈에 띈 것이 '대세는 전략'의 글이었다. 계대해는 상품으로 30만 원 상당의 렌즈 구매권을 제공했지만, 게임이 대박 난 뒤로 '대세는 전략'에게 클럽 내부에 무료 계정 장기 사용권을 부여했다. 그리고 각종 유료 서비스에 대한 무료 제공의 특혜도 부여한 터였다. 그랬기에 계대해로서는 '대세는 전략'이 다소 규칙을 어긴다고 해서 함부로 제재할 문제는 아니라고 생각했다. 그가 있음으로써 생기는 약간의 분란보다 그가 없어짐으로써 입을 손실이 더 컸기 때문이었다. 그러나 오늘 보여 준 김유이의 단호한 태도 또한 무시하고 넘어갈 일만은 아니었다. 특히나 거대한 잠자리의 눈알을 어깨에 얹고 모니터 앞에 미동 없이 앉아 있던 그의 뒷모습이 계대해는 아무래도 마음에 걸렸다. 김유이의 말대로 하나의 규칙이 깨지기 시작하면 모든 규칙은 깨지고 클럽은 종국에 가서는 영향력 있는 어느 누군가의 손에든 넘어가 버릴 수 있는 일이었다. 생각해 보니 그가 클럽에 온 지 5년이 지나도록 계대해는 '대세는 전략'의 실체를 알지 못하고 있었던 것이다. 웹 클럽 규정상 실명과 주민등록번호는 비밀 정보로 암호화되어 그는 늘 '대세는 전략'으로만 행세했으며, 종종 있던 오프 모임에서조차 그는 직접 나타난 적이 없었던 것이다. 그래서 그는 속는 셈치고 '대세는 전략'에 대해 좀 더 자세히 알아보기로 했다.

대세는 전략. 이 특이한 가명으로 '클럽 DSLR'에 가입한 그는 처음부터 눈에 띄는 활동을 한 것은 아니었다. 김유이가 검증한 대로 '대세는 전략'이라는 자는 초기에는 한 달에 두어 번씩 남이 올린 글에 그다지 특이할 것도 없는 평범한 댓글을 달아 놓거나, 아니면 클럽 장터에 나온 중고 카메라나 들여다보며 조용히 잠복해 있는 게 고작이었다. 사진 관련 정보를 제공하고 회원간의 온라인상의 교류를 지원하는 '클럽 DSLR'은 사진 동호회이자 장비 동호회에서 출발했기에, 초기에는 사진 창작 활동을 위해 모인 사람보다는 카메라 장비에 대한 관심으로 모인 사람들이 더 많았다. 사실 '클럽 DSLR'이 작은 취미 동호회에서 출발해 지금의 대형 포털로 성장한 데에는 유수의 포털에서 미처 생각해 내지 못한 디지털 카메라 관련 정보를 특화한 것이 그 비결이라면 비결이었던 것이다. 그랬기에 사진보다는 다른 일에나 신경을 쓰던 그의 소극적인 초기 활동 모습이 그다지 수상할 것은 없었다. 그런 그가 언제부터 사진 작업에 관심을 가지게 된 것인지 정확하게 알 수는 없지만, 적어도 그가 클럽의 작품 갤러리에 사진을 올리기 시작한 것은 '대세는 전략'이라는 가명을 쓰면서부터였던 게 분명했다. 왜냐하면 이미 언급했다시피 초기 그의 가명들인 '점잖은 신사'나 '수집가'라는 이름으로 갤러리에 올라온 사진 작품들은 하나도 없었으며, 그 이름들로 그가 한 일이라고는 클럽 게시판 여기저기를 유령처럼 돌아다닌 것뿐이었다. 그는 마치 클럽이 돌아가는 나날의 상황들을 비밀리에 파악해서 상부에 보고해야만 하는 의무가 있는 밀사처럼 사람들과 말을 섞는 법도 없이 클럽의 게시판 여기저기를 그저 돌아다니기만 했다. 특히 장터에는 늘 매복하다시피 상주해 있곤 했는데, 시시한 농담글이나 몇 자 올리곤 하던 자유 게시판을 제외한 다른 곳에 그가 남긴 글이라고는 장터의 접사 렌즈 판매 글 아래에 "1차 예약합니다."라고 댓글을 단 게 전부였다. 사실 그가 '대세는 전략'이라는 이름으로 처음 클럽에 나타났을 때에는 컴퓨터나 디지털 카메라 장비에 대해 어느 정도의 식견이 있는 사람이리라 생각될 만큼 개명 이후 그의 활동은 괄목할 만한 것이었다. 그런데 아이피 추적이 보여 준 결과로 보아서는 적어도 글을 남기지 않으면 자신의 행적을 숨길 수 있으리라 착각할 만큼은 비전문적인 사람임에는 틀림이 없는 것 같았다. 클럽 시스템은 로그인한 상태라면 회원이 클럽의 어떤 게시물을 보았는지에 대한 흔적이 모조리 남게 되어 있었다. 그랬기에 자신이 클럽을 돌아다닌 흔적들이 서버에 고스란히 남아 있다는 걸 그가 알았더라면, 어쩌면 과거의 활동 흔적을 깔끔하게 지우고 새로운 개인 정보로 세상에 나와 완전범죄를 꾸미려 했을지도 모를 일이었다. 적어도 그가 자신의 능력을 고의로 숨기고자 한 행동이 아니라면 말이다.

"대장, 뭘 그렇게 골똘히 생각해? 어린애처럼 또 와우 게임하고 있는 거야?"

사무실에서 집으로 돌아오자마자 외출복 그대로인 채 컴퓨터 앞에 앉아 있는 계대해를 보자 류이가 말했다. 류이가 든 플라스틱 쟁반에는 꿀물에 탄 프로폴리스 한 잔이 들려 있었다. 토종벌의 벌집에서 채취했다는 면역 강화 식품을 류이가 인터넷으로 구매한 것이었다. 식품에 동봉된 설명서에는 꿀물을 탄 소주잔 하나를 계량의 기준으로 하였기에, 류이는 그것을 내어 올 때면 적힌 복용법대로 찻잔 대신 굳이 소주잔에 담아 내어 오곤 했다. 새끼손가락 길이보다도 작은 하얗고 조그만 소주잔에 담긴 그것을 류이는 계대해의 코앞으로 불쑥 내밀었다. 류이의 손놀림에 놀란 잔 속의 맑은 물이 황사처럼 노란 분진을 일으키며 탁해졌다.

"아니, 잠시 사무실에서 있었던 일을 생각하느라."

계대해는 건성으로 대답하며 류이가 가져다준 프로폴리스를 받아들었다. 실효가 의심스러워서라기보다는, 그다지 입에 당기지 않는 무미한 식품이었기에 계대해는 그것을 썩 좋아하지 않았다. 아직 보조 식품에 의존해야 할 만큼 건강이 형편없는 지경은 아니라고 생각했지만, 계대해는 류이의 수고에 못 이겨 눈 딱 감고 단숨에 마셔 버리곤 했다. 그런 것을 류이는 그가 맛있어 하는 줄 알고 정성스럽게 잔에 담아 하루 세 번 거르지 않고 꼬박꼬박 가져다주었다.

"무슨 일? 누가 말썽이라도 부리나?"

류이는 잔을 받쳐 온 쟁반을 책상 모퉁이에 올려놓으며 그녀 특유의 '하게' 어투로 말했다. 늘 그랬지만 그녀가 서재로 들어와 그에게 잔을 건네고 쟁반을 가슴께로 끌어올리거나, 양손을 교차해 쟁반을 쥔 채 배에다 대는 행동은, 그가 잔을 비우면 바로 그것을 들고 나가겠다는 뜻이었다. 그런데 지금처럼 쟁반을 책상이나 서랍장 모퉁이에 올려 두는 것은 그와 긴 이야기를 하겠다는 의사 표현이었다. 그림을 그리다 온 것인지 류이는 유화 물감이 묻은 청색 앞치마를 입고 있었다. 앞치마는 온갖 오색 물감들로 얼룩져 마치 일부러 그린 듯한 한 점의 인상주의 점묘화 같았다. 앞치마에서 강한 화공약품 냄새가 났기에 서재는 금세 인공의 냄새들로 가득 찼다.

"아니, 별일은 아니고 '대세는 전략'이라는 자의 활동을 두고 김유이와 약간의 이견이 있었어. 김유이가 그자를 지나치게 경계하는 특별한 이유라도 있는 것인지 잘 알 수가 없어!"

계대해는 그렇게 말하며 소주잔에 담긴 맛없는 프로폴리스를 받아 쥐었다. 잔에서도 화공 약품 냄새가 나는 듯해 계대해는 순간 아뜩한 느낌을 받았다. 냄새에 대한 거부감을 극복하기 위해 그는 잔을 단숨에 들이켰다. 입안에서 미끌미끌한 화공 약품 냄새가 감돌았다. 그는 빈 잔을 쟁반 위에 얼른 내려놓았다.

"대세는 전략. 그자라면 나도 잘 알지. 요즘 아주 인기가 좋던데. 갤러리에선 접사의 귀재라고 평들이 자자해. 그동안 갤러리에 올린 사진들을 모아 곧 사진집을 낼 예정이라고들 하던데. 이미 예약 판매 접수까지 한다는 소문도 있고. 그의 사진집을 사겠다고 미리 호들갑을 떠는 이들도 제법 있어. 그 문제에 대해 악의적인 글을 올리는 이들도 있지만, 그런 이들은 곧 호의적인 사람들한테 질타를 당하곤 해. 소위 방법에 들어간 그의 우호 세력들에게서 수치심을 느낄 정도로 무자비한 보복을 받아야 하지. 그를 잘못 건드렸다가는 글못매를 맞는 정도가 아니라 현피를 당하는 수도 있다니까. 한마디로 그의 추종 세력들이 적지 않다는 얘기야. 그들은 심지어 자기의 닉네임 앞에 큰 대자를 써서 모둠을 형성하는 이들도 있어. '대세파'라나 뭐라나. 그러나 사진집 건은 단지 소문일 뿐인지, 어디서 예약을 받는다거나 어느 출판사와 계약을 했다거나 하는 그런 세부적인 정보는 올라온 적이 없어."

　류이의 정보는 김유이가 그에게 전해 준 그것보다 더 소소하고 구체적인 것들이었다. 그는 류이에게 '대세는 전략'에 대해 묻기를 잘했다는 생각이 들었다. 그래서 그날 사무실에서 있었던 김유이와의 일에 대한 류이의 의견도 듣고 싶어졌다. 사무실에서부터 집으로 돌아오는 내내 "하나를 깨기 시작하면 둘, 셋, 넷이 깨어지는 건 시간 문제라고 봐요."라고 했던 김유이의 말이 귀에 맴돌아 마음이 개운치 않았던 것이다. 그는 그 불편한 심기를 떨어버리기 위해서라도 '대세는 전략'을 두고 내린 자신의 결정에 대한 류이의 동조가 필요했다.

　"내게 짐을 나누자는 거라면 나는 사양하겠어. 난 누군가를 판단할 만큼 대단한 사람도 아니지만, 그가 어떤 인간인지에 대해 단언을 내릴 수 있을 만큼 내가 그에 대해 아는 것이 너무 없어. 내가 아는 건 그의 실체가 아니라 단지 웹페이지에 올라온 그의 그림자일 뿐이야. '클럽 DSLR'에 드러난 그는 가상의 세계에서 자기 방식의 자아를 꾸며 나간 환상일 뿐이라고 생각해, 난. 그러니까 내 말은 '클럽 DSLR'의 그는 그 자신이기도 하지만, 사실은 그가 아니라는 얘기야!"

류이는 계대해의 기대와는 달리 '대세는 전략'에 대한 구체적인 평가를 거절했다. 함께한 지 3년이 넘었음에도 불구하고 류이는 그를 온전히 믿지 않는 듯한 애매한 태도를 보였다. 그는 류이의 그런 경계심이 자못 불쾌하게 느껴졌다. 그가 고개를 외로 꼬며 류이를 쳐다보자 류이는 "그런 표정으로 쳐다봐도 소용없어, 난 이 일에 대해서 객관적이고 싶을 뿐이야, 그리 대수로운 일도 아니잖아!"라고 선수를 치며 그의 입을 미리 막아 버렸다. 그리고는 "좀 있다 내려와, 식사 준비해 놓을게!"라고 한마디 덧붙인 후 방문을 열어 둔 채 서재를 나가 버렸다.

'무심한 여자다!' 그는 그렇게 생각하며 복도를 수직으로 가르며 걸어가는 류이의 뒷모습만 하릴없이 바라보았다. 그러나 어쩌면 류이의 태도가 옳은 건지도 몰랐다. 사실 그는 류이가 김유이와 마찬가지로 '대세는 전략'을 징계해야 한다는 의견을 내놓았다 해도 그날 내린 자신의 결정을 되돌릴 생각은 아니었다. 류이는 어쩐지 그의 그런 내심을 파악하고 있는 것 같았다. 현명하거나 아니면 영악한 여자. 류이의 인상은 처음 '클럽 DSLR'의 오프라인 모임에서 만났을 때나 3년이 지난 지금이나 전혀 변함이 없었다. 그런 영리함이 좋아 동거를 시작했지만, 요즘 들어서는 가끔 류이의 그런 면이 서운하게 느껴지기도 했다. 소주잔에 프로폴리스 꿀물을 가득 채워 올 때의 그 다정한 양처의 모습은 어느덧 사라지고, 빈 잔을 들고 서재를 나서는 류이의 뒷모습에서 그는 낯선 바람을 느꼈다. 계대해는 그 바람이 남기고 간 빨강, 파랑, 노랑의 다양한 화공약품 냄새 속에서 문득 휘발유 냄새를 찾아내었다. 그것은 그의 코끝을 타고 들어와 그의 뇌 속에서 잠자던 꽤 오래된 데이터 하나를 건드렸다.

"사업에 대한 장기 계획서를 제출하신다면 벤처 기업 육성을 위한 지원금의 혜택을 받기가 더 유리할 텐데요."

고연봉을 받고 CPU 설계를 하던 그가 사표를 내면서까지 취미로 시작한 '클럽 DSLR'에 전적으로 매달리기로 한 10여 년 전, 그날 모험과도 같은 첫 사업을 위해 은행에 대출을 받으러 갔을 때 몸 어딘가에서 휘발유 냄새가 나는 듯한 깔끔한 담당 직원은 말했다. 차려입은 감색 양복을 세탁소에 드라이 맡겼다가 방금 찾아 입었거나, 아니면 셀프 주유소에서 기름을 넣다 몸에 묻힌 것 같았다.

그때 은행원의 꼬드김에 넘어가 무리한 투자를 하지만 않았더라면 어찌 되었을까. 계대해는 회사의 경영이 어려움에 처하거나, 골치 아픈 문젯거리가 생길 때면 가끔 자신의 삶의 자리를 바꿔 버린 그날의 상황이 떠올랐다. 마치 시간의 문이 그곳에서 시작되기라도 한 것처럼, 계대해는 현실로부터 도망치고 싶을 때면 까맣게 잊고 살다가도 어느 날 문득 그 순간이 떠오르곤 했다.

"하루에 수없이 생성과 소멸을 반복하는 한 치 앞을 모르는 밴처 기업에 어찌 장기 계획을 세우라는 건지요."

계대해가 자신 없는 소리로 그 깔끔한 휘발유 신사에게 말했다.

"벤처 지원금 혜택을 받으시면 대출 금리가 2% 더 저렴해지고, 기업이 정착할 때까지 3년간 기업 인큐베이터 지원도 받게 됩니다."

자신 없어 하는 그를 유혹하던 직원은 손수 커피를 대접해 가며 계대해에게 특별 손님 대접을 깍듯이 했다. 앞으로 이자를 꼬박꼬박 상납해 줄 고객에 대한 의례였다.

계대해는 그가 주는 커피를 받아 마시며 커피 속에서도 어쩐지 휘발유 냄새가 난다고 느꼈다. 이상한 말처럼 들리겠지만 계대해는 그 냄새 때문에 은행원의 말에 더 신뢰가 갔다. 그가 세탁소에서 갓 찾은 깨끗한 옷을 입어서도 아니고 말주변이 좋아서도 아닌, 단지 그 냄새 때문에 계대해는 그 자리에서 그의 제의를 흔쾌히 수락하고 자리를 떴다. 다시 제출한 그의 새로운 사업 계획서는 기꺼이 받아들여졌고 그 덕에 그는 지금 주식회사 '렌즈맨 커뮤니티'의 대표가 되어 버린 것이었다.

계대해는 어릴 때 휘발유 냄새를 유독 좋아했다. 휘발유 냄새가 좋아 새 신을 사면 합성고무 냄새를 맡느라 신발 밑창을 코에다 대고 자다 어머니에게 혼이 난 적도 있었다. 어릴 때 친구들에게서 휘발유 냄새를 좋아하면 몸에 벌레가 있는 증거라는 말을 들으며 놀림을 받은 뒤부터, 그는 일부러 휘발유 냄새를 싫어하는 사람이 되기로 했었다. 그러나 그것은 단지 자신의 기호를 이성으로 숨기고 있었을 뿐이었음을 류이를 만나면서부터 알았다. 그녀에게서는 늘 강한 휘발유 냄새가 났던 것이다. 늘 깨끗한 차림을 하는 그녀였지만, 그림에 빠져 사는 게 일인 그녀에게서 안료 냄새를 지우기란 쉽지 않았다. 그녀의 그 냄새를 그가 알아낸 것은 어쩌면 그가 냄새에 지나치게 민감한 사람이라 그랬던 것인지도 몰랐다.

요즘 들어 계대해는 인간이나 일에 대한 그의 선택이 과연 옳았는지 회의를 느끼곤 했다. 휘발유 냄새가 사람을 환각 상태로 몰아넣는 마취성이 있는 게 아닌가 하는 의구심이 든 까닭이었다. 그가 좋아한 것은 류이가 아니라 휘발유 냄새였으며, 그가 클럽을 기업으로 확장한 것이 깔끔한 은행원의 설득력 있는 말 때문이 아니라 그의 몸에서 났던 휘발유 냄새 때문이 아니었을까 하는 그런 생각. 그러고 보니 김유이를 처음 보았을 때에도 계대해는 그에게서 같은 종류는 아니지만 비교적 유사한 휘발유 냄새를 맡은 것도 같았다. 그런 생각과 함께 그간 그가 결정했던 모든 것들이 휘발유 냄새가 빚어 낸 실수가 아니었을까 하는 생각들이 자꾸 그의 이성적 판단을 흐리게 했다. 오늘만 해도, 그는 벌써 일개 말단 직원에 불과한 김유이와의 마찰로 고민 아닌 고민에 빠져 있는 것이니 말이다.

대장 계대해. 이것이 안락한 직업을 버리고 웹의 세계로 뛰어들어 모험을 시작한 그에게 주어진 최상의 호칭이었다. 그리고 모험에 동반된 시련 10여 년을 견뎌낸 대가로 수백억의 출자를 받아 내어 마침내 이루어 낸 '클럽 DSLR'은 명실상부한 대형 포털 사이트였다. 그런 그가 별것 아닌 '대세는 전략'의 문제로 김유이와 이견을 일으키고, 그 일로 갈등을 하고 있다는 게 사뭇 자존심이 상하는 일이었다. 그의 갈등 안에 그도 모르는 어떤 예견 같은 것이 있었던 것일까? 아니면 김유이가 보여 준 그 항명과도 같은 도도한 태도와, 김유이의 어깨너머로 그물같이 얽혀 오던 잠자리의 눈에 대한 환영 때문이었을까? 계대해는 그날 기이하게도 김유이를 쉽게 무시하지 못했다. 그나마 자신과 한편이 되어 주기를 바랐던 류이는 마치 적처럼 돌아서 멀어져 갔다. 류이가 꺾인 거실 복도 저쪽으로 완전히 사라지자, 어찌 된 일인지 그는 마치 홀로 차안此岸에 남겨진 미랭시처럼 꼼짝할 수가 없었다. "밥 먹으러 내려가야 하는데⋯⋯."라는 의미 없는 생각을 하면서도 그는 간간이 결정을 바꾸어야 하는가, 아니면 그냥 두고 볼 것인가에 대한 생각을 붙들고 늘어졌다. 그것에 대한 갈등으로 자리를 뜨지 못한 채 한참을 컴퓨터 책상 앞에 앉아 있었지만 간단히 결정을 내릴 수가 없었다. 행여 류이가 다시 올까 기대하며 방문 너머 복도를 한참 쳐다보아도 류이는 그림자조차 내비쳐 주지 않았다. 그는 클럽 운영실에 접속을 하고 다시 한 번 '대세는 전략'이 작성한 그의 개인 정보를 읽어 보기로 했다. 어쩌면 그 안에서 그에 대한 실마리를 찾을 수 있을지도 모른다는 생각이 들어서였다.

*이름 : 대세는 전략

*112001번째 가입자

*이메일 주소: DESE@DSLR. net

*블로그 주소 : http://www. DESE. DSLR. net

*나이 : 1979년 1월 3일생

*보유 장비 : 카메라—D300, D3X, 삼성GX10

　　　　　렌즈—AF-S Nikkor VR Micro 105mm F2.8G IF ED

　　　　　AF DX Fisheye Nikkor ED 10.5mm F2.8G

　　　　　그외 삼식이 30, 여친 렌즈 85, 기타 번들 렌즈 및 단렌즈

*하고 싶은 말 :

세상을 사랑합니다. 카메라의 앵글에 반했습니다. 클럽의 동생들이 있어 이 홍아는 행복합니다. 이 세상은 내가 발 디디고 서 있는 이곳이 전부가 아니라는 걸 '클럽 DSLR'은 가르쳐 주었습니다. 나는 이제 바다로 갈 것입니다. DSLR이라는 서핑보드를 타고, 두려움 없이……. 그러나 그곳이 정녕 진정한 바다인지는 잘 모르겠습니다. 가보고 후기는 나중에 올리겠습니다. 기대하시기를……."

여느 회원들과 마찬가지로 그의 개인 정보에는 이렇다 할 특이 사항이 기록되어 있지 않았다. 개인 정보 보호 정책상 가입시에는 최소한의 정보만 기록하게 되어 있기는 하였지만, 다른 사람들이 흔히 밝히는 것조차도 그는 드러내지 않은 채 그저 피상적인 정보만 써 놓았던 것이다. 흔히들 자신의 블로그는 다른 대형 포털에서 제공받은 것을 쓰나, 그의 경우는 정보에 링크된 블로그 주소조차 클럽 내에서 개인에게 무료 분양한 게시판 주소를 기록해 두고 있었다. 그러니 '클럽 DSLR'에서 활동한 그의 전적을 제외하고는 그에 대해 더 알아낼 만한 것은 없었다.

계대해는 생각난 김에 그의 가명을 검색해 보기로 했다. 그에 대한 다른 사람들의 평판을 알아볼 요량에서였다. 클럽의 통합 검색창에 '대세는 전략'이라고 쳐 넣었다. 그러자 그에 대해 쓴 다른 회원들의 글들이 수없이 올라왔다. 작성자의 가명은 류이의 말대로 자신의 이름 앞에 '[大♡]김군'이니 '[大♡]대박아빠'니 '[大♡개구라소년]'이라는 식으로 '대세는 전략'의 호감 세력임을 드러내 놓은 사람들이 많았다. 이들은 특별한 글을 쓴다기보다는, '대세는 전략'이 작품을 올릴 때마다 따라다니며 추천을 누르거나 호의적인 댓글을 다는 정도였다. 그러나 사소해 보이는 이러한 행동들은 '대세는 전략'이 클럽에서 한 세계를 차지하는 데에 상당히 중요하게 작용했다. 자동 시스템을 통해 추천글과 댓글수가 환산되고 수치가 높은 작품이 클럽의 일면 상단에 노출되게 되어 있었기에, 그런 그림들이 클럽의 일면을 장식할 때면 그를 모르는 사람들조차 그에게 주목하였기 때문이었다. 어떤 계기로 그에게 그러한 추종 세력까지 생긴 것인지는 알 수 없었지만, 아무튼 그에게 그런 무리가 있다는 건 그의 사진이 단지 시류를 따라 장난질을 아주 잘하기만 해서 얻어진 것만은 아니리라는 생각이 들게 했다. '대세는 전략'의 전적을 검색하는 내내 '클럽의 질서는 무너지고 말 것입니다'라고 했던 김유이의 말이 는지렁이처럼 끈끈하게 계대해의 머릿속을 휘돌았다. 그러나 계대해는, 클럽의 대세와 이익을 명분으로, 자꾸만 감겨 오는 그의 말을 과감하게 떨쳐 버리기로 했다. 당분간은 '대세는 전략'의 자유로운 활동을 보장해 주어도 좋으리라 생각했던 것이다. 적어도 당분간은 말이다.

　렌즈맨 커뮤니티의 사무실은 언제나 그렇듯이 자유로운 분위기였다. 출퇴근 선택제를 실현하는 렌즈맨 커뮤니티는 9시에서 20시 사이에서 시간을 선택해 근무할 수가 있었다. 하루에 여덟 시간만 채우면 됐기에 야간 근무가 체질인 자들은 주로 오후 근무를 자처했으며, 정상 출근을 원하는 자들은 오전 9시부터 근무하는 것을 선호하기도 했다. 한 달에 한 번은 모든 직원이 정상 출근하여 전체 회의 겸 동료 의식을 구축하는 시간을 갖기도 했다. 미래를 지향하는 인터넷 소프트웨어 서비스 회사답게 사원들은 격식에 얽매이지 않은 가벼운 옷차림에, 활기가 넘치는 듯했다. 그러나 짧은 시기에 급속히 성장한 만큼 부작용 또한 없지 않았다. 오늘만 해도 매월 있는 정규 회의 때문에 나온 것이라기보다는, 최근에 발생한 '차인수 여친(여자 친구) 사건'에 대한 중대 회의가 있어 한자리에 모인 것이었다.

　'차인수 여친 사건'은 어찌 보면 초기의 가족적인 동호회 특성을 유지하기 위해 계대해가 작년 사원 모집 공고에서 클럽의 초창기 가입 회원들 중에서 특채를 한 것이 화근이 된 셈이었다. 세 명의 특채 사원 중 한 사람이던 차인수가 클럽의 일반 회원을 관리하면서 권력 남용을 한 일로 클럽에 분란이 생긴 것이었다. 문제의 사원은 자신의 여자 친구가 다른 일반 회원과 게시글 공방을 불러일으켜 말싸움이 일자 그녀를 옹호하기 위해 상대 회원의 글을 관리자 권한으로 멋대로 삭제해 버렸다. 게시물의 저작권은 당연히 작성자에게 있었기에 그가 한 무책임한 행동은 회원들의 비난을 샀다. 일이 시끄러워지자 그는 아예 문제의 상대 회원을 임의로 탈퇴시켜 버렸다. 그것이 바로 클럽 회원들이 말하는 이른바 '차인수 여친 사건'이었다. 타성에 젖어 프로 의식이 부족한 그 사원을 계대해는 내치지 않고 근신과 감봉 처분으로 대신했다. 그를 대신해 계대해 자신이 대대적인 사과문 공지를 올리며 사건을 무마했기에 일은 일단락된 것이라 여겼다. 그러나 클럽 게시판에서는 여전히 이 일에 대한 비난의 글이 끊이지 않고 올라오고 있었다. 그랬기에 오늘은 '차인수 여친 사건'에 대한 같은 일이 재발하지 않도록 사원들의 관리 문제에 대해 논의를 하는 날이었다.

"그간 우리 클럽의 특징은 회사와 고객이 허물없이 대화를 주고받으며 그들의 의견을 적극적으로 수용하였기에, 다른 대형 포털 사이트와 구별되는 장점을 누려 왔습니다. 하지만 지금은 그런 가족적인 분위기를 유지하기에는 이미 너무 덩치가 커져 버렸습니다. 이번 일만 해도 관리자가 회원들 속에 직접 드러나는 활동을 하지 않았더라면 일어나지 않을 수도 있는 일이었습니다. 우리 클럽의 특성상 그동안 경계 없는 대화의 장을 고수해 왔지만, 이제는 감당하기 어려울 만큼 비대해졌기에, 단순히 온정적인 운영에 맡길 수는 없습니다."

타원형의 하이그로시 탁자 둘레에 모여 앉은 직원들은 모두가 진지한 얼굴로 계대해의 말에 귀 기울였다. 계대해의 시선이 그들을 하나하나 훑어가다 김유이에게서 딱 멈추었다. 김유이는 고개를 약간 숙인 채 책상 위에 놓인 노트패드만 뚫어져라 쳐다보고 있었다. 계대해는 김유이가 그의 말에 전혀 귀 기울이지 않고 있다는 것을 직감했다. 마치 투정을 부리는 어린아이처럼 딴청을 부리며 회의를 외면하는 김유이의 모습에 계대해는 약간 화가 났지만, 언뜻 웃음이 나기도 했다. 한때의 젊은 치기이거니 생각하면, 관심을 끌려고 자신을 고의로 무시하는 김유이의 속이 뻔히 보이는 행동을 이해 못 할 것도 없었다. 계대해는 외면하는 김유이를 무시한 채 말을 이었다.

"오늘 이후로 관리자의 회원 활동은 전면 금지하겠습니다. 본인이 렌즈맨 커뮤니티의 직원임을 언급하는 사원은 정직에 감봉 처분될 것이며, 실수가 누적될 시 퇴사를 각오하셔야 할 것입니다. 그리고 우리가 우려하는 점은, 지금 개발2팀 차인수 씨에 대한 감봉 처분 공지를 냈음에도, 징계 수위가 낮은 데 대한 회원들의 비난이 수그러들지 않고 있다는 점입니다.

이 문제를 해결할 방안이 있는 분 각자 의견을 내놓으십시오. 이건 자아비판의 자리가 아니니 차인수 씨 스스로 생각한 바가 있으면 말씀하셔도 좋습니다."

계대해의 말에 선뜻 나서 사안에 대한 의견을 내는 사람은 없었다. 자칫 잘못하다간 인정머리 없이 회사 동료를 매도한 데에 대한 비난의 화살을 면치 못할 일이기도 했거니와, 그렇다고 잘못 옹호했다가는 이미 결정 난 사안에 대한 반기를 드는 꼴이 되기 십상이었기에 아무도 쉽게 입을 열지는 못했다.

"차인수 씨의 잘못에 대한 징계 처분은 당연한 일이지만, 초기 클럽 창단 임원으로서 그동안 회사의 발전에 기여한 면이 없지 않기에 지나치게 일반 회원들만 의식한 처벌은 부당하다고 봅니다. 사람이란 완벽할 수 없는 만큼 한 번의 실수 정도는 눈감아 주는 것이 옳지 않겠습니까? 예전의 회사를 생각해보면 지금의 클럽은 너무 삭막한 것은 사실이죠. 물론 회원이 늘어났기에 감당해야 하는 몫이긴 하지만 지나친 경직성은 클럽 분위기를 해치게 될 것이고, 오히려 회사 발전을 방해할 것입니다."

차인수와 친분이 깊은 개발실 2팀의 손익현의 말이었다. 손은 차인수와 함께 클럽 창단 임원이었으며, 렌즈맨 커뮤니티가 주식회사로 발전하면서 이사직을 겸임하고 있었다. 초기 회원이었던 만큼 손의 클럽에 대한 관심은 각별한 것이었고,

그만큼 초기 회원에 대한 애정도 남달랐다.

"그들은 차인수 씨가 관리자 권한을 내놓고 사직할 때까지 비난을 멈추지 않을 겁니다. 분란을 막을 방법은 그것뿐일 걸요, 아마……."

허튼짓을 하고 있는 줄 알았던 김유이가 문득 입을 열었다. 순간 직원들은 얼굴을 찌푸리며 김유이를 흘겨보았다. 그의 말투가 비아냥거리는 듯해서인지 죄인처럼 고개를 숙이고 있던 차인수는 문득 머리를 들어 김유이를 날카롭게 째려보았다. 그러나 이렇다 할 반론은 내지 않았다. 그는 원인 제공자의 겸손으로 돌아가 자기 앞에 놓인 종이에 낙서만 하고 있었다.

"결론이 없는 얘기를 지금 이 자리에서 떠들어 봤자 아무 해답도 나올 게 없죠. 보세요. 벌써 제 말에 눈살부터 찌푸리는 이 분위기를. 제 말이 그렇게 불쾌했다면, 다른 의견을 내놓으셔야죠."

김유이는 그렇게 말하고는 제 앞에 놓인 태블릿 노트북에서 몇 개의 자료를 찾아 회의실 빔을 통해 전사했다. 스크린은 김유이의 바로 뒷면에 설치되어 있어 빔으로 비추인 그의 얼굴이 창백한 푸른빛으로 변했다.

"이것은 지난 이틀 동안 올라온 이번 사건에 대한 회원들의 반응글을 인지 네트워크화한 것입니다. 붉은 점으로 표시된 단어들이 부정적인 단어들이며, 푸른 점으로 표시된 단어들이 호의적인 반응글에서 보인 단어들입니다. 보시듯이 호의적인 글보다는 비난 반응이 월등히 높습니다. '미친', '등신', '찌질이', '부당', '불공평', '자격 미달', '퇴출' 등 부정적인 단어들이 마치 포위하듯 차인수 씨의 주변을 붉은 장벽으로 둘러싸고 있습니다. 사건이 난 초기에 조사한 데이터이기에 문제가 이미 확산된 지금 재조사를 하면 아마 그 물망은 훨씬 더 복잡하게 얽혀 차인수 씨를 공격하고 있을 겁니다. 이런 상황에서 대안은 한 가지뿐이죠!"

계대해는 말없이 스크린을 응시했다. 붉고 푸른 점과 그 점들을 연결하는 파선들이 마치 연속무늬처럼 반복적으로 겹쳐져 있었다. 점을 따라 규칙적으로 연결된 흰 줄이 기하학적으로 뒤얽혀 오묘한 3차원의 입방체를 만들어 내는 그물 한가운데에는, 노란 문자틀 안에 쓰인 차인수의 이름이 거미줄에 걸린 나비처럼 파닥이며 걸려 있었다. 계대해는 그 사냥꾼의 함정 안에 차인수의 이름이 아니라 자신의 몸뚱이가 포획돼 있는 듯한 느낌이 들었다. 그래서일까. 계대해는 심한 가려움증을 느끼며 마치 몸에 감긴 거미줄을 훑어내려는 듯 자신도 모르게 목덜미를 긁어 댔다. 김유이는 그런 계대해를 흘금 곁눈질해 보며 반응을 살폈다. 그리고는 무언가 만족한 듯한 미소를 언뜻 흘리다가 이내 감추었다. 김유이는 굳은 얼굴로 다시 말을 이었다.

"데이터의 결과물을 신뢰할지 안 할지는 여러분의 몫입니다. 저는 단지 상황이 이러니 회사를 위해 현명한 처리를 해야 한다는 것을 얘기하고 싶었을 뿐입니다. 가능하다면 원인 제공자에게 회사 재량으로 다른 보상을 하는 한이 있어도, 제2개발실 관리자로는 남겨 둘 수 없는 지경이란 얘기죠⋯⋯."

김유이를 비추던 빔의 푸른빛은 어느덧 클럽 직원들 전체에게 퍼져 있었다. 파르라니 퍼져 나가는 빔의 불빛은 사방으로 흩어져 그들의 얼굴을 질병에 전염된 인간들처럼 병색으로 물들였다. 그 푸른빛은 어느 누구도 더 이상 김유이의 말에 이의를 달 수 없게 만드는 듯했다. 창백해진 그들의 입은 더 이상 동료를 위해 변명하려 들지는 않았다. 침묵으로 징계를 동조하는 그들의 굳은 얼굴을 김유이는 무심하게 내려다보았다. 그가 빔을 끄자 그제야 직원들의 낯빛은 살색으로 돌아왔다. 무언가 아주 안심한 듯한 느낌을 주는 알 수 없는 그 색의 변화는 '클럽 DSLR'의 굳건한 보루에 약간의 균열을 불러일으킨 듯했다. 차인수는 여전히 굳은 얼굴로 고개를 숙이고 있었다. 그의 얼굴만이 타인들과는 달리 여전히 파리했다. 그 파리한 인간은 말없이 일어서 균열을 일으키듯 무리 지어선 사람들을 양쪽으로 가르고 회의실 밖으로 나갔다.

회심의 미소. 김유이가 언뜻 흘린 그것은 분명 회심의 미소였다. 회의가 어떻게 끝났는지 계대해는 기억이 나지 않았다.

단지 가렵도록 갑갑하고 복잡하게 얽힌 거미줄 같은 그물망과 그 안에 갇힌 듯 옥죄어 오던 무력한 자신의 몸뚱어리와, 언뜻 스쳐 지나갔던 김유이의 야릇한 미소. 그런 것들만 생각났다. 계대해는 자신의 책상 위에 놓인 서류철을 들췄다. 그 안에는 차인수의 직위해제 건에 대한 서류가 들어 있었다. 계대해는 서류철을 신경질적으로 덮어 버렸다. 무언가 알 수 없는 힘에 의해 클럽이 자꾸만 그가 원하지 않는 방향으로 흘러가는 듯했다.

차인수는 '클럽 DSLR'이 주식회사 렌즈맨 커뮤니티로 거듭나기 전 가족적인 분위기의 동호회 시절 어려운 클럽의 운영 자금을 조건 없이 대주던 회원이었다. 클럽이 전면 무료였던 동호회 시절, 클럽에서는 커뮤니티를 유상으로 바꿔 계속 운영할 것인지 아닌지를 두고 고민이 많았다. 그러던 차에 뜻있는 회원들의 자발적 동참으로 서버 운영 자금이 모금되기 시작했고, 그 덕분에 클럽은 무사히 유지될 수 있었다. 어려운 시절의 좋은 동반자였던 차인수는 초기 클럽의 소규모적 동호회의 분위기에 익숙해진 나머지 최근에 크나큰 실수를 한 것이었다. 그것을 잘 알기에 계대해는 차인수가 아무리 큰 물의를 일으켰다 하더라도 감싸안아 줄 수밖에 없는 사람이었다.

사무실 창에 드리워진 블라인드의 푸른빛이 계대해는 오늘따라 거슬렸다. 밝은 하늘색이라 유별나게 튀는 색은 아니었다. 그러나 어제의 그 알 수 없는 빔의 냉랭한 푸른빛이 연상되어 계대해는 그것이 문득 싫어졌다. 계대해는 창가로 다가가 블라인드의 살을 수평으로 세웠다. 갈라진 살 사이로 창밖의 빛이 스며들었다. 태양빛에 반사된 그것이 바닥으로 길게 그림자를 그리며 파랗게 떨어졌다. 사무실 바닥이 금세 파란 균열로 가득 찼다. 계대해는 얼른 블라인드를 위로 끌어올려 버렸다. 사무실 안으로 창밖의 세상 빛이 불규칙적으로 마구 쏟아져 들어왔다. 금세 환해져 버린 사무실은 그러나 앉아서 업무를 보기에는 너무 뜨겁고 어수선해 보였다. 하지만 계대해는 블라인드를 다시 내리지는 않았다. 블라인드를 올려 둔 채 다시 의자로 돌아오는 길에 문득 멀리서 김유이의 움직임이 보였다. 김유이는 무언가 만족한 듯한 미소를 지으며 컴퓨터 앞에 앉아서 고개를 까딱거리고 있었다. 귀에 꽂힌 이어폰으로 보아 음악을 들으며 게시물 관리를 하고 있는 것 같았다.

계대해는 골치가 아픈 듯 오른쪽 집게손으로 이맛살을 세게 잡아당기며 꾹꾹 눌렀다. 그때 안주머니에서 그의 휴대전화가 울렸다. 전화는 진동으로 설정돼 있었기에 벨이 울릴 때마다 계대해의 가슴께가 들먹거렸다. 계대해는 이마를 누르던 손동작을 멈추고 천천히 안주머니에 손을 넣어 전화를 받았다. 인터넷 서비스업 분야로는 대한민국의 양대 거대 그룹

중 하나인 WWW 커뮤니티 사에서 온 전화였다. 계대해는 요즈음 신규 출자를 받으면서 거대 커뮤니티 사에서 심심찮은 제안을 받는 중이었다. 막대한 자금으로 회사를 통째 인수하겠다는 제안이거나, 혹은 계열사로 합병하자는 제안이었다. 계대해는 애초에 일언지하에 거절했지만, 지금처럼 스트레스 받을 일이 누적되면 거대 기업의 비호를 받는 것도 고려해 볼 일이 아닐까 하는 생각이 들기도 했다. 그러나 역시 계대해의 마음은 그만의 바다에서 소공국의 대장으로 지내는 쪽으로 기울었다. 전화를 끊으면서 계대해는 용의 꼬리 대신 닭의 머리를 선택한 자신의 판단을 공고히 하려는 듯 덮었던 서류철을 다시 열고 그곳에 서명했다.

5

그것은 어쩌면 애초부터 치밀하게 계획된 음모였는지도 몰랐다. 아귀가 맞지도 않고 짐짓 어설퍼 보이기까지 한 일련의 사건들이 산발적으로 일어나기 시작한 것은 김유이가 입사한 지 얼마 되지 않아서부터였다. 클럽 안에는 모종의 불순 세력이 있고, 그가 누구인지 그 의도가 무엇인지는 알 수 없지만, 마치 과녁을 향한 화살처럼 그 누군가의 힘은 클럽 안에서 일어나는 다양한 사건들을 분명한 한 목적을 향해 의도적으로 집중시키고 있었다. 김유이는 개발실 1팀에 소속돼 일하던 지난해부터 이미 사원들 사이에 이상한 기류가 흐르고 있음을 눈치챘다. 그러나 클럽의 직원들은 그 기류를 지극히 당연한 것으로 여기는 듯했다. 어느 면에서는 알 수 없는 그 야릇한 기류를 그들이 묵과하는 것 같기도 했다. '차인수 여친 사건'도 어쩌면 그 이상한 기류의 한 자락이었는지도 모를 일이었다. 김유이는 그것을 느끼면서도 어제 '차인수 여친 사건' 심의회에서 그런 자신의 느낌을 드러내지는 않았다. 회의 때 발표한 것보다 더 많은 분석을 속으로만 삼킨 채 김유이는 혼자서 그 묘한 기류를 파헤쳐 보리라 마음먹고 있었다. 마치 음모에 맞서려는 또 하나의 음모처럼 그의 속내는 비밀스러웠다.

"사람이 온 기척도 모른 채 창을 여덟 개나 띄워 놓고 뭐 하는 거야? 그 그림들은 다 뭐야?"

김유이가 오늘의 최다 추천 사진 작품을 낸 '대세는 전략'의 사진들을 여러 장 띄워 놓고 한참 들여다보고 있자, 디자인 팀 임선영이 몇 가지 광고 디자인 시안을 김유이에게 내놓으며 말했다. 새로운 플래시 광고의 액션 스크립트 소스를 그에게 부탁하기 위해서였다.

"이 사진 어딘지 낯익지 않아? 며칠 전에 올라온 SM 포럼의 '다 지나간 일'이라는 둘레길 사진과 흡사해. 아주 꼭 같다고 말하긴 곤란하지만, 명백한 아이디어 도용 같아!"

김유이는 눈은 여전히 모니터를 향한 채, 임선영이 내미는 시안 자료를 받아 옆으로 밀치면서, '대세는 전략'이 올린 사진 중 하나를 가리키며 말했다.

"글쎄, 난 잘 모르겠는데. 어떻게 보면 비슷한 것도 같고. 길을 소재로 한 사진 작품들이야 워낙 흔하니까. 우연의 일치일 수도 있지 않을까?"

"그렇긴 하지. 그런데 각도를 조금만 틀어서 보면 이 사진은 길이라기보다는 벌레 같아. 잘 보라구. 이렇게 해서 보면 분명히 한여름 태풍에 쓰러진 썩은 고목 둥치 위를 기어가는 왕불나방 애벌레 같잖아."

김유이는 자신의 머리를 외로 꼬고 어깨를 비틀어 보이면서 임선영이 알아듣도록 애써 설명을 했다. 김유이의 설명대로 보는 방향에 따라선 비탈 한쪽으로 늘어진 잡풀들이 애벌레의 보송보송한 잔털 같기도 했다.

"그러고 보니까 또 그렇게 보이긴 한데……."

원하는 대답을 들을 때까지 자신을 붙들고 늘어질 것 같았는지, 임선영은 김유이에게 건성으로 대답하며 막 자리를 뜨려 했다.

"개미는 자신이 함정에 빠지는 줄도 모르고 길을 가지만, 개미지옥을 만든 자는 개미가 지나가는 발소리만 들어도 그

진동이 자기를 향해 다가오고 있음을 아는 법이지. 녀석은 지금 개미귀신이 파놓은 함정에 보기 좋게 걸려든 거야."

김유이는 가려는 임선영에게 알아듣지 못할 말을 뇌까리며 소중한 증거를 채집하듯 프린트 스크린 기능을 이용해 '대세는 전략'이 올린 사진들과 그 게시물 아래에 달린 댓글까지 하나도 빼놓지 않고 꼼꼼히 떠서 이미지로 저장했다. 저장된 폴더에는 꽤 오래전부터 자료를 모아 온 듯 종류별, 날짜별로 다양한 사진 게시물과 댓글이 잘 분류되어 있었다. DSLR 클럽에서 문제를 일으킨 사람의 자료는 물론이거니와 최근에 말썽이 됐던 '차인수 여친 사건'에 대한 자료도 제법 많이 모아 둔 듯했다. 대세는 전략에 관련된 게시물에 김유이가 얼마나 집착하는지는 특별히 별도의 폴더에 XXX라는 중요 표시 마크를 세 개나 붙여 관리하는 것만 보아도 알 수 있었다. 'XXX_1급_대세는 전략'이라는 이름이 붙은 별도의 폴더 안에 검색이 쉽도록 나란히 정렬된 각각의 자료에는 날짜 순번 외에도 김유이만이 알 수 있는 독특한 암호와도 같은 의미 없는 문자들이 파일 이름에 첨가되어 있었다.

집요하리만치 지나치게 꼼꼼하게 자료를 정리하는 김유이를 보면서 임선영은 순간 섬뜩한 기분이 들었다. 김유이가 아무리 개발실 직원으로서 게시물 관리를 겸하고 있다 하더라도 클럽의 게시물을 이렇게까지 낱낱이 주도면밀하게 분석

관리하는 줄은 몰랐던 것이다. 임선영은 어쩌면 김유이가 자신의 행동거지도 다른 자료들처럼 기호화시켜 놓았을지도 모른다는 생각이 들자 불쾌한 느낌을 감출 수가 없었다.

"유이 씨, 유이 씨가 게시물 관리 책임을 맡은 건 알지만, 이건 좀 지나친 사생활 침해 아닐까요? 사람들이 자기를 이렇게 데이터화시켜 놓은 줄을 안다면 분명히 문제 삼을 것 같은데……."

임선영은 약간은 굳은 목소리로 김유이에게 따져 들며 여과 없이 자신의 불쾌한 감정을 드러냈다.

"이렇게 하지 않았다면, 지난 '차인수 여친 사건' 때 내가 데이터 분석을 그렇게까지 정확하게 해낼 수는 없었을 거요. 어차피 이들이 올린 자료는 개인 정보가 아니라 남이 보라고 자신들이 자진해서 올린 공개 자료예요. 게다가 닉네임으로 기록된 내용이라 실명 따윈 남아 있지 않아요. 게시물 내용 안에 실명이나 개인 정보가 있을 땐 스크린샷을 뜨고 정보 부분을 삭제하기 때문에 문제 될 건 없어요."

김유이는 말을 하면서도 손을 재빠르게 움직여 자신이 모아 놓은 데이터 안에서 하나의 자료를 꺼냈다. 거기에는 '대세는 전략'이 그동안 올렸던 곤충 사진 자료들이 들어 있었다. 사진집을 발간한다고 소문이 떠돌던 자료였다. 그런데 그 자료 바로 옆에는 다른 작가의 사진이 나란히 놓여 있었다.

포토샵으로 편집한 것인지 예의 그 사진은 스크린샷으로 이미지화한 '대세는 전략'의 게시물 여백 위에 덧붙여 있었다. 그 사진은 '대세는 전략'이 올린 곤충 사진과 유사했으나 어딘가 맥이 빠진 듯한 느낌이 들었다. 누가 보아도 '대세는 전략'의 사진을 모방해 찍은 듯한 그런 어설픈 사진이었다.

"그래픽 전문가로서 임선영 씨가 보시기엔 이 그림이 어떤 것 같아요?"

"개인적 감상을 말하는 거라면 제가 보기에 게시물 옆에 붙은 이 그림은 너무 도식적이고 느낌이 없어요. 마치 초등학교 곤충 학습 도감에나 나올 법한 흔한 이미지라고나 할까. 원본 사진을 베낀 느낌이 확연히 드러나네요. '대세는 전략'의 사진을 좋아하는 팬이 흉내를 낸 건가요?"

"그런데, 그게 아니라면?"

"아니라고요?"

"네, 여기 이 사진 아래 서명과 날짜가 보이시죠. 곤충 학습 도감 같은 이 어설픈 사진보다 '대세는 전략'의 사진이 열흘이나 뒤에 올라왔어요. 그가 표절을 한 거라면, 이건 아주 중요한 증거 자료가 되겠죠."

김유이는 야릇한 미소를 지으며 사진창을 닫고 폴더 안에 든 수많은 다른 자료들을 뒤적거리기 시작했다. 자료를 검색하는 김유이의 눈가에는 웃음을 머금은 탓에 자잘한 잔주름이 잡혔다. 잔주름에 맴도는 미소 속에는 마치 장난감 쥐를 노리는 어린 고양이처럼 순진하지만 잔인한 끼가 감돌았다. 임선영은 김유이의 그 야릇한 미소에 미묘한 반감을 느꼈다. 무언가 이 일에 대해 상관에게 보고 정도는 해야 하지 않을까 하는 생각이 들 정도였다. 그는 김유이에게 다시 한 번 플래시 파일의 액션 스크립트 소스를 잘 만들어 달라고 부탁하고는 자리를 뜨려 했다. 그러자 자리를 벗어나려는 임선영의 뒤통수에다 대고 김유이는 혼잣말처럼 알아들을 수 없는 소리를 중얼거렸다.

"그거 아세요? 성충을 잡아 먹는 그 대단한 사냥꾼 개미귀신이 실은 성충이 아니라 잠자리 유충이라는 걸. 어린애한테 어른이 잡혀 먹히는 꼴이라니 우습지 않아요? 그것도 함정에 빠져서……."

6

전문 장례식장의 서비스는 동네 장의사보다 훨씬 기계적이라는 생각을 하면서 계대해는 영안실 밖에 있는 문상객 대기실로 갔다. 클럽 회원이었던 '그리운 우체국' 이재수의 장례식이었다. 고인이 클럽 내부의 사건에 휘둘린 이만 아니었다면 사람들은 그가 죽었는지조차 모를 일이었지만, 사망 직전 클럽 안에서 큰 문제에 휩쓸린 인물이었기에, 렌즈맨 커뮤니티는 회사 차원에서 문상하기로 결정했다. 그곳에는 계대해보다 먼저 온 DSLR 클럽의 이사진들과 직원이 와 있었다. 이사라기보다는 클럽 결성 초기에 인간적인 만남으로 결속됐던 지인이라고 표현하는 편이 더 나을 것이었다. 그리고 그 초기의 끈끈한 인간관계와는 겉도는 듯 거리를 두고 앉아 있는 한 사람이 계대해의 눈에 띄었다. 김유이였다. 그는 계대해를 보자 반가운 듯 멀찍이 떨어져 있던 몸을 움직여 그들 앞으로 바싹 당겨 왔다. 김유이는 클럽 가입명이 '차가운 손'인 손익현을 피해 계대해의 옆으로 끼어 앉았다.

"여기 모인 사람들이 다야?"

먼저 자리를 잡고 앉아 소주잔을 기울이던 클럽 가입명이 '소주 석 잔'인 정선우가 말했다.

"7년 전에만 해도 클럽 회원 중 누군가가 상을 당하면 일반 회원들까지 조의금을 걷어 문상할 정도였는데, 이젠 직원들조차 오지 않는군……."

클럽 가입명이 '눈물 한 방울'인 감영규가 말했다. 그의 가명처럼 커다란 눈에는 금세 눈물이 떨어질 듯 촉촉한 물기가 머물러 있었다.

"10년이면 강산도 변한다는데 벌써 7년이나 지났으니, 세상이 변할 만도 하지요. 무언가를 기대한다는 것부터가 이젠

무리예요."

계대해는 그들에게 맞장구를 치면서 그들이 먼저 차지한 두리술상 앞에 자리를 비집고 앉았다. 시키지도 않았는데 김유이가 그의 빈 소주잔을 이슬로 채웠다.

"그런데 고인이 된 이재수 씨의 사인이 뭐랍디까?"

'소주 석 잔' 정선우가 한참이 지나서야 새삼스럽게 물었다.

"지병이 있었나 본데, 개를 죽이고 나서 그렇게 됐다는군요."

조용히 술을 따르고만 있던 김유이가 나서서 말했다.

이상한 말 같지만 그의 말은 사실이었다. 사람 좋기로 소문이 났던 클럽의 우수 회원 '그리운 우체국' 이재수는 지병인 간암을 앓았었는데, 우연하게도 그가 개를 죽인 지 보름이 채 지나기 전에 사망했다. 개를 죽였다는 말부터 하면 그를 폭력적인 인간으로 오해하기 십상이겠지만, 그는 상당히 온유한 사람이었고, 클럽에서도 회원간에 분란이 일어나면 좋은 말로 훈수를 두어 분위기를 살리는 그런 사람이었다. 그는 개를 너무 좋아해 그 자신 작은 견종인 말티즈 한 마리를 키우고 있기도 했다. 그런 그가 개를 죽였다는 소문이 클럽 게시판에 올라오자 사람들은 흥분했다. 그를 비난하는 글이 연일 올라왔고, 그는 그런 글에 예전 같지 않게 분노의 댓글로 대응했다. 이야기인즉슨 그가 아픈 몸을 이끌고도 자신이 키우는 말티즈가 좋아하는 산책을 거르지 않으려고 사건이 있던 그날도 개를 데리고 산책을 했다고 한다. 어느 집 근처에 이르자 말티즈는 길을 가다 말고 근처의 전봇대에 다리를 버쩍 들고 오줌을 싸기 시작했다. 다른 개들이 으레 그러듯이 영역 표시를 하기 위함이었다. 그런데 그 전봇대 옆의 마당 넓은 단독 주택 주인은 큰 독일산 셰퍼드를 키우고 있었다. 하필이면 그날 그 집에서는 개끈을 풀어 놓고 문까지 열어 두어 문제의 사고가 나기에 이르렀다. 셰퍼드는 그곳이 자기 영역이라 생각했는지, 느닷없이 집에서 튀어나와 오줌을 싸던 '그리운 우체국' 이재수 씨의 말티즈를 물어 죽여 버렸다. 개를 뜯어말릴 겨를도 없이 순식간에 일어난 일이었다. 화가 난 '그리운 우체국' 이재수 씨는 그 집에 뛰어들어가 주인에게 항의했다. 셰퍼드 주인이 사과만 했어도 분하고 화가 난 마음을 추스르고 돌아갈 생각이었지만, 셰퍼드 주인은 그가 죽은 개를 빌미로 큰돈을 요구하려 드는 것이 아닌가 의심하여 사과 한 마디 없이 "내가 죽인 것도 아니고 개끼리 그런 걸 나더러 어쩌란 말이오. 내 개가 그랬으니 개를 죽이든 살리든 마음대로 하시오!"라고 말하며 그의 화만 돋우었다. 자신이 키우던 개의 죽음 앞에서 이성을 잃은 그는 마침내 셰퍼드 주인에게 "그래요, 그럼 마음대로 하지요."라고 말하며 개집 옆에 있던 벽돌을 들어 셰퍼드를 죽여 버렸다. 황당한 살육을 제 손으로 벌이고 난 '그리운 우체국' 이재수 씨는 금세 후회했지만, 일은 이미 벌어진 다음이었다. 이 일을 셰퍼드 주인은 자세한 정황은 생략한 채 '그리운 우체국'이 내 개를 벽돌로 쳐 죽였다는 말만을 클럽 게시판에 올렸다. 전후 사정을 모르던 많은 사람들이 '그리운 우체국' 이재수 씨를 비난했다. '그리운 우체국' 이재수 씨는 그런 비난에도 불구하고 상황을 설명하지도 않은 채 '나는 그저…… 그…… 일은 항생제 부작용일 따름이오!'라는 앞뒤 없는 토막글만 되풀이해 올리다 어느 날부터인가는 클럽의 로그인 기록에서 사라져 버렸다.

"그런데 '그리운 우체국' 이재수 씨의 장례식이 오늘이란 걸 어떻게 알았지요? 그는 하도 조용한 사람이라 그가 죽었다는 것조차도 우린 알지 못했지 않소."

'소주 석 잔' 정선우가 다시 물었다.

"그게…… 셰퍼드 주인이 한동네에 사니까. 사망 소식을 들은 모양입니다. 그가 그 일이 마음에 걸려 자기 손으로는 글을 못 올리고, 지인에게 말한 걸 다시 누군가가 클럽 게시판에 올린 거지요. 저는 그걸 특별 공지로 지정했을 뿐이고요. 지병이 도져서 병원에 입원해 보름 만에 죽었다곤 하지만, 그가 클럽에서 갑자기 사라지자 공교롭게도 개 사건과 시기가 맞물려 개를 죽였기 때문에 사망했다는 오해를 받은 모양이에요. 항간에는 사정도 모르고 그를 비난한 악플 때문에 자살했다는 황당한 소리도 나돌았죠."

클럽 가입 연한이 가장 짧은 김유이가 자리에 앉은 이사들보다 더 자세하게 정황을 설명하자, 그들은 머리를 끄덕이면서도 놀랍다는 듯 김유이를 새삼 훑어보았다. 다만 '소주 석잔' 정선우는 자신이 추천해 입사한 웹디자이너 임선영으로부터 김유이의 그 집요하리만큼 꼼꼼한 자료 관리에 대해 들은 바가 있어 그리 놀라지는 않는 듯했다.

"인지 네트워크인지 뭐시기인지 그따위나 만들고 있으니, 클럽의 동향이야 자네가 제일 잘 알겠지!"

차인수 사건 뒤로 김유이를 고깝게만 여기던 '차가운 손' 손익현이 비아냥거리듯 말했다.

"그는 클럽의 초창기에 가입한 성실한 우수 회원이었기에, 저는 그저 이 사실을 공개적으로 알려야 한다고 생각했을 뿐입니다. 죽기 전에 있었던 불미스러운 사건에 대한 해명도 해야 고인의 가는 길에 누가 되지 않을 것 같아서……."

김유이가 변명처럼 말했다.

"누가 뭐랬나. 잘했네, 잘했다구!"

"자자, 그 얘긴 그만하지. 상갓집에 문상 와서 자꾸 지난 얘길 되씹는 것도 예의는 아닌 듯 하이!"

'차가운 손' 손익현이 또다시 비아냥거리듯 말하자 '소주 석 잔' 정선우가 만류했다.

"예전엔 초등학교 동창회 소풍 잔치처럼, 클럽 내에 건수만 생기면 우르르 몰려가서 사람 냄새를 풍겼는데, 지금은 내가 어떤 세계에 살고 있는지조차 잘 모르겠다는 생각이 들어. SNS의 세계의 변화 속도는 아날로그와는 비교가 안 돼. 지금 여기 모인 문상객만 해도 그렇잖아. 클럽 초창기에 가입한 회원들도 점점 사라져 그 시절을 기억하는 사람들도 얼마 남지 않았어. 점점 새로운 사람들로만 채워져 분위기조차 옛 같지 않으니."

'눈물 한 방울' 감영규는 또다시 그 그렁그렁한 눈을 굴리면서 안타까운 마음을 털어놓았다. 그의 곁에 앉은 '소주 석잔' 정선우는 위로하듯 그의 빈 잔에 소주를 채웠다.

회원의 장례식에 참석하는 일은 '그리운 우체국' 이재수 씨를 끝으로 그만두자는 얘기로 술자리를 마무리하면서 그들이 자리를 털고 일어났을 때는 이미 새벽 1시가 지나서였다.

7

김유이의 방은 언제나 그렇듯 모니터로 꽉 채워진 멀티미디어 부스같이 적나라했다. 갑갑한 부스 한쪽에서 모니터 속의 구겨진 이미지 파일처럼 쭈그리고 자던 김유이는 입이 마르고 숨이 갑갑해 잠에서 깼다. 투명 탁상시계의 형광빛 바늘침이 새벽 3시를 가리키고 있었다. 그가 집에 도착한 시간이

2시 10분경이었으니 고작 40분을 잔 셈이었다. 새벽까지 마신 술기운이 아직 남아 머리가 지끈거리고 속이 매스꺼웠다. 그는 자리에서 일어나 세면대로 향했다. 붉은색과 녹색이 엇갈린 체크무늬의 비닐 커튼을 걷어치우고 세면대의 수도꼭지를 틀었다. 그는 머리를 수도꼭지에 바짝 들이대고 떨어지는 수돗물을 그대로 맞았다. 콸콸 쏟아지는 새벽의 수돗물은 차갑고 상쾌했다. 김유이는 떨어지는 물을 손으로 받아 입을 축이면서 어제 일을 떠올렸다.

그는 기실 맥주조차도 입에 맞지 않아 생맥주 말고는 마시지 않는 위인이었다. 비위가 약해 술도 제대로 못 마시는 그가 장례식에 참석해 클럽의 중진들과 술자리를 함께 한 건 순전히 '그리운 우체국'의 실체를 확인해 보고 싶어서였다. 클럽의 중진들처럼 그가 클럽에 대한 의무감이 있어 그런 것은 아니었다. 그는 '그리운 우체국'이 단지 클럽 안에서만 존재하던 데이터베이스였는지 아니면 정말 실재하는 인물이었는지 확인해 보고 싶었을 따름이었다. 일면식도 없는 그의 존재에 대해 확인하는 작업이 지금 그에게 무슨 의미가 있는지는 그 자신도 잘 몰랐다. 다만 어제 그는 데이터 작업을 하면서 '그리운 우체국'의 관련 게시물에서 '대세는 전략'의 댓글을 확인한 것이 마음에 걸렸다. 늘 그랬지만 어제도 그는 클럽의 게시물들을 데이터화하는 자신만의 음모를 다져 나가고 있었다. 그러던 차에 그는 '그리운 우체국'에 관한 셰퍼드 주인의 글이 애초에 사람들의 관심을 끌지 못했다는 사실을 알게 되었다. 반응 글이 서너 개에 불과했던 그의 글은 '대세는 전략'이 관심을 두기 시작하면서부터 사람들이 몰렸고, 그 글은 단 며칠 만에 클럽에 오는 사람이라면 당연히 거쳐 가야 할 최고의 관심 게시물인 이른바 '성지 순례 코스'가 되었다. '대세는 전략'은 '그리운 우체국'을 어느 회원들처럼 비난하거나 한 것은 아니었다. 그런데도 김유이는 이미 사람들의 관심 밖으로 밀렸던 글에 그가 댓글을 달면서 다시 사람들의 주의를 환기시켰다는 사실이 줄곧 마음에 걸렸다.

"의도적이었을까? 아니면 단순한 우연이란 말인가?"

김유이는 젖은 머리를 닦지도 않은 채 혼자 중얼거리면서 책상 앞으로 가 앉았다. 불 꺼진 모니터에 비친 그의 얼굴이 마치 컴퓨터 안에 존재하는 검은 실루엣처럼 몽환적으로 비쳤다. 그는 비현실적으로 왜곡돼 비치는 자신의 모습이 마음에 들지 않았다. 그는 모니터 속의 자신을 지우려는 듯 급하게 컴퓨터를 켰다. 그리고는 자신이 정리해 놓은 자료들을 보관해 둔 웹사이트에 접속했다.

주민번호만 알면 공인된 아이디에 누구나 쉽게 접근 가능한 웹하드나 포털 사이트의 무료 웹 저장 공간을 믿을 수 없었던 그는, 국외 웹호스팅 업체에 유료로 하드를 할당받아 자신만의 저장 공간을 만들었다. 어떤 예감 같은 게 있었던 것이었을까? 이상한 일이지만 그는 클럽에 처음 입사했을 때부터 아무도 시키지 않았는데도 이 데이터 작업을 자진해서 시작했다. 어찌 보면 무의미하기 이를 데 없는 가벼운 수다에 불과한 클럽의 잡다한 사건들을 주워 모아 만들어진 그런 저장고였다. 그는 그곳이 무슨 정족산이나 오대산 사고史庫인 양 실록을 보관하듯, 데이터를 분할해 소중히 보관했다.

아무튼 그는 파일 전송 프로그램에 접속해 아이디와 비밀번호를 입력하고 자료를 열었다. 그는 데이터베이스에 직접 접속해 자료 목록을 검색해 보고는 그중에서 '그리운 우체국'의 자료를 내려받아 열었다.

'대세는 전략.'

그의 아이디가 '그리운 우체국' 이재수 씨의 글마다 난무했다.

그는 다시 '차인수 여친 사건'의 파일을 내려받아 열었다.

'대세는 전략.'

그의 아이디가 또다시 스토커처럼 '차인수 여친 사건'의 글마다 난무했다.

이번에는 가장 최근에 있었던 파일을 열었다. '외제차 구입 사건'과 관련한 방만한 클럽 운영에 대해 지탄한 사건 자료였다.

'대세는 전략.'

사건이 있는 곳이면 어디든 달려가는 스토커처럼 '대세는 전략'의 아이디가 여기저기 난무했다. 이쯤 되면 이건 우연이 아닌 게 분명하다고 김유이는 결론을 내렸다. '대세는 전략' 은 단순히 취미 활동이나 유희를 위해 클럽에 온 게 아니라, 무언가를 꾸미려고 클럽에 접근한 사람처럼, 주도면밀하고 계획적으로 움직이고 활동했다.

"무언가를 꾸민다는 건, 그것을 통해 어떤 이익을 얻을 음모를 함께 지닌다는 뜻이기도 하겠지!"

김유이는 혼자 중얼거리며 '대세는 전략'과 관련된 다른 자료들도 뒤져 보았다. 모든 곳이 한 곳을 향해 있는 것만은 분명한데도 김유이는 '대세는 전략'의 의도를 제대로 파악할 수가 없었다. 무언가 공통점이 있을 법한 사건들을 추려 보았지만, 산발적인 사건에 개입한 '대세는 전략'의 흔적만 엿보일 뿐 특별한 관련성은 드러나지 않았다.

"드러나지 않는다면, 스스로 드러내게 해야겠지?"

김유이는 마치 상대가 눈앞에 있기라도 한 것처럼 '대세는 전략'과 대화하듯 친근하게 중얼거렸다.

그는 '대세는 전략'이 최근에 공들이고 있는 일에 주목했다. 클럽의 여론 대통령 노릇에 맛들인 '대세는 전략'은 요즘 들어서는 사진 전문가가 되고자 애쓰고 있었다. 주식회사 렌즈맨 커뮤니티는 카메라 장비를 중심으로 하는 포털 사이트지만 사진과 관련된 많은 작업을 병행하는 곳이라, 격년제로 사진 공모전을 열어 전시회를 하기도 하고, 협력업체와 공동으로 유망한 몇몇 작가를 골라 전폭 지원하는 문화 사업도 병행하고 있었다. '대세는 전략'은 기업의 작가 지원을 노리는 듯했다. 거금이 걸린 일이었다. 김유이는 됐다는 듯 고개를 뒤로 젖히고 체조를 하듯 팔을 몇 번 휘둘렀다. 그가 세상에서 제일 경멸하는 두 가지 문제를 한꺼번에 해결할 좋은 생각이 머릿속에 퍼뜩 떠올랐던 것이다.

"표절은 세상에서 제일 치졸한 정신의 도적질이야, 대세……. 그런 것을 방치하는 세계 또한 정신의 질서를 파괴하는 치졸한 쓰레기들과 공범자라고 생각해, 대장……."

김유이는 예의 그 어린아이 같은 미소를 지으며 에프티피 FTP를 껐다. 화면이 사라진 컴퓨터 모니터에는 정면으로 앉은 김유이의 얼굴이 웹캠을 통해 뚜렷하게 전사되었다. 젖은 그의 머리에서 축축한 물기가 땀인 듯 광대뼈 아래로 흘러내렸다. 어두운 조명에 반사된 광대뼈 불거진 그의 마른 볼이 개미지옥의 모래 함정처럼 깊숙하게 패여 보였다.

김유이의 이미지 저장 하드는 무려 2테라바이트나 되었다. 해묵은 사진들을 거의 7년 동안이나 열지 않다가 그는 '클럽

DSLR'에 입사한 뒤부터 시험 삼아 그 중 몇 개의 작품을 올려 보았다. 개발실 공식 아이디가 아닌 그의 개인 아이디로 올린 것이었기에 클럽의 회원들은 그가 사진에 관심이 있으리라고는 미처 생각지 못했다. 옛 취미에 대한 향수 때문이었을까 그는 사진을 올리면서부터 지나간 날의 수모와 환멸에 대한 기억을 이 세계가 치유해 줄지도 모른다는 환상을 갖기 시작했다. '클럽 DSLR'이 그가 잊었던 꿈을 다시 되살려 줄지도 모른다는 막연한 기대 같은 것을 품은 것은 아마도 이즈음의 일이었을 것이다.

하지만, 늘 그렇지만 세상은 생각처럼 그리 호락호락한 곳이 아니었다. SNS의 소공국 '클럽 DSLR'은 작지만 역시 세상의 축소판이었고, 사바세계에서 일어나는 온갖 것들이 난무하긴 매양 한가지였다. 난장 한가운데에서 환상을 꿈꾸다니, 그가 그런 무모한 생각을 한 건 클럽의 수많은 사진들이 자기 작품만 못하다는 교만한 자신감 때문이기도 했지만, 단 몇 명의 심사위원 손에 좌우되는 평가가 아니라 수많은 사람들의 추천에 의해 작가 지원을 결정하는 방식의 공정성에 기대를 건 때문이었다. 어쩌면 그 대중성이라는 게 소수의 엘리트보다 더 폭력적일 수도 있다는 걸 그는 미처 생각하지 못했다. 그의 예상과는 달리 그가 처음 올린 곤충 사진은 자신의 것을 베낀 '대세는 전략'의 사진에 떠밀려 사람들의 이목에서 벗어나 버렸던 것이다.

　김유이는 간헐적으로 클럽 갤러리에 사진을 올렸다. 그리고 '대세는 전략'은 기다렸다는 듯이 그의 사진의 어이디어를 베껴 새로운 사진을 찍어 올렸다. '대세는 전략'의 베끼기는 상당히 교묘해 원본에서 항상 살짝 어긋나 표절이 아닌 재창조의 영예를 인정받곤 했다. 바짝 약이 오른 김유이는 '이래도 베낄 거냐!' 하는 심정으로 그가 카메라 테스트용으로 찍은 습작 중 가장 형편없는 사진을 올려보았다. '대세는 전략'은 마치 그 사진을 올린 이가 누군지 다 알기나 하는 듯이 김유이의 작품마다 따라다니며 베끼기를 시도했고, 언제나 그랬듯이 그의 베낀 작품은 김유이를 능가하는 작품성을 보여주었다. 이런 상황에서 김유이가 대처할 일이라곤 계대해를 비롯한 주변 사람들에게 그의 사진이 표절임을 알리는 것이었으나 여의치가 않았다. 그는 급기야는 작품을 비하하는 저급한 수단까지 동원하게 되었다. 그러나 그런 그를 렌즈맨 커뮤니티의 임원은 물론이거니와 믿었던 계대해조차 외면할 뿐이었던 것이었다. 그들이 진정 '대세는 전략'이 표절한 것임을 모르는 것이 아님을 김유이는 알았다. 그들의 예술적 가치관이 달라서 그런 것 또한 아님을 김유이는 알았다. 점점 시간이 가면서 김유이는 그들이 사진에도 예술에도 관심이 없는 이들이라는 것을 알았다. 그들에게 중요한 것은 단지 사진을 매개로 해서 얻어지는 이익과 그것을 둘러싼 현실과 일뿐이었다. 그것이 어떤 종류의 일인가는 그들에게 중요하지 않았다. 그런 생각을 가진 이들에게 김유이는 한갓 몽상가이거나 세상에 트집을 잡는 불만족자일 뿐이었다. 김유이는 이런 취급을 받는 자신이 스스로도 초라하고 한심해 보여 잠자리 사진 이후로는 사진 올리는 일을 그만두었다. 그런데 오늘 그는 다시 그 일을 시작해 볼 참이다. 그의 작품을 평가받기 위한 순진한 작업이 아닌, 먹이가 걸려들기를 기다리는 원시 사냥꾼의 전투력으로.

8

이끼 낀 협곡을 지나 까마득한 회백색 암석 절벽을 기어오르는 그것은 검은 얼룩점을 등에 업은 거대한 유충이었다. 김유이는 그놈이 눈앞에서 아홉 번이나 탈피하는 동안 쉬지 않고 계속해서 그를 뒤쫓았다. 그 거대한 유충은 이제 마지막 탈피를 앞두고 자신이 안주할 캡슐을 숨길 비밀 장소를 탐색하는 듯 김유이의 눈을 피해 자꾸 위로 위로만 기어올랐다. 기어오를 때마다 그것이 흘려 놓은 끈적한 우윳빛 액체가 김유이의 땀에 젖은 이마 위로 뚝뚝 떨어졌다. 비릿한 노린내가 김유이의 후각을 자극했다. 자일에 건 주마jumar를 단단히 그러쥔 김유이는 절벽을 기어오르는 그 거대한 유충의 뒤를 따라잡으려고 안간힘을 썼지만 놈과의 거리를 좁힐 수가 없었다. 한참을 오르는데 유충이 갑자기 용트림을 하듯 몸을 뒤틀었다. 그 바람에 암석 한 귀퉁이가 부서져 굴러 떨어졌다. 부서진 암석 부스러기가 느닷없이 김유이의 오른쪽 어깨를 치고 까마득한 절벽 아래로 추락했다. 순간 자일이 꺾이면서 걸어 놓았던 주마가 빠져 버렸다. 김유이는 휘청하며 절벽 한가운데에서 몸을 틀었다. 안전화를 신었지만 발 디딜 곳이 마땅치 않은 암벽 중턱에서 풀려 버린 자일에만 하중을 의지해 버티기란 여간 어려운 일이 아니었다. 돌 틈에 난 구멍 속에 가까스로 손가락을 끼워 몸을 의탁한 채 김유이는 진땀을 흘렸다. 그가 숨을 헉헉 내쉬며 짐짓 위를 올려다보자, 갑자기 녀석이 기다렸다는 듯 몸을 날려 김유이의 머리 위로 덮쳐왔다. '악' 외마디 소리를 지르며 김유이는 아래로 추락했다.

"바보 같은 꿈이라니!"

김유이는 중얼거리면서 자리에서 일어나 앉았다. 꿈에 흘린 진땀이 실재이기나 한 듯 솜이불이 땀에 절어 눅눅했다. 그는 문득 책상 위를 올려다봤다. 책상 위에 놓인 투명한 유리 상자는 변함없이 그 자리에 그대로 놓여 있었다. 그는 덮고 있던 이불을 걷어차고 벌떡 일어나 유리 상자 가까이로 다가갔다. 투명 유리 상자에 비치는 단면의 내부는 꿈에서처럼 인공의 사암 절벽이 알 굵은 모래에서부터 잔잔한 자갈돌까지 다양한 지층을 이루며 켜켜이 쌓여 있었다. 그는 상자를 덮은 플라스틱 뚜껑을 열고 안을 살며시 들여다봤다. 그 인공의 절벽 꼭대기에서 찰랑거리는 물속을 수채水蠆 한 마리가 유유히 헤엄쳐 다녔다. 놈은 가끔 유영하다 지치면 어항 속에 솟아난 나뭇가지 위로 잠시 기어올랐다가는 다시 물속으로 숨어들었다. 김유이는 고슴도치 상표 그림이 그려져 있는 깡통 속에서 밀웜 한 숟가락을 퍼서 물속에 넣어 주었다. 그러자 녀석은 재빨리 쫓아와 던져 놓은 먹이 중 하나를 쏜살같이 낚아채 작두 같은 턱으로 으적으적 씹어 댔다.

2테라바이트나 되는 김유이의 사진 중에서 '대세는 전략'이 좋아할 만한 사진을 찾기란 의외로 쉽지 않았다. 예전 같았으면 김유이가 어떤 그림을 올리건 상관없이 무조건 베끼려 들었을 '대세는 전략'이 요즘 들어 상당히 신중하게 행동하는 듯했다. 그는 김유이가 함정을 판 이후로 그 저의를 귀신같이 눈치채고 갤러리에 올라온 사진들에 무관심하게 굴었다. '대세는 전략'이 혹할 만한 다른 전략이 필요했던 김유이는 그가 조만간 곤충 접사 사진집을 출간할 예정이라는 사실에 주의를 기울였다. 곧 나온다던 '대세는 전략'의 사진집은 무슨 까닭에서인지 자꾸 출간 시기를 미루고 있었는데, 꼭 넣고 싶은 무언가가 빠진 느낌이 든다는 말만 되풀이하며 그는 사진집 출간을 계속 미루었다. 일이 잘 풀리려고 그랬는지 그 즈음 김유이는 제주에 산다는 지인에게서 희귀종 큰무늬왕잠자리에 관한 정보를 듣게 되었다. 말이 지인이지 일면식도 없는 페이스북 지인이었기에 김유이는 그의 전화번호를 알 수 없어 방명록에 비밀글을 올려놓고 연락이 오기만을 초조하게 기다렸다. 다행히도 그에게서 즉시 반응이 왔다. 그러나 분양을 원하는 김유이의 제안을 그 제주도 사내는 선뜻 받아들이지 않고 자꾸만 뜸을 들였다. 하는 수 없이 직접 만나서 설득하기 위해 김유이는 지난주엔 연가를 내어 비행기를 타고 제주까지 다녀왔었다. '국제 이미징 전시회' 준비를 앞두고 휴가를 받는 김유이를 계대해는 못마땅한 눈으로 바라봤다. 아랑곳하지 않고 다녀온 보람이 있었는지 그는 큰무늬왕잠자리 유충인 수채水蠆를 하나 얻어 왔던 것이다.

밀웜을 마음껏 먹은 수채는 배가 불렀는지 김유이가 정성껏 마련한 수조 속을 버들잎 같은 유선형의 몸체를 이리저리 흔들면서 힘차게 유영했다. 이미 수차례의 탈피를 거친 놈이라 덩지가 컸고 툭 불거진 눈두덩이 제법 잠자리의 그것을 닮아 있었다. 곧 물속을 기어나와 성충으로 우화羽化하는 장면을 김유이는 카메라에 담을 작정이었다. 제주 사내의 말로는 종령유충이라 곧 우화를 할 것이라 했지만, 유충은 일주일이 지나도록 별다른 기미를 보이지 않았다. 녀석은 가끔 나뭇가지로 기어오르긴 했지만 오래 머물지 않았고, 식욕은 여전히 왕성했다. 집에서 사육한 흔적을 지우기 위해 그는 우화 직전 적당한 풀섶을 꾸며 놓고 최대한 자연스러운 상태에서 찍을 생각이었다. 등을 Y로 가르고 성체가 튀어나오는 흔한 우화의 모습이 아닌 좀 색다른 시각에서의 촬영이 필요했다. 그래서 그는 어안 렌즈도 새로이 구비했다. 시중에 파는 렌즈가 아닌 그가 직접 만든 자작 렌즈였다. 왜곡을 좀 더 심도 있게 확대해 줄 그런 렌즈로 그가 개조한 것이었다. 자신의 렌즈만이 담을 수 있는 왜곡과 시점의 특수성을 안은, 그래서 그것을 베끼기 위해서는 상당히 고난도의 기술을 지닌 사진가이거나, 아니면 포토샵에서 왜곡을 조작할 수밖에 없는 그런 독특한 모습을 담기를 꿈꾸며 김유이는 수조 속의 조그마한 육식 생명체를 흐뭇하게 들여다봤다. 김유이의 머릿속에서는 녀석의 우아한 날갯짓이 이미 그려졌다. 세공사의 손길로 잘 다듬은 반질반질한 청금석에 녹색 칠보를 뿌려 놓은 듯한 커다란 눈. 1나노미터의 금사에 은사를 섞어 얼기설기 짠 듯한 얇은 시막翅膜으로 덮인 갑사처럼 여리고 나긋한 날개. 앞다리를 세우고 이제 막 날기를 기다리며 눈부신 날개를 한껏 부풀리는 녀석을 향해, 김유이는 카메라의 앵글을 밀착시키고 있었다. 어안 렌즈에 잡힌 잠자리의 실체가 수백 개의 프리즘을 통과해 망막 저편으로 쏟아져 나오고 있는 것을 확인한 후에야 김유이는 다시 잠자리에 들었다.

　다급한 그 무엇인가가 그를 쫓은 탓이었을까? '대세는 전략'의 반응은 의외로 빨랐다. 김유이가 '클럽 DSLR'의 갤러리에 사진을 올린 지 사흘도 안 되어 모방 작품이 올라오기 시작했던 것이다. 김유이는 느긋한 모습으로 '대세는 전략'이 올린 사진들을 바라보았다. 어디서 포착했는지 자연에서 발견하기에는 아직 이른 시기인데도 '대세는 전략'은 담청색의 황홀한 눈을 가진 예의 그 큰무늬왕잠자리의 모습을 잘 담아내었다. 그도 김유이처럼 우화 직전의 유충을 누군가에게서 얻어 찍은 것이리라 생각하며 김유이는 귀한 품종이라 자기에게 딱 하나만 분양하는 것이라고 허세를 부리던 제주도 곤충 농장주의 느글느글한 얼굴을 떠올렸다.
　김유이의 예상대로 독특한 모습의 큰무늬왕잠자리 우화를 '대세는 전략'에 앞서 이미 보아 버린 '클럽 DSLR'의 수많은 눈들은 '대세는 전략'의 사진에 그다지 큰 관심을 보이지 않았다. 이 낭패를 빨리 극복하지 않으면 자신의 자리가 위태로우리라 여겼는지 '대세는 전략'은 서둘러 다음 작품을 올렸다. 김유이가 찍은 사진처럼 그도 이제는 어안 렌즈를 사용해 왕잠자리의 머리 부분을 과도하게 확장한 흔적이 역력했다. 그러나 역시 그 작품 또한 김유이의 그것과는 분위기가 달랐다. 김유이는 점점 초조해하는 '대세는 전략'의 행동을 보면서 이제 곧 그가 이미지 변환 툴로 사진을 왜곡시킨 작품을 올릴 때가 됐으리라 짐작했다.

포토샵을 이용해 잠자리 사진을 조작한 '대세는 전략'의 작품이 올라온 것은 김유이가 최초의 큰무늬왕잠자리 우화 사진을 올린 지 한참이 지나서였다. 무슨 꿍꿍이에서인지 '대세는 전략'은 조작된 사진을 곧바로 올리지 않고 무려 한 달이나 뜸들인 후에야 올렸다. 그게 그의 양심의 갈등 기간이기를 바란 김유이의 마음과는 달리, '대세는 전략'은 김유이의 잠자리 사진이 준 충격을 완화하는 기간을 가진 것뿐이었다. '대세는 전략'은 오랜만에 올린 자신의 큰무늬왕잠자리 우화 사진 아래에 '시간이 가면 기억은 희미해지네!'라는 제목을 붙여 놓았다. 마치 우화한 잠자리가 과거의 유충 시절을 잊고 희망의 나래를 펴는 듯한 느낌을 주는 이 제목은 기실 김유이에게 보내는 일종의 통고였다. '네 사진은 곧 잊혀지고, 새로운 나는 본래의 자리를 지킬 거야!'라는 의미였다. 김유이는 그의 의도를 잘 알았지만 아무런 대꾸도 하지 않았다. 그가 한참 승리에 취해 있을 때 결정적인 한방을 먹일 음모를 김유이는 조용히 준비하고 있었다. '클럽 DSLR'은 사진뿐 아니라 장비 애호가들이 많은 곳이었다. 김유이는 그런 장점을 살려 '대세는 전략'을 꼼짝 못하게 반격할 무기를 이미 만들어 두었던 것이다. 언제 터뜨릴 것인지 김유이는 가장 적절한 찰나만을 점치고 있었다.

9

마침내 '대세는 전략'이 접사 사진집『앵글 밖의 자연』을 출간한다는 공지가 '클럽 DSLR'의 메인에 떴다. '클럽 DSLR'에서는 그의 작품집 발간을 위한 대대적인 기획을 시행했다. 바로 다름 아닌 '앵글 밖의 자연' 출판 펀드였다.

계대해가 이 독특한 기획을 '대세는 전략'으로부터 제의받았을 때 회사에서는 임시 회의를 열었다. 안건은 이 기획이 과연 실효성이 있을 것인가 어떤가에 대한 논의였다. 그간 렌즈맨 커뮤니티에서는 사진 장비와 관련된 몇 권의 책과 사진 촬영 기술에 관한 시리즈 물을 출간해서 재미를 보긴 했지만, 출판 펀드라는 이례적인 기획을 진행한 적은 없었다. 그래서인지 이 위험 부담이 큰 실험적인 기획에 대한 임원들의 반대는 컸다. 성공할 경우 홍보 효과가 가져다줄 이익은 막대해지겠지만, 실패할 경우에는 펀드를 매입한 사람들의 이자 수익을 회사 측에서 모조리 떠안아야 했다. 호응하는 사람이 많아도 문제 적어도 문제인 셈이었다. 경영자로서의 계대해의 고민은 바로 여기에 있었다. 그런 그의 고민을 말끔히 씻어 준

이는 '대세는 전략'이 아니라 엉뚱하게도 김유이였다.

"제가 그동안 시행된 몇몇의 출판 펀드와 기타 펀드 종류와 사례를 분석해 본 결과, 이번 일은 성공 확률이 비교적 높은 기획이라 생각됩니다. 가나 출판사에서 작년에 시행했던 『마라도 실종 사건』은 펀드 공모 기간 내내 화제가 되어 펀드에 참여하지 않은 일반인들의 예약 구매 사태까지 벌어졌습니다. 당시 예약 구매 기획은 출판사 측에서 하지도 않았는데 판매자와 구매자가 자진해서 세간의 화제에 동참했더랬죠. 그래서 이번에 우리 회사에서는 그냥 단순한 출판 펀드가 아닌 프랙털 구조를 이용한 홍보를 하는 게 어떨까 생각합니다. 어차피 '클럽 DSLR'은 생래적으로 온라인에 기인하니까요."

김유이의 프레젠테이션은 늘 사람을 혹하게 하는 묘한 설득력이 있었다. 인간 김유이의 개인주의적 사고가 아무리 마음에 안 들더라도, 프레젠테이션만 보면 누구나 그에게 넘어가 버렸다. 이번에도 그랬다. 렌즈맨 커뮤니티는 김유이가 무슨 꿍꿍이를 숨기고 있는지도 모른 채 그의 말에 따르기로 했다. '대세는 전략'이 이 일을 알았더라도 아마 일단은 동조하지 않을 수 없었을 것이었다. 홍보 전략 안건을 자신이 낸 만큼, 김유이는 전과는 달리 '대세는 전략'에 대해 트집을 잡거나 계대해에게 따지는 짓 따위는 하지 않았다. 그랬기에 '대세는 전략'과 김유이의 치열한 심리전을 전혀 알지 못한 계대해는 일에 관한 한 김유이가 결벽에 가까운 자기 편견을 포기하고 사진집 『앵글 밖의 자연』 출판 일에 열성을 바치는 줄만 알았다. 모든 것은 이상하리만치 순조롭게 굴러갔다. '대세는 전략'은 클럽 내의 인기 회원인지라 기대 이상의 홍보 효과를 누렸다. 한 달 만에 목표액의 70%를 이미 달성하고, 책에 대한 예약 구매 행렬이 줄을 이룬 것이었다.

그러나 마음을 놓은 게 잘못이었을까. 마냥 잘되어 가기만 하던 일이 뜻하지 않은 어려움에 봉착했다. 사건이 터진 건 출판 펀드 공모를 한 지 한 달째 되는 날이었다. 그날 아침 류이는 출근을 하는 계대해에게 예의 그 프로폴리스 소주잔을 내밀면서 사주에 '손' 있는 날이니 조심하라는 말을 전했다. 계대해는 지극히 도시적인 그녀의 입에서 나온 말이라 어울리지 않는다는 생각을 하며 호쾌하게 웃었다. 그러나 회사로 가는 내내 계대해의 머릿속에서는 류이가 말한 '손 있는 날'이라는 말이 소주잔 속의 프로폴리스 액처럼 탁하게 맴돌았다. 그리고 그날 '클럽 DSLR'에서는 류이의 예언대로 그 '손'이 계대해를 기다리고 있었다.

—사이버의 세계를 사회가 아니라고 착각하지 마라. 그곳은 부인할 수 없는 분명한 나의 삶의 자리이다. 누군가의 아이디 뒤에는 그의 존재가 엄연히 살아 있는 것이니까. 너는 모니터 뒤에 숨어서 내

정신을 손쉽게 도적질했어.

　계대해가 회사에 도착했을 때 클럽의 게시판은 이미 이 일로 떠들썩해 있었다. 누군가가 올린 그 글 아래에는 '대세는 전략'이 올린 사진이 표절이라는 말과 함께, 그 증거로 잠자리의 우화 과정이 '표준 곤충 백과 대사전'보다도 더 자세하게 올라와 있었다. 연사로 찍은 그 사진의 오른쪽 아래에는 흘림 글씨로 만든이가 YIK라는 머릿글자가 새겨져 있었다. 아침부터 올라온 그 글은 이미 수백 명의 조회 수와 100여 명이 넘는 이의 댓글이 달려 있었다. 이런 추세라면 오후쯤엔 수만 명의 조회를 넘길 게 뻔했다. 사람들의 반응은 반반으로 엇갈렸다. 만약 그 글이 사실이라면 '대세는 전략'은 사진의 창작성을 모독한 심각한 범죄자라는 글이 있는가 하면, 누군가의 음해로 '대세는 전략'이 피해를 당하고 있을 수도 있으므로 글을 올린 당사자를 끝까지 추적해 엄벌을 내려야 한다는 주장이었다. 이런 반응들보다 계대해가 더 우려하는 일은 이번 사건으로 사진집 『앵글 밖의 자연』 출판 펀드가 큰 타격을 입지 않을까 하는 점이었다. 계대해로서는 그것이 표절이라 해도 문제요, 표절이 아니라 해도 문제였다. 어쨌든 둘 중 하나는 거짓 논란으로 클럽을 어지럽힌 건 분명한 사실이었으므로. 아니나 다를까 오후가 되자 벌써 그 조짐이 비치기 시작했다. 처음에는 펀드 투자 철회자가 서서히 등장하다가 나중에는 도서 예약 구매 취소자까지 생겨난 것이었다. 저녁나절이 되어서는 투자자의 30% 남짓이 투자금을 회수해 갔다. 실패를 했을 경우의 손해를 이미 고려했기에 계대해에게 그까짓 돈은 사소한 문제였다. 정말 심각한 일은 이 일이 장기화되고 소셜네트워크 상의 화젯거리가 될 경우 '클럽 DSLR'의 이미지 훼손으로 말미암은 수입 감소뿐 아니라 자칫하면 사이트 폐쇄로 이어질 수도 있기 때문이었다. 반사회적 게시물을 통제하지 않아 결국 폐쇄일로를 달린 중견 사이트 '주식회사 하루' 사의 사례를 보아 온 계대해로서는 이번 표절 시비가 여간 신경쓰이는 일이 아니었다.

'클럽 DSLR'이 표절과 조작 시비로 어수선해지자 계대해는 클럽의 경영주로서 불구경만 하고 있을 수는 없었다. 그래서 계대해는 '대세는 전략'에게 연락을 했다. 아니 엄밀히 말해 그 대리인에게 연락을 했다. 만일 그가 표절한 것이라면 계약을 취소하고 빨리 적절한 조치를 취할 생각에서였다. 그러나 대리인은 전화를 받지 않았다. 음성을 남겨도 문자를 남겨도 묵묵부답이었다. 계대해가 연락을 취한 지 2시간이 지나서야 '대세는 전략'으로부터 문자만 달랑 도착했다. '염려 말고 기다리시오. SNS에선 내가 갑이오!'라는 내용이었다. 계대해는 그의 문자가 다소 무례하고 황당하다는 생각을 했지만 기다리는 수밖에 없었다. 그리고 그날 저녁 9시경 클럽 'DSLR은 또다시 하나의 게시물로 술렁이기 시작했다. '대세는 전략'의 반격이 시작된 것이었다.

—비 오는 날 모래 위를 걸어간 발자국엔 물웅덩이가 고이지. 가끔 사람들은 남이 찍어 놓은 발자국에 고인 작은 물웅덩이를 큰바다인 양 착각하고 서핑을 하지. 곧 사라질 모래 웅덩이, 그 비좁은 자기 세계에 빠져 고개를 처박고 노는 애송이와 싸울 시간이 난 없다네.

'YIK'를 비웃는 듯한 '대세는 전략'이 올린 그 글 아래에는 우화 과정을 적나라하게 찍은 연사 사진이 따라붙어 있었다. 클럽의 인기인답게 그의 반격이 시작되자 태도가 애매모호했던 수많은 사람들이 '대세는 전략'을 편들었다. 늘 그를 따라다니던 소위 '대세파'들은 '[大♡]김군'이니 '[大♡]대박아빠'니 '[大♡]개구라소년]'이니 하는 그들 특유의 필명으로 갤러리를 도배하고 다니며 사진을 베낀 이는 '대세는 전략'이 아니라 바로 'YIK'라는 작자라고 떠들어 댔다. 일이 이렇게 되자 사람들은 펀드를 빼는 일도 구매 예약을 취소하는 일도 잠시 멈추었다. 그러나 더 이상 투자자가 늘지는 않았다. 더 두고 보겠다는 관망이 대다수였다. 클럽의 회원들은 무고한 사

람을 모함한 그에게 그에 상응하는 징계를 주어야 마땅하다
고들 했다. 그들은 '대세는 전략'이 'YIK'를 고소해 사태가 좀
더 비장하게 진전하기를 은근히 바라고 있는 듯했다. 그러나
어쩐 일인지 '대세는 전략'은 더 이상 잠자리 우화 사진과 관
련된 모든 일에 대한 언급을 피했다. 그렇게 '대세는 전략'의
반격이 성공하고 사태는 일고동을 넘기는 듯했다.

'대세는 전략'의 반격을 받은 'YIK'가 다시 고개를 내민 것
은 그로부터 만 사흘이 지나서였다. 둘은 서로 짜기라도 한
것처럼 잠자리 우화에 대해서는 더 이상 언급하지 않았다. 그
가 사흘 만에 올린 글은 접사 사진도 곤충 사진도 아니었다.
장비 사용기 갤러리에 올라온 그의 글은 엉뚱하게도 렌즈 자
작 제작기였다. 그는 폐기될 여러 개의 중고 렌즈를 분해해
렌즈를 다시 갈고 다듬어 공작용 에폭시퍼티로 정교하게 마
무리하는 과정을 처음부터 끝까지, 잠자리의 탈피 과정보다
도 더 상세하게 사진으로 정리해 올렸다. 사진으로만 전 과정
을 보여 주던 렌즈 자작 제작기의 마지막 부분에는 비교 사진
두 장과 함께 모처럼 설명글 몇 자가 올라와 있었다. 초보 데
생에 쓰이는 둥그런 회화용 석고를 찍은 그 두 장의 사진 아
래에는 각각 필터와 자작 어안 렌즈라는 두 글자가 적혀 있었
다. 그의 사용기를 본 '클럽 DSLR'의 '대세파' 사람들은 'YIK'
의 뜬금없는 행동에 이제는 그가 '대세는 전략'과의 싸움을

포기하고 패배를 인정한 줄로만 알았다. 몇몇 사람들은 '대세는 전략'을 모함한 그를 법적으로 처리해야 한다고 했지만 정작 '대세는 전략'은 그것을 원치 않았다. 사태가 조용히 진전되기를 바란다는 글을 공식적으로 올린 그는 더 이상 반응글을 올리지 않았다.

그러나 그것은 그들의 착각이었다. 'YIK'는 아무것도 포기하지 않았으며 처음 전투를 시작하려고 마음먹었을 때부터 이미 자신의 모든 것을 걸고 있었다는 것을 '클럽 DSLR'의 사람들은 알지 못했다. 그는 마치 거대한 무엇인가와의 싸움에 소신껏 달려드는 시시포스 같았다. 그는 자신의 시간과 돈과 프로그래밍 기술과 카메라와 렌즈와, 심지어는 자신의 목숨까지 걸고 섬뜩하리만치 비장하게 덤벼들고 있었던 것이다. 그랬기에 그가 올린 사용기는 단순한 렌즈 자작 제작기 이상의 의미가 있을 수밖에 없었다.

그것이 단순한 렌즈 자작 제작기가 아니라 또 다른 반격의 시작임을 제일 먼저 눈치챈 이는 '클럽 DSLR'의 웹디자이너 임선영이었다. 그녀는 그래픽디자인 전문가의 눈으로 'YIK'가 올린 그림이 포토샵에서 특수 필터를 이용해서 조작한 그림이라는 걸 밝혀 냈다. 임선영은 그것을 알아내자마자 'YIK'의 글에다 '작동도 안 될 거짓 렌즈 제작기에다 조작한 그림을 올려 사람들의 이목을 끌려는 건가?'라고 댓글을 달았다.

임선영의 댓글에 'YIK'는 묵묵부답이었다. 그런 'YIK'에게 '클럽 DSLR'의 사람들은 기다렸다는 듯이 비난을 퍼붓기 시작했다. '대세파'들의 비난글이 극에 달할 무렵에야 'YIK'는 자신의 글에 답글을 하나 달았다. 아니 답글이라기보다는 영상 게시물이라고 표현해야 옳을 것이었다. 그는 사람들이 자신의 게시물로 들끓기를 바라고 부러 뜸을 들인 듯했다. 영상은 세 개의 파일을 하나로 합친 것이었다. 파일의 전반부에는 'YIK'가 중고 렌즈를 분해해 직접 갈고 다듬어 새로운 어안 렌즈를 만드는 전 과정이 담겨 있었고, 중반부에는 자작 어안 렌즈로 잠자리 우화를 촬영한 사진의 원본이 담겨 있었다. 그리고 마지막으로는 포토샵에서 사진을 왜곡시키는 기법을 자세히 소개하고, 보정한 사진과 자신의 렌즈로 찍은 사진이 어떻게 다른가를 비교해 보이는 강좌가 담겨 있었다. 말 한 마디 없이 동영상 파일 하나만을 덩그러니 올린 그의 답글은 삽시간에 조회수가 1천을 넘었다. 시간이 갈수록 조회수는 2천, 3천, 4천 자꾸 올라만 갔다. 그리고 얼마지 않아 '클럽 DSLR'에서는 너나 할 것 없이 'YIK'의 동영상 강좌대로 어안 렌즈로 찍은 듯한 독특한 왜곡 기법을 사용해 조작한 사진들이 유행처럼 갤러리를 뒤덮었다. '대세는 전략'을 풍자하듯 패러디한 그림들의 제목은 항상 '대세는 조작'이라는 제목을 달고 나왔다. 인제는 'YIK'가 의도한 대로 '대세는 전략'이 클럽에서 사라져야 할 시간이 다가온 듯했다. 하지만 '잠자리 우화 사건'을 그토록 치밀하게 준비해 온 'YIK'도 간과한 변수가 하나 있었다. 바로 '클럽 DSLR'의 대장 계대해가 그였다.

10

'대세는 전략'의 이미지 조작 사건이 있은 뒤 처음 렌즈맨 커뮤니티에서는 사진집『앵글 밖의 자연』에 대한 출판을 포기 하자는 의견이 주를 이루었다. 애초부터 만에 하나 잘못될 경 우를 각오했기에 계대해 또한 처음에는 그들과 생각을 같이 했다. 그런데 일을 정리하는 과정에서 의외의 일이 생겨 버렸 다. 이미지 조작 사건은 그들이 임의로 정리하기에는 이미 세 간의 이목을 너무나 많이 끌었던 것이었다. 사건이 신문 방송 에서 기사화된 뒤로 사진집에 대한 사람들의 호기심도 덩달 아 커져서 출판을 포기하기에는 이익분이 너무 거대해져 있 었다. 경쟁사에서는 '클럽 DSLR'이 출판을 앞두고 의도적으 로 노이즈 마케팅을 펼친 것이 아니냐는 의심의 눈초리를 보 내기도 했다. 사진집을 출판하기도 전부터 펀드를 도구 삼아 광고에 열을 올린 게 그들의 의구심에 확신을 준 것 같았다. '클럽 DSLR'에서 이 일로 갈등이 일었을 무렵 '대세는 전략' 측에서 먼저 연락이 왔다. '대세는 전략'의 대리인은 만일 렌즈맨 커뮤니티가 출판을 포기하면 다른 곳과 계약을 맺을 것이라는 압박을 가해 왔다. 계대해는 고심 끝에 궁여지책으로 한 가지 약은 수를 냈다. 책의 말미에 '이 책은 포토샵에서 필터를 적용해 보정한 것임을 밝힙니다'라는 문구를 써 넣는 조건으로 출판을 결정한 것이다.

"이건 조작일 뿐 아니라 남의 사진을 베낀 가짜 정신이란 걸 다 알면서 어떻게 그런 부당한 결정을 내릴 수 있는 거지요? 대장은 '대세는 조작' 사건이 얼마나 지리멸렬하고 추잡했는지 전 과정을 누구보다도 잘 알지 않소!"

김유이는 어린아이같이 분노하며 마음에 품은 감정을 전혀 거르지 않고 계대해에게 쏟아 냈다. 계대해는 김유이가 이 일에 가장 먼저 반기를 들리라는 걸 이미 예상하고 있었다. '클럽 DSLR'이 규정대로 흘러가는 일에 보람을 느끼는 그였으니 타협과도 같은 이 일에 화를 내는 건 어쩌면 당연한 일이었을 것이다. 오늘따라 김유이의 움푹 팬 볼이 지나치게 깊은 골을 이룬다는 생각을 하면서 계대해는 마치 어린아이를 다독이듯 김유이의 왼쪽 어깨를 톡톡 두드려 주었다. 그러자 김유이는 그의 날갯죽지를 휙 빼내며 돌아서 가 버렸다. 계대해는 사뭇 당황해하며 멀어져 가는 그를 멀뚱히 바라봤다. 김유이는 자기 자리로 돌아가 자리에 앉아 모니터만 응시했다. 그런 그를 바라보면서 계대해는 문득 그 뒷모습이 어쩐지 낯이 익다는 생각을 했다. 언젠가 보았던 섬뜩한 잠자리의 그 거대한 눈앞에 앉아 있던 뒤태. 불현듯 그 생각이 들자 계대해는 자신도 모르게 흠칫했다. '설마 그가 'YIK.'는 아니겠지!' 의심을 품으며 계대해는 그에게서 시선을 거두었다. 그러나 이상하게 자꾸만 그의 어두운 뒷모습이 머릿속에 남아 께름칙했다. 마치 잠자리의 뾰족한 후미에 목을 찔리기라도 한 듯 따끔하고 간지러운 그 무엇인가가 계대해의 목젖을 타고 올라와서는 가시질 않았다. 계대해는 갑자기 갈증을 느꼈다. 그는 늘 비웃는 듯한 기분 나쁜 모습을 하고 있는 예의 그 주방장 도자기 인형에게 다가갔다. 녹차 티백을 머금은 도자기에서 현미 녹차 한 봉지를 꺼내 잔에 넣었다. 그리고는 따뜻한 차가 그의 목을 씻어 내리기를 바라면서 찻물이 우러나올 겨를도 없이 급하게 그것을 들이켰다. 그러나 그의 바람과는 달리 목은 여전히 따끔거렸다.

"대장, 클럽 게시판에 이상한 글이 올라왔습니다. 지금 클럽 갤러리마다 돌아다니면서 수차례 똑같은 글을 반복해서 도배하고 있습니다."

김유이의 낯선 뒷모습에 골몰한 나머지 정신이 어수선하던 계대해에게 무슨 큰일이라도 난 듯이 임선영이 말했다. 계대해는 귀찮은 표정으로 컴퓨터 앞으로 다가가 그가 열어 보인 게시물을 바라봤다. 게시글을 따라 건성으로 눈을 굴리던 그는 마시던 차를 내려놓고 밭은기침을 했다. 사레 들린 목을 쓸어내리면서 계대해는 다시 게시물을 확인했다. 사진 조작 사건이 'YIK'의 완승으로 일단락되고 '대세는 전략'이 SNS 상에서 사라진 후로 'YIK'는 '클럽 DSLR'의 갤러리에 게시글을 올리지 않았다. 그러던 'YIK'가, 사진집 『앵글 밖의 자연』 출판에 대한 심적 갈등으로 골머리를 앓는 바로 그 순간에, 마치 그 심리를 꿰뚫어 보기라도 한 것처럼 계대해의 양심에 말을 걸어온 것이었다.

　—내 어릴 적에 한 사내를 봤습니다. 그는 물에 빠진 내게 유일하게 지푸라기 하나를 던져 주었지요. 기억하십니까? 뉴요커의 세련미보다 투박한 진실을 더 높이 평가했던 그 일을. 비록 거짓과 조작이 철학인 세상이지만 이 세상 어딘가에는 가끔 진실이 살아 숨쉬기도 한다는 걸 믿게 해주었던……, 그래서 푸르게 빛나는 나만의 유성, 안락한 그곳을 버리고 나는 이곳 큰 바다에 왔었지요. 클럽 DSLR. 이곳마저 '대세는 조작'이 난무하는 곳으로 만들지 않기를 바라며, 마지막으로 부탁드립니다.
　계대해, 하지 마~ 이 새끼야!

　글에는 사진집 『앵글 밖의 자연』에 대한 언급은 전혀 없었다. 그러나 누가 봐도 그 글이 지금 클럽에서 진행되는 사진

집 발행 중지를 요구하고 있음을 눈치챌 수 있었다. 사람들은 조심스럽게 그 글에 반응글을 달았다. 그를 지지하는 동조글이 과반은 넘었다. 계대해는 다시 목이 따가워짐을 느꼈다. 그런데 그 글을 읽는 순간 계대해는 오기가 발동해 결코 'YIK'라는 작자에게 넘어가서는 안 된다는 생각이 먼저 들었다. 'YIK'에게 끌려 갔다가는 계대해 자신도 '대세는 전략'처럼 곤욕을 치를 것만 같았던 것이다.

"이 자는 생각보다 훨씬 위험한 인물인지도 몰라. 사진 조작 사건 때 그가 처신한 행동을 보면 굉장히 주도면밀하고 영리한 작자임에 틀림없어. 또 무슨 일로 클럽을 어지럽힐지 모르니 개발1팀에 얘기해서 계속 주시하도록 해. 여차하면 내게 즉시 보고하고."

계대해는 임선영에게 그렇게 지시하고는 다시 차를 들이켰다. 녹차 분말로 가장자리를 둥그렇게 물들인 찻잔이 도자기 주방장처럼 큰 입을 벌리며 계대해를 바라보는 듯했다. 계대해는 잔을 내려놓고 창가로 다가갔다. 블라인드 너머로 김유이의 젊은 어깨가 보였다. 그는 무엇을 하는 중인지 쉴 새 없이 오른쪽 어깨를 바쁘게 움직이고 있었다. 'YIK.' 어쩐지 낯설지 않은 이름 같다는 생각을 하며 계대해는 다시 자리로 돌아와 그가 올린 글을 열어 봤다. 지푸라기. 뉴요커. 진실. 조작. 큰 바다. 이런 단어들이 계대해의 머릿속을 맴돌았다. 그러나 계대해로선 전혀 조합이 안 되는 단어들이었다. 아무것도 기억이 나지 않았다.

그날을 기점으로 'YIK'의 집요한 전쟁은 다시 클럽을 들쑤셨다. 아니 계대해의 머릿속을 숫제 뒤집어 놓았다. 계대해는 직감적으로 '대세는 전략'을 매장시켜 버렸을 때처럼 'YIK'가 자신이 두 손 들 때까지 철저하게 압박해 오리라는 것을 예감했다. 그리고 그 일이 최초로 감행된 지 사흘이 지났을 때 'YIK'는 본격적으로 그를 향해 무모하리만큼 과격하게 돌진해 왔다.

—'YIK'이 이름이 싫으냐? 비진실이 난무하는 큰바다에선 야비한 전략이건 교활한 전략이건 조작적 전략이건 전략이 대세이긴 해. [⋯⋯ 중략 ⋯⋯] 그래서 말인데 클럽의 예쁜 아우들아. 오늘부터 이 형아의 필명은 '대세는 전략'으로 바꾸마. 사진 조작의 달인 '대세는 전략' 그 작자를 영웅으로 만든 이름이라면 나도 이름 덕 좀 봐야 공평해지지 않겠냐. 그러니,

계대해 이 새끼야, 하지 마라면 하지 마!

'대세는 전략'으로 필명을 바꾼 'YIK'는 그가 'YIK'였던 시절보다 더 말이 사나워졌다. 그는 직접적으로 계대해에게 모욕을 가하거나 인신공격마저 서슴지 않았다. 문제가 이런 치

졸한 욕설에서 그쳤더라면, 계대해는 아마도 그가 제아무리 질기게 자신을 공격해 와도 무시하고 넘어갈 배포는 발휘해 줄 생각이었다. 그러나 그의 자판 전쟁은 여기서 그치지 않고 계대해의 삶의 자리를 위협해 왔다.

마침내 '대세는 전략'으로 화한 'YIK'의 비난 수위가 높아졌을 무렵 계대해는 그를 법적으로 해결해야겠다는 결심을 하게 되었다. '대세는 전략'은 '클럽이 지나치게 비양심적이며 표절에 대한 도덕적 불감증이 심각하며 이를 조장하는 클럽 대표 계대해는 책임을 져야 한다는 내용'의 비난 글과 함께 계대해가 자신에게 '잠자리 우화 표절 사건'에 대한 글을 더는 쓰지 말고 자제해 달라는 메일을 보냈다는 허위 사실을 유포하고 다녔다.

"대장, 정말 일을 이렇게밖에 해결할 수 없는 건가요? 'YIK' 아니, '대세는 전략'에게 자제 요청 글을 보낸 건 사실이잖아요."

"자제 요청 글이긴 하지만 표절 사건을 덮으려고 그를 매수한 건 아니지. 그건 엄연히 차원이 다른 일이야. 나더러 돈을 주고 사람을 매수하려 했다고 떠들어 대는 자를 그냥 둘 수는 없어! 과연 그자가 원하는 게 출판 금지 하나만일까? 어쩌면 그는 '클럽 DSLR' 전체를 통째로 삼켜 버리려는 음모를 품고 일을 벌였는지도 몰라. 그건 간과할 수 없는 일이지 않나."

계대해는 단호하게 말했다. 그는 클럽의 고문 변호를 맡은 대형 로펌의 변호사에게 전화를 걸어 만날 약속을 했다. 그 순간 문득 김유이의 깊은 눈이 잿빛으로 변하는 것을 느꼈다. 그러나 계대해는 그의 굳은 시선을 외면하고 제 볼일을 보았다.

다음 날 계대해는 소송을 위한 '클럽 DSLR'의 고문 변호사를 선정하고 고소장을 접수했다는 증거 자료를 이미지 파일로 스캔해 공지 사항에 올렸다. 사이버 세계가 현실이 되어가는 과정이 클럽의 갤러리를 서서히 지배하기 시작한 것이었다.

11

누군가의 기억 속에 자신의 존재가 남아 있다는 게 꼭이 축복만은 아니리라. 계대해는 그날 이후로 가끔 그런 생각을 하곤 한다. 특히 나의 기억 속에는 전혀 남아 있지 않은 타자의 머릿속에 내가 존재한다는 건 커다란 위협임에 틀림없었다. 왜냐하면 자나깨나 기억 속에 늘 생각을 잡아 둔 상대로부터 자신을 지키기란 여간 까다로운 일이 아니니까 말이다.

'YIK' 아니 '대세는 전략'이 계대해의 기억의 빈 허점을 노리고 방어할 틈이 없는 그를 느닷없이 공격해 왔을 때, 그가 누구인지만이라도 눈치챘더라면, 계대해는 어쩌면 사태를 그다지도 크게 확대시키지 않고 적당한 선에서 덮었을는지도 몰랐다. 계대해의 그런 아량조차도 'YIK'가 보기엔 야비한 타협으로 보였을 테지만. YIK. 참으로 낯익은 머릿글이었는데도 그때 계대해는 그것이 누구를 가리키는지 전혀 짐작조차 할 수 없었다. 계대해가 그다지도 인색하게 대처를 한 건 과거의 기억을 잃은 만큼 얼크러진 세상 논리에 익숙해져 버린 탓인지도 몰랐다. 굳이 변명을 하자면 계대해가 보기에 그자는 너무 많이 변해 있었다. 'YIK'였을 수년 전의 그는 살집이 있어 여린 볼살이 통통하니 눈이 순하고 숫접은 청년이었다. 그런데 '클럽 DSLR'에서의 그는 그러니까 너무나도 심각하게 말라 있었다. 옴폭하게 패인 볼살로 인해 지나치게 도드라져 보이는 광대뼈와, 그로 인해 더욱 깊어져 버린 낯선 눈매는 어딘지 의뭉하고 알 수 없는 날카로움 같은 게 서려 있었다. 그렇게 변해 버린 그라면 친척이라 해도 단박에 알아보긴 쉽지 않았으리라 계대해는 스스로를 위로했다.

계대해가 고소장을 접수하고 그 경과 과정을 클럽 공지사항에 지속적으로 올린 후에도 '대세는 전략'이 되어 버린 'YIK'는 계속에서 계대해를 공격하는 비난 글을 올렸다. 계대해 또한 그와 대적하는 동안 어느새 사이버 경찰대와 함께 그를 잡으려고 혈안이 된 사냥꾼으로 변해 있었다. 경찰 인력이 여의치 않자 계대해는 클럽의 사람들을 총동원해 그를 잡기 위해 현상금을 내걸고 제보를 받았다. 'YIK' 아니 지금은 '대세는 전략'으로 활동하는 그의 아이피를 공개해 유사한 지역이 어디인지를 즉각 신고받는 다소 원시적이고 노동력이 소모되는 방법이었지만 그 효과는 상당히 컸다. 클럽에는 그가 PC방을 옮길 때마다 유사 아이피 지역에 대한 보고가 들어왔다. 그때마다 경찰은 제보 지역으로 출동했으나 간발의 차이로 번번이 그를 놓치곤 했다. 아이피 수사망에 압박감을 느꼈던 것일까. 어느 날부터인가 '대세는 전략'은 더는 클럽 갤러리에 흔적을 남기지 않았다. 모두들 이 일에 점점 지쳐가는 듯도 했다.

그렇게 '대세는 전략'을 잡기 위한 지리한 시간이 흘러갔다. 꼭꼭 숨어 버린 그를 찾기에도 싫증이 난 사람들은 서서히 그를 잊어갔다. 계대해 또한 예전처럼 고요해진 '클럽 DSLR'의 바다에서 나른한 일상을 즐겼다. 렌즈맨 커뮤니티에서의 단 하나의 변화라고는 어느 날 갑자기 김유이가 연가를 낸 뒤로 영원히 사라져 버렸다는 사실이었다. 그는 연가를 낸 지 열흘 만에 이메일로 사표 한 장만 덜렁 제출하고는 인사도 없이 영원히 사라져 버렸다. 계대해는 자신은 김유이를 무척 아꼈다고 생각했기에, 그의 돌연한 사표에 상당히 불쾌감을 느꼈다. 하지만 이미 떠나 버린 그를 어쩔 수는 없는 일이었다. '클럽 DSLR'은 갈수록 전도가 양양해져 지난해부터 공공연하게 나돈 대기업과의 MOU 제의는 여전히 계대해의 전화통을 불나게 했다. 그러나 소공국을 지키기를 꿈꾸는 계대해에게는 어림없는 일이었다.

"대장, 우편물이요. 경찰서에서 온 모양인데 무슨 일이에요?"

마침내 김유이의 빈자리를 채우기 위해 새 직원을 뽑는다는 공고를 올린 어느 날, 계대해는 경찰서로부터 이상한 문서 한 장을 받았다. '대세는 전략'이라는 자가 11월 7일경에 사망하여 '공소권 없음'이 결정 났다는 내용이었다. 그가 자살을 했다는 것이었다. 그것을 읽던 계대해의 눈꼬리가 갑자기 파르르 떨리기 시작했다. 느닷없이 날아온 '대세는 전략'에 관한 소식이 부고였기에 그런 건 아니었다. 그 공문서가 밝힌 또 하나의 진실은 '대세는 전략'이 김유이라는 거였다. 뒤통수를 얻어맞은 듯 멍해져 버린 계대해에게 임선영이 또 다른 소식 하나를 제공했다. 클럽 갤러리에 올라온 '대세는 전략'의 마지막 게시물을 찾아냈다는 것이었다. 이젠 유서가 되어 버린 씁쓸한 그의 마지막 게시물을 임선영이 계대해를 위해 열어 보였다. 계대해의 마음속에서는 배반감보다는 알 수 없는 야릇한 아쉬움 같은 것이 스쳐 지나갔다. 그건 결코 슬픔 따위의 어설픈 감정은 아니리라 마음을 다지며 계대해는 그의 마지막 몸부림을 들여다봤다. 그런데 그 유서 같은 마지막 게시물을 읽던 계대해는 마치 후렴처럼 달아 놓은 끝 문장을 보는 순간 우울하거나 비장해지기는커녕 미소가 터져 나와 버렸다. 김유이가 중국에서 가져왔던 그 도자기 주방장 녹차함은 비웃는 것이 아니라 어쩌면 정말로 활짝 웃고 있는 모습이었을는지도 모르겠다는 생각을 하며, 계대해는 '대세는 전략'의 마지막 메시지를 읽고 또 읽었다. 그땐 왜 자신이 웃지 못하고 비장하게만 덤벼들었던가 문득 후회 같은 것이 스쳐 지나가는 듯도 했다.

—안녕, 클럽의 동생들아!
오랜만에 글을 쓰는구나. 내가 요즘 고달픈 세상살이에 적응하느라 아주 바쁘지만, 그간의 내 소식을 궁금해하는 동생들이 많을 거 같아서 갤러리에 들어와 본 거야. 여기에 와서 난 참 많은 일을 겪었어. 익명의 외로움이니, 군중 속의 고독이니 하는 그따위 유치하고 빤한 얘기를 하자고 다시 들른 건 아냐. 너희들도 알다시피 SNS에선 내가 갑이야! 그동안 내가 갤러리살이를 하면서 제일 통쾌했던 일은 물론 '대세는 조작' 녀석을 박살 내버렸던 일이야. 어떤 자들은 노이즈 마케팅으로 한몫보려 들겠지만 적어도 너희들은 그 작자가 사기꾼에 위작자라는 걸 다 알잖아 그치? [……중략……] 그런데 말이야, 누군가에겐 사소한 법적 분쟁이겠지만, 너희들도 알다시피 나 같은 완전한 자에겐 인생의 빨간 줄은 참을 수 없는 모독이야. 그래서 이제 나도 이 지상의 여행을 끝내야 할 것 같아. 길다면

길고 짧다면 짧았던 갤러리에서의 시간 동안 그래도 나를 밀어 주는 너희 동생들이 있어서 이 흉아는 참 행복했었노라고 말하고 싶어. 그리고 끝으로,

계대해 이 새끼야, 하지 마라면 하지 마!

12

카메라에 저마다 거대한 망원 렌즈를 단 한 무리의 사람들이 계대해의 앞을 가로질러 우르르 몰려갔다. 계대해는 그들에게 떠밀려 애초에 가려던 S사의 멀티모니터 부스로 가지 못하고 엉뚱한 곳으로 밀려갔다. 타원형의 거치대가 넓게 설치된 오픈 스튜디오에서, 그들의 거대한 렌즈는 한곳을 향해 집중 사격을 준비하는 포병부대의 대포처럼 신제품 광고 모델을 향해 빙 둘러 포위하듯 포구를 조준했다. 크림색 핫팬츠에 검은색의 반짝이 민소매 상의를 입은 미모의 모델이 신제품을 들어 올리며 이리저리 자세를 취하자 '파박' 스트로브의 불빛이 사방에서 터졌다.

신규 렌즈와 카메라 출시를 앞둔 S사의 신제품 시연회는 항상 그렇게 전쟁터처럼 북적였다. 그런 모습을 보면서 계대해는 AF 5.2mm의 단 렌즈와는 달리 망원 렌즈의 거대 구경은 언제나 그렇지만 어딘가 전투적인 폭력성을 느끼게 한다는

생각이 들었다. C사의 백색 구경과는 달리 S사의 검은 렌즈는 그 폭력성이 더욱더 강하게 느껴졌다. 그들이 지닌 그 검은 눈들이 포구처럼 느껴지자 계대해는 피식 쓴웃음이 났다. '클럽 DSLR'의 누리꾼들이 그 렌즈의 별칭을 왕대포라는 은어로 표현하던 게 생각나서였다. 폭력성과 익살성이 동시에 느껴지는 것 같아 계대해는 문득 씁쓸해졌다. 소란한 틈을 비집고 그곳을 빠져나와 계대해는 애초에 그가 가려던 멀티모니터 부스로 향했다. 그곳에는 '클럽 DSLR'에서 주최한 사진과 장비에 관한 사진전이 준비되어 있었다. 사진을 종이로 인화하지 않고 직접 영상으로 편집해 보여 주는 새로운 개념의 전시회였다. S사의 신제품 시연회는 사업상 계대해가 항상 참가하는 행사였는데, 이번 행사에서는 S사측의 권유로 렌즈맨 커뮤니티에서 '클럽 DSLR'의 회원을 상대로 한 사진 공모전을 시행했던 것이다. 공모전을 통해 모인 사진은 다시 디지털로 재편집해 오늘 멀티미디어 부스에서 디지털 영상으로 바로 전시되었다. 이미지 검색이나 보기 등을 관람객이 직접 조정해서 새로운 이미지를 창출할 수도 있는 일종의 실험적 사진전이었다.

계대해가 이번 전시회에서 가장 신경을 써서 준비한 것은 김유이의 유작전이었다. 김유이 유족의 동의를 얻어 가져온 파일 중에서 작품성 있는 사진을 추려내 김유이 특집 전시 부스를 마련했다. 그의 죽음을 이용해 클럽의 이익을 얻으려고 그런 건 아니었다. 어차피 계대해는 이번 일이 마무리되는 대로 '클럽 DSLR'을 대형 IT 사에 넘길 생각이었다. 그렇다고 해서 그의 죽음에 대한 죄책감에서 벗어나려고 벌인 일은 더욱 아니었다. 그가 그것을 좋아할 것만 같아서였다고 말하면 옹색한 변명이 될까? 계대해는 김유이의 유작전에 대해 물어오는 사람들에게 '아마도 그가 좋아하겠지요?'라고 반문하며 대답을 얼버무리곤 했다. 계대해는 그의 작품을 모아 놓은 멀티미디어 부스에서 모니터를 작동시켰다. 2기가가 넘는 그의 작품들이 재빠르게 움직이면서 화면을 가득 메웠다. 사이키 조명처럼 어지럽게 움직이던 작품들이 갑자기 동작을 멈추고 계대해의 시선을 끌었다. 누군가가 보아 주기를 바라는 듯 움직임이 불현 듯 중지된 모니터 안에 낯익은 그림 하나가 떠 있었다. 흑백이 극단적으로 대비된 그 사진 속에서 한 사내가 양 팔을 쫙 벌린 채 나는 듯한 자세로 멈추어 서 있다. 사내의 겨드랑이에서는 금방이라도 잠자리의 날개가 돋을 듯 시아╫가 투명하게 부풀어 올라 있었다. 그리고 그 재색의 사진 하단에는 '미래를 날다/Y.I.K.'라는 시치미가 붙어 있었다.

내 살아온 시간들이 언제나 깨어 있었다고 장담을 할 수 없듯이,
몽롱한 그녀의 삶보다는 손으로 느껴지는 이 현실이 오히려
환상에 불과했다고 누가 말한들
나는 대항할 아무런 해답도 지니지 못한 것이다.

생존 게임

1

그 여자를 처음 보았을 때부터, 나는 손각시같이 창백한 낯빛을 가진 그 여자가 어쩐지 상서롭지 못한 사람만 같아 공연한 경계의 빛을 감출 수가 없었다. 특별히 가학적인 인상을 하고 있다거나, 타고난 악기가 엿보여서 그런 것은 아니었다. 그런 면을 따지자면야 정반대에 가까울 정도로 오히려 어리뚝한 구석이 많은 여자였다. 그런데도 내겐 그 선량한 여자가 자꾸만 신경에 거슬렸다. 아마도 늘 몸을 잔뜩 움츠리고 있는 듯한 그 여자의 태도가 어딘지 모르게 내게 거부감을 준 것 같았다. 그건 뭐랄까, 마치 이불을 꿰매는 굵은 바늘이 고슴도치 털처럼 온몸에 뾰족이 튀어나와 있는 듯한 야릇한 몰골이라고나 할까. 공격적인 용도라기보다는 방어의 용도로 그것을 지녔음에 틀림없을 어떤 도사림 같은 것이 옹송그린 그

114

녀의 몸 구석구석에서 느껴졌던 것이다.

나는 그녀를 볼 때마다 도대체 세상이 저 조그만 여자에게 어떤 상처를 주었기에 그다지도 기괴한 모습으로 자신을 무장할 수밖에 없었던 것일까 하는 생각에 절로 측은한 마음이 일곤 했다. 그리고 그 어쭙잖은 측은지심 때문에 무심결에 그녀에게 말려들고 있었으니, 사람을 보고 아무때나 연민을 느낀다는 것이 그다지도 위험한 일이라는 것을 진작에 알았더라면, 나는 아마도 그녀 따위와는 결코 가까이하지 않았을 것이다.

그 여자를 보면 나는 유년 시절에 아이들이 가지고 놀던 공벌레(쥐며느리)가 연상되곤 했다. 고무줄뛰기나 선돌차기 따위의 놀이에 지친 아이들이 간혹 즐기곤 하던 작고 연약한 회색 버러지. 담 밑에 깔린 부서진 콘크리트 조각이나 정원의 나무 그늘 아래에 아무렇게나 놓여 있는 손바닥만 한 돌멩이를 들치면, 습기 녹녹한 돌들 밑에 몸을 숨기고 있던 무방비 상태의 그 버러지들은 생명에의 위기감을 느끼고 부리나케 어디로든 달아나려고 애를 썼다. 따가운 해의 조명을 피하느라 이리저리 기어다녀 보지만, 결국엔 몸을 숨길 곳을 찾지 못한 녀석들이 최후로 선택하는 자기방어는 언제나 제 몸을 공처럼 똥그랗게 말고 꼼짝도 않은 채 죽은 시늉을 하는 것이었다. 자기는 세상에게 가해할 의사가 전혀 없으니 내버려 두어 달라는 그런 절박한 몸짓. 나는 그 가엾은 버러지들에게 지은 죄가 많았다. 고것들이 몸을 둥글게 움츠리면 움츠릴수록 나는 녀석들의 뱃속이 보고 싶어 자꾸만 딱딱한 등딱지를 똑바로 펴려고 버러지들의 연약한 피부에 무리를 가하곤 했다. 내 손에서 수없이 죽어간 그 버러지들. 그 많은 움츠린 버러지들 중의 하나가 그 여자의 모습을 닮았다고 생각한다면 그건 내 비약이 너무 심한 것인지도 모르겠다. 아니면 그 여자에 대한 순전한 모독이 된다든가. 하지만 유년 시절 나의 그 버러지 놀이를 한없이 부끄럽게 만들었던 한 소녀가 아무래도 지금의 그 여자와 너무나 닮은 것만 같아, 나로서는 그 여자와 공벌레에 대한 기억을 동시에 떠올리지 않을 수가 없다.

"그냥 놔 줘요. 자기 식구들한테 돌아가서 살게. 헤어지면 너무 불쌍하잖아!"

어느 날 놀이에 지친 내가 아이들과 오롱조롱 모여 앉아 예의 그 공벌레를 가지고 장난을 치고 있을 때 누군가가 등 뒤에서 나를 제지했다. 무르춤하며 돌아보니 어딘지 좀 모자라 보이는 듯한 여자아이 하나가 엉거주춤하게 서서 초점 몽롱한 시선으로 나를 내려다보고 있었다. '놔 줘요'라고 하는 말이 명령조라기보다는 거의 애원조에 가까웠기에, 나는 그 여자아이의 얼굴을 자세히 관찰하려고 몸을 그녀 쪽으로 돌렸다. 그녀는 아무 말도 않고 내 손에 잡혀 있는 콩알만 한 공벌레들만 그렁그렁한 눈으로 내려다보았다.

"야, 그냥 무시해. 쟨 좀 모자라는 애야. 바보거든. 학교도 이상한데 다닌다더라. 특수학교라던가 뭐라던가!"

내가 어찌할 바를 몰라 손바닥에 여전히 공벌레들을 올려놓은 채 멍청히 소녀를 쳐다보고만 있자 아이들이 말했다. 소녀는 몽골리즘(다운 증후군)이었다.

그 몽골리즘 소녀를 내가 다시 마주친 것은 등굣길에서였다. 내가 다니는 초등학교는 집에서 적어도 2킬로미터는 떨어진 먼 곳에 있었기에 나는 학교에 가기 위해 통학 버스를 타야 했다. 대부분의 아이들이 집 근처의 가까운 학교로 걸어 다니는 것과는 달리 유독 나와 그 소녀만은 버스를 타기 위해 아침마다 정류소에 서 있곤 했던 것이었다. 나는 그곳으로 이사 온 뒤 미처 먼젓번에 다니던 학교에서 그곳 학교로의 전학 수속을 밟지 못해 꼬박 한 학기 동안은 예전의 학교까지 통학 버스를 타고 다닐 수밖에 없었고, 그 소녀는 근처에는 소녀가 다닐만 한 특수학교가 없었기 때문에 부득불 차를 타고 학교가 있는 시내까지 나갈 수밖에 없었다. 그러니까 동네 아이들 중 차를 타고 학교에 가야 하는 아이는 나와 그 소녀 둘뿐인 셈이었다.

소녀는 늘 자신의 할머니와 함께 등교를 하곤 했다. 소녀의 어머니가 소녀를 낳자마자 어디론가 떠나 버린 후 소녀는 줄

곧 할머니의 손에서 길러졌다. 할머니의 손을 꼭 잡고 통학 버스를 기다리는 소녀. 어쩐지 뭉클한 감동을 자아내는 할머니와 소녀의 따뜻한 모습을 내가 그곳에서 그렇게 자주 마주쳐야 했던 게 어쩌면 나와 그 소녀가 서로의 삶에 연루될 수밖에 없는 계기였는지도 모르겠다. 그리고 여자가 여자에게 반한다는 것. 좀 우스운 말 같지만 나는 그 다정한 할머니의 비호를 받고 선 한없이 연약하고 모자라 보이는 소녀에게 어느 틈엔가 반해 있었던 것이다. 말하자면 전혀 저항 능력이라고는 없는 갓난아기를 보았을 때에 느끼는 감동처럼, 나는 뭔지는 모르겠지만 내가 그녀를 도와주어야만 하겠다는, 내가 가진 무엇이든 그녀에게 주어 버리지 않으면 안 될 것만 같은 야릇한 의무감을 느꼈다. 천사가 되어 보고 싶은 약간의 오만함을 지닌 채.

유년 시절의 그 소녀와 지금의 그 여자가 그렇게 꼭 닮은 것은 아니었다. 왜냐하면 지금의 그 여자는 적어도 정신지체자는 아니니까. 그런데도 어쩐 일인지 나는 그 여자를 볼 때마다 유년 시절의 소녀를 떠올리곤 했다. 그리고 그 두 여자의 공통 분모가 어디에 있는 지를 알아내려는 어떤 시도가 내게 있었다는 것을, 나는 어느 날 무단히 그녀의 직장을 찾아다니는 내 모습을 돌아보고서야 언뜻 알아채게 되었다.

그 여자는 나의 아파트 바로 맞은편에 살았다. 아파트의 원 소유주가 지방으로 전출을 간 일 년 동안 실비로 그녀가 그곳을 빌려 쓰게 된 것이라 했다.

"계량기의 붉은 선을 따라서 숫자를 매기면 되나요?"

도시가스 사용량을 매월 점검표에 기록하는 일에 서투른 여자가 그 용법을 내게 물었다. 딴은 당돌해 보이려고 애를 쓰는 것 같았으나 전혀 그렇게 느껴지지 않는 허술한 말투였다. 나는 '그런 것도 몰라요?' 하는 표정으로 여자가 부끄러워하리만치 빤히 쳐다보며 기록법을 가르쳐 주었다.

"계량기의 흑색 선 안에 있는 흰색 글씨만 기록하면 돼요. 이번 달 수치에서 전월치를 뺀 사용량을 비고란에 적으시구요. 그 수치대로 다음 달 가스비가 정산되니 똑바로 기입하셔야 됩니다."

내가 말하자 여자는 애매한 얼굴로 고개를 두어 번 주억거리더니 이내 제 아파트의 현관문을 열고 쏙 들어가 버렸다. 고맙다는 인사치레도 이렇다 할 말 한 마디도 없이. 나는 그 여자가 냉큼 숨어든 닫힌 아파트 현관문을 한 10초쯤 어이없게 쳐다보다가는 곧 돌아서서 방으로 들어갔다. 참으로 무례한 이웃이라는 생각을 하면서.

그런 일이 있어서인지 나는 그 뒤로 간혹 길을 오갈 때에나 엘리베이터 안에서 그 여자와 마주치는 일이 있어도 주로 외면하곤 했다. 첫인상이 영 마뜩찮아서인지 그렇게 미운 얼굴을 한 것이 아닌데도 그다지 상대할 기분이 나지 않았다. 그 여자는 한눈에 보아도 사람이 소사스러워 불쾌감을 주는 형은 아니었다. 그보다는 뭘 몰라서 무례를 범하는 쪽 같아 보였다. 하지만 제아무리 고의가 아니라 해도, 경우를 차릴 줄 모르는 인간들과는 되도록 상종을 않는 게 오랫동안 혼자 살아오면서 터득한 나의 처세 습관이었기에, 나는 그 여자와 별로 가까이하고 싶지가 않았다.

그러던 그 여자를 내가 왜 굳이 신경을 쓰며 살려고 했는지 그러한 나의 이상 심리를 솔직히 나 자신도 이해하기가 어렵다. 그녀가 하필이면 내 집 앞에 이사를 와 살지만 않았어도, 아니 내가 쓸데없이 그 여자의 직장에 찾아가는 바보 같은 짓만 하지 않았어도, 나는 그 여자와 연루되는 불상사를 면할 수 있었을 텐데. 인연은 이상한 방향에서 날아와 사람의 허를 찌르는 속성이 있는가 보았다.

"저희 가게에 한번 오시죠. 공짜로 게임을 한 판 즐길 수 있게 해드릴 테니."

늘 경우가 없는 무심한 여자라고만 생각했던 그 여자가 어느 날 뜻밖에도 내게 그런 선심을 쓰고 나왔다. 사실 나는 여자의 선심이 전혀 달갑지가 않았다. 내심으로 '이 여자 웃기는구나'라고 생각하면서도, 나는 차마 여자의 면전에다 대고 속내를 드러내기가 뭣해서 "그러죠."라고 마음에도 없는 허언을 하고 말았다. 그런데 실없이 내뱉은 그 말이 꼬투리가 되어 그날 이후로 네펜데스를 닮은 그 여자의 포충낭에 빠져 허구한 날 허우적댄 걸 보면, 정말이지 말이란 절대 함부로 내뱉을 게 못되는 것인가 보았다.

그 여자는 동네에서 세 정거장쯤 떨어진 사거리에 위치한 서바이벌 게임장의 캐셔였다. 내가 여자에게서 "한번 놀러 오시죠!"라는 제의를 받은 지 거의 일주일이 지났을 즈음 나는 딱 그 여자의 가게 바로 앞에서 교통사고를 당하고 말았다. 사고래야 그리 큰 건 아니고 그저 사소한 접촉 사고 정도였다. 그런데 문제는 사고를 낸 상대가 온순한 소소리패가 아니라 상습적으로 자가 운전자를 등쳐먹는 공갈단 패거리라는 것이었다. 엄연히 그네들이 교통법규를 어겼음에도 수의 우위를 내세워 그들은 나를 가해자로 몰아붙이려 했다. 현장을 목격한 다른 사람들은 그들의 행색이 사나워서인지, 아니면 타인의 일에 무심한 게 본래의 속성이라서 그런지 뒤에서 구경을 하거나 그냥 지나쳐 버리는 게 고작이었다. 그때 마침 그 여자가 현장을 목격하고 나를 편들어 주지만 않았어도 나는 아마 어쭙잖은 자해공갈 패거리에게 꼼짝없이 손해배상을 지불해야 할 판이었다. 그 여자. 나는 그렇게 어설프고 얼뜬 여자에게서 내가 도움을 받게 되리라고는 미처 예상 못했던 일이었기에, 불행 중에 나타난 이 행운의 여자에게 어떻게 처신해야 할지를 몰랐다. 그저 그냥 말로만 고맙다고 하면 되는 것인지, 아니면 무슨 특별한 배려나 대접을 해야 하는 것인지. 여자에 대해 내가 그렇게 갈피를 못 잡은 건 물론 여자와 친해지기 싫은 나의 본심이 발동한 때문이었다. 행여 이 일을 기화로 여자와 떨어질 수 없는 고리를 맺는 것은 아닌가 하고. 생판 모르는 사람이라면 차라리 쉬웠다. 베풀어 준 친절에 대해 돈이나 선물로 해결을 하면 그만이니까. 하지만 이 여자는 바로 우리 집 앞에 사는 여자가 아닌가! 그러니 이 우연한 사건은 단순히 지나쳐 버려도 좋을 일만은 아닌 셈이었다. 그래서 나는 마치 덜미를 잡혀 버린 기분으로 여자에게 어름어름 말했다.

"도와주셔서 고맙습니다. 댁이 아니었으면 오히려 내가 가해자가 될 뻔했으니!"

"아니에요. 당연한 일인 걸요. 제가 못 보았다면 몰라도. 그건 그렇고 우리 게임장에 한번 놀러 오신다더니 왜 통 발길을 않으세요? 혹시 오시나 하고 기다렸는데……."

여자는 정말 섭섭하다는 투로 말했다.

"그, 그게, 그동안 바빠서요. 언제고 한번 가 뵙도록 하죠!"

그렇게 해서 나는 그 여자의 게임장에 발을 들여놓기 시작했다. 우연이라고 하기에는 지나치게 필연의 농간이 작용한 듯한 부득이한 방문.

"정말 그게 다라 이거지. 거짓말이면 죽는다, 썅!"

내가 그 여자와의 약속을 지키기 위해 어느 날 큰맘 먹고 게임장 안에 들어섰을 때, 험상궂게 생긴 사내 하나가 여자에게 협박을 하고 있었다. 그의 왼쪽 뺨에는 이빨자국 같은 흉터가 문신처럼 박혀 있었기에, 상의로 걸쳐 입은 검은 가죽 잠바와 어우러져 어딘지 껄렁한 냄새를 풍겼다. 나는 처음에는 동네 깡패가 돈을 뜯으러 온 것인가 여겨 경찰에 신고할 요량으로 급하게 전화기를 찾아 두리번거렸다. 그런데 번호를 누르려는 순간, 나는 그곳의 공기가 내가 짐작한 것과는 사뭇 다르다는 것을 알았다. 실내에는 나 외에도 열댓쯤 되는 손님이 더 있었다. 그들은 사내의 소란에 익숙한 듯 개의치 않고 게임에만 열중했다. 제아무리 세상이 각박하다고는 하나 게임을 하는 많은 사람들이 위기에 처한 캐셔를 두고도 그렇게까지 무심할 수는 없는 노릇이었기에 나는 일단 수화기를 내려놓고 기이한 두 남녀를 주목했다. 아니나 다를까 둘은 잘 아는 사이가 분명한 듯 여자는 카운터 금고에서 돈을 꺼내 그에게 순순히 건넸다. 여자는 그렇게 난폭한 대접을 받고도 떠나는 남자의 어깨너머로 "싸움 너무 자주 하지 마세요."라는 걱정 어린 당부의 말을 놓치지 않았다. 나는 그가 문밖으로 사라지자마자 여자가 있는 카운터 쪽으로 다가갔다. 여자는 예고도 없이 들이닥친 나의 방문에 당황한 듯 할 말을 잃고 물끄러미 바라보았다. 그러다 방금 전의 상황을 내게 들킨 게 창피했는지 볼께에 묻은 눈물자국을 훔치며 부끄러운 미소를 지어 보였다.

"저인 내 애인이죠. 사귄 지가 벌써 이십 년이 넘었어요. 고향에서 같이 자랐거든요. 보기엔 난폭한 사람 같아도 사실은 따뜻한 사람이죠."

여자는 마치 조금 전에 있었던 불상사에 대한 해명이라도 하려는 듯 묻지도 않은 남자에 대한 신상을 변명처럼 늘어놓았다. 나는 그러는 여자를 보면서 어쩐지 못 올 곳을 온 게 아닌가 하는 생각이 들어 기분이 썩 좋지 않았다. 그래서 다시 되돌아가려고 등을 돌리는데 여자가 나를 급하게 불러 세웠다.

"저어, 한 판 놀고 가세요. 공짜로 해드릴게요. 아니면 여기 카운터에 앉아서 차라도 들고 가시든가. 그냥 가시면 제가 섭섭해서……."

거의 애원하다시피 하는 여자의 불안한 목소리가 내 등덜미를 끈적하게 끌어당겼다.

그 여자는 어째서 그 순간 나를 굳이 붙잡아 두려고 했는지 나는 지금도 잘 알 수가 없다. 그런 부끄러운 상황을 들킨 게 민망해서 내게 특별히 자신의 사는 법을 설명하려 했던 것인지, 아니면 여자가 원래 아무에게나 잘 매달리는 의타심이 지나치게 강한 나약한 사람이라서 내게 원조를 청하려는 심산에서 그랬던 것인지. 어쨌든 그날 나는 여자의 가련한 목소리에 등덜미를 잡혀 그만 그곳에 주저앉아 버리고 말았다.

"따끈한 유자차예요."

여자는 커피잔 모양의 투명 유리잔에 하나 가득 노오란 유자차를 끓여 내왔다. 나는 그것을 받아들고는 고맙다는 듯 어색하게 미소를 지어 보였다. 그리고 그것이 그 이상스런 공벌레와도 같은, 혹은 갓 태어난 고슴도치 새끼처럼 엉성하게 자기 무장을 한 그 여자와 나와의 지리멸렬한 인연의 시작이 되었다. 그 질긴 밧줄을 끊기 위해 안간힘을 쓰면 쓸수록 자꾸만 내 인생에 더 깊이 엉겨들고 마는. 마치 무슨 전자적 환각제에 취한 중독자처럼 나는 그 뒤로 자꾸만 그 여자의 서바이벌 게임장을 무시로 드나들게 되었던 것이었다.

3

만일 꿈의 세계가 우리 정신의 내부 영역을 이탈해 바깥으로 튀어나온다면 우리는 아마도 가공할 혼란 상태를 경험하게 될 것이다. 나는 재론 래니어Jaron Lanier의 가상 현실을 보면서 잠시 그런 생각을 해보았다. 어느 날 잠자리에서 일어났는데 꿈에서 깨어났다고 생각한 그 현실 세계마저도 사이버 공간인 가상의 세계라면, 우리는 영원히 현실을 느낄 수 없게 될지도 모르는 일이 아닌가 하고. 그렇게 되면 항상 깨어 있어야 옳은 우리들의 인식의 세계는 인식 그 자체가 의미를 상실하게 되는 게 아닌가 하고. 인식이 상실된 세계. 그것이야말로 우리에게 있어서 가장 무서운 현실일 것이므로.

그 여자가 나를 자신의 게임장에 초대한 뒤로 내겐 이러한 공상적 기우에 빠져 허우적대는 엉뚱한 버릇이 생겨 있었다. 그것은 게임장이 가상의 공간으로 꾸며져 있기 때문만은 아니었다. 그보다는 어쩐지 그 여자가 그 가상의 공간 안에 빠져서 밖으로 나올 생각을 하지 않으려 했기에 그리된 것 같았다. 마치 그 가상의 공간이 그 여자의 은신처라도 되는 듯, 그 여자는 근무 시간인 아침 열 시부터 저녁 아홉 시를 제외한 나머지 시간에도 그곳에 처박혀 있기를 좋아했다. 그리고 그 여자가 그 남은 가상의 시간에 나를 끌어들인 것도 내가 그런 근심을 일삼게 된 원인 중의 하나였다.

나는 그 여자가 세상의 게임이 모두 끝이 난 '남은 시간'에 나를 그곳으로 초대한 것이 결코 악의적인 속셈이 있어서 그런 것은 아니었으리라는 것을 잘 알고 있었다. 하지만 여자 나이 서른이 넘도록 혼자 살다 보니, 세상이라는 게 꼭 포악한 사람만이 타인에게 피해를 주는 것이 아니라, 순하고 연약한 사람 또한 그 나름으로 타 존재에 대한 가학이 될 수가 있다는 것을 나는 더러 경험했던 것이다. 해서 나는 그 여자가 주로 아홉 시가 넘은 밤 시간에 나를 그 기이한 네펜데스의 포충낭에 초대한 뒤로는 줄곧 그 여자와의 인연을 끊어 버려야겠다는 생각을 하고 있었다. 그렇지만 어찌된 노릇인지 나는 좀체 그것을 실천에 옮기지 못하고 미적대기만 했다. 누가 나를 말리는 것도 아니었고, 강제로 그곳으로 몰아 넣은 것도 아니었는데 말이다. 여자는 식물처럼 소극적이고 식물처럼 정적이었다. 그러나 어떤 동물들이라도 자신의 서식지에서는 한수 먹고 들어가는 법이었기에, 여자는 세상이 끝난 곳에서 자신만의 세상을 시작할 때에는. 과감히 촉모觸毛 가득한 잎을 펼칠 줄도 알았다.

내가 그 여자의 제의를 뿌리치지 못하고 무려 한 달이 넘도록 야밤의 텅 빈 게임장을 찾아들게 된 결정적인 이유는, 아무리 생각해도 그 여자가 어딘지 모르게 예전의 그 몽골리즘 소녀를 닮았기 때문인 것 같았다.

"야, 너 요렇게 해봐라. 할 줄 모를 거다. 바보니까."

방과 후 책가방을 던져 놓자마자 동네 골목으로 쏟아져 나온 아이들이 놀이에 지쳐 갈 즈음, 이렇다 할 흥미를 찾지 못한 짓궂은 사내아이 하나가 치마 속을 훔쳐볼 요량으로 소녀에게 하늘 보기를 시켰다. 사내아이들은 물론이고 여자아이들마저도 소녀가 어떻게 나올지 궁금해하며 가만히 지켜보고 서 있었다. 빙 둘러선 아이들 중에는 물론 나도 끼어 있었다. 아무리 바보이기로서니 설마 저 애가 그런 장난질에 놀아날 정도이기야 할까 하는 생각에, 나는 소녀의 거동을 어느 정도 안심하고 바라보고 있었다. 하지만 그게 아니었다. 나의 예상을 뒤엎고 소녀가 아이들이 시키는 대로 하늘 보기를 하며 땅바닥에서 몸을 발랑 뒤집어 보인 것이었다. 소녀는 상식을 벗어난 바보였다. 아이들은 바보 같은 소녀의 행동을 보고 와르르 웃음을 터뜨렸다. 어느 누구도 소녀를 일깨우려는 이는 없이. 그리고 나도 그런 아이들에 섞여 씁쓰레한 웃음을 짓고 있었다. 마음 같아서는 달려가 바보짓에 놀아나는 소녀를 끌어 내고 싶었으나 전혀 어쩌지를 못한 채 소녀와 아이들이 하는 짓거리를 멀거니 바라만 보았다.

내가 소녀를 가까이하게 된 원인은 아마도 하늘 보기를 하던 그날 다른 아이들에게서 소녀를 지켜주지 못하고 그네들과 똑같이 못된 짓거리를 즐기고만 있었던 것에 대한 가책 때문이었던 것 같았다. 그 일이 있었던 그날 나는 집으로 돌아와서도 줄곧 소녀를 비호하지 못하고 다른 아이들과 똑같이 놀아난 나를 부끄러워해야 했다. 다시 통학길에서 소녀를 만난 어느 날, 나는 그 부끄러웠던 날의 죄를 상쇄하기라도 할 심산으로 그녀에게 다가가 말을 건넸다. 그것은 굳이 맺을 필요도 없는 어설픈 인연의 족쇄를 스스로 채우고야 만 내 삶에 있어서의 결정적인 실수였다.

소녀는 생각만큼 그렇게 말이 안 통하는 답답한 아이는 아니었다. 다섯 살배기 어린아이처럼 묻는 말에 또박또박 대답도 잘하고 내게 질문도 곧잘 해대었다. 약간 모자라서 데리고 놀려면 이것저것 구구한 설명이 필요하긴 했지만, 놀이 선생님이 된 심정으로 소녀와 시간을 보내는 것도 그리 나쁘지는 않았다. 왜냐하면 소녀는 다른 또래의 아이들과는 달리 내게 전혀 반항하지도 않았고, 내 의사를 거역하는 법도 없었으니까. 저도 엄연한 사람이기에 그래도 간혹 고집을 피우는 경우가 있기는 했지만 내가 신경질적인 반응을 보이면 이내 자기를 죽일 줄도 알았다.

내가 저를 친구로 받아들인 뒤로 소녀는 마치 방금 젖을 뗀 강아지처럼 내 뒤를 졸졸 따라다니기를 좋아했다. 나는 그러는 소녀가 귀찮아서 동네 골목을 지날 때면 살금살금 주변을 염탐하며 몰래 빠져나간 적도 적잖았다. 솔직히 말해서 나같이 지극히 정상적인 여자애가 어쩐지 모자라다 못해 늘 꿈꾸는 듯이 몽롱한 얼굴을 한 소녀와 한시도 떨어지지 않고 함께 지낸다는 것은 역시 고역이었던 것이다.

"우리 집에 가자, 응. 거기 가면 재미난 그림도 있고 먹을 것도 많아."

어느 날 내가 소녀의 응석을 받아 주기가 지겨워져서 슬며시 도망을 치려했을 때 소녀가 말했다. 소녀는 무언가 색다른 방법으로 나를 자기 곁에 잡아 두려고 딴은 퍽 애를 썼다. 그도 그럴 것이 소녀에게 친구라고는 나밖에 없었기에 내가 그런 식으로 달아나면 소녀는 늘 혼자 놀아야 했던 것이다.

"너나 가서 실컷 먹어. 난 지금 바쁘단 말이야. 숙제도 해야 하고. 너 때문에 요즘 되는 일이 하나도 없다. 만날 너하고만 논다고 애들이 나까지 이상하게 취급한단 말이야!"

나는 요구를 들어주기는커녕 소녀의 정신적인 결함까지 은근히 들추며 매정하게 소녀를 뿌리쳤다.

"우리 집에 가면 할머니가 맛있는 거 많이 줄 텐데……."

소녀는 내 말에 화를 낼 줄 몰랐다. 내가 자신의 정신 상태를 모욕하고 있다는 것조차도 인식하지 못한 채 그저 아쉬운 듯 몽롱한 눈빛으로 나를 보았다.

"너는 왜 늘 그런 눈으로 나를 보는 거야 등신같이. 눈동자에 힘을 빡 주고 좀 또록또록하게 굴 수 없니!"

나는 소녀의 꿈꾸는 듯한 몽롱한 시선이 어쩐지 자꾸만 가슴에 맺혀 와서 부러 신경질을 과장하며 소리질렀다. 소녀는 아무 말도 하지 않았다. 그저 멀뚱히 나를 바라만 볼 뿐. 그때 나는 소녀를 그냥 내버려 두고 떠나 버릴 수도 있기는 했다. 하지만 눈에 잘 보이지 않기에 걸려들기가 쉬운 끈끈한 거미줄의 함정처럼, 소녀의 몽롱한 시선에서 흘러나오는 끈적한 진액 같은 것이 나를 거역 못할 그 무엇 속으로 끌어들이고 있었던 것이었다. 그것은 이를테면 사람의 동정심을 자극하는 어린아이의 순진성이라든가, 혹은 이룰 수 없는 것 앞에서 제풀에 희망을 포기하고야 마는 연약한 자들이 내보이기 쉬운 측은함 같은 것이었다. 그래서 나는 그 끈끈한 함정 앞에서 무릎을 꿇고야 말았다.

소녀의 집은 동네의 막다른 골목 끝에 위치한 당집이었다. 혼자서 소녀를 키우고 있는 소녀의 할머니는 다름 아닌 바로 무녀였다. 나는 사람들이 사는 마을 안에도 그런 곳이 있는가 기이하게 여기며 바깥에서부터 소녀의 집을 휘둘러보았다. 신단이 차려진 대개의 당집이라는 게 으레 인가가 드문 외딴 곳에 있거나 아니면 아예 산속에 차려지게 마련인데, 소녀의 집은 용하게도 민가 속에 자리를 잡고도 온전히 보존되어 있었다. 나는 소녀의 집 마당에 있는 대나무에 달린 벌건 리본을 올려다보면서 머뭇머뭇 소녀의 뒤를 따랐다. 어쩐지 대나무에 매달린 붉은 리본이 꺼림칙하게 여겨져 그곳에 성큼 발을 들여놓기가 꺼려진 때문이었다. 소녀는 내가 미적대는 것도 눈치 채지 못하고 그저 신이 나서 나를 자기 집 안으로 끌어들였다. 나는 하는 수 없이 께름한 마음을 참고 안으로 들어섰다. 신을 모셔 둔 사당이래야 기껏 세 평 남짓한 골방을 이리저리 꾸며 둔 게 다였다. 그리고 그곳 중앙 벽면에는 오색으로 현란하게 칠을 한 장군신의 벽화가 그려져 있었는데, 바로 그것을 보는 순간 나는 그 그림이 대나무에 달린 붉은 리본보다도 더 충격적으로 다가와 순간 섬뜩한 공포감을 느꼈다. 왜냐하면 벽화 속에서 눈을 치뜨고 있는 장군신의 시선이 소녀의 몽롱한 시선과 너무나 닮아 있었기 때문이었다. 그림 속의 장군이 비록 온화한 미소를 머금고 있기는 하였으나 어쩐지 세상 것이 아닌 듯한 그 서늘한 눈매가 나를 까닭없이 불안하게 만들었다. 그래서 나는 불현듯 소녀의 집에서 뛰쳐나가고 싶은 충동을 느꼈다. 하지만 나로 하여 즐거워하는 소녀의 모습을 보니 도저히 그렇게 할 수도 없었다.

꾸물꾸물하다 보니 어느덧 소녀의 집에서 머무른 지도 시간 반이 지났다. 그때까지도 맛있는 것을 대접해 주리라던 소녀의 할머니는 어디를 갔는지 보이지가 않았다. 아마도 제법 멀리 마실을 간 모양이었다. 그러다 소녀의 할머니가 돌아오기를 기다리며 둘이서 놀고 있는 것도 막 지루해 갈 즈음, 소녀가 내게 해괴한 제의를 하나 해왔다. 자신의 할머니가 하던 대로 장군신을 모시는 놀이를 하자는 것이었다. 굿이 없는 날에도 매일같이 치성을 드리는 할머니에게 소녀는 기도 드리는 법을 배운 모양이었다. 나는 지루한 나머지 소녀가 원하는 대로 굿놀이를 하기로 했다. 소녀가 신단에 놓인 초에 익숙하게 불을 붙이고 향을 피웠다. 그리고 나는 소녀가 하라는 대로 절을 하기 시작했다. 웃옷을 문께에 가지런히 벗어 놓고 꿇어 엎드리자 소녀가 손을 외로 꼬고 펴는 법을 가르쳐 주었다. 소녀와 사귄 이래로 내가 소녀에게서 처음으로 무엇인가를 배우는 순간이었다.

우리들의 놀이가 여기서 끝이 났었더라면, 나는 아마도 특별한 곳을 구경한 만족감으로 하여, 그날에 대한 기억을 그런대로 즐겁게 떠올릴 수가 있었을 것이었다. 그런데 일이 거기에서 그친 것이 아니라는 게 그날의 그 끔찍한 비극을 초래한 원인이었다. 불놀이. 나는 지금도 우리가 그때 왜 굿놀이를 하다 말고 느닷없이 불놀이를 벌였는지 그 까닭을 알 수가 없다. 신단에 피워 놓은 촛불에 쓸데없이 관심을 쏟은 것이 문제의 발단이었다는 것밖엔. 그것이 소녀가 제의한 것이었는지 아니면 내가 제의한 것이었는지조차 정확하게 기억해 낼 수가 없다. 아니 나는 어쩌면 그날 이후로 그 일에 대한 기억을 고의로 지우고 있었는지도 몰랐다. 사건의 전말이 누구에 의해 저질러졌는지 아무도 모르게 덮어 버리고 싶었던 것이었는지도. 어쨌든 그날 우리는 무엇에 홀린 듯이 돌연 불놀이를 벌였고, 그렇게 해서 그날 소녀의 집은 불타올랐다. 조그만 불씨 하나가 문득 신단 양 가에 드리워진 붉은 비단 휘장으로 툭 튀는가 싶더니 신당 안이 삽시간에 불길에 휩싸이고말았다. 활활 타오르는 불길 속에서 소녀와 내가 할 수 있는일은 아무것도 없었다. 불길에 휘감기는 벽화 속의 장군신조차 똑바로 쳐다보기가 두려워 우리는 무턱대고 신당 밖으로뛰어나가기에만 바빴다. 그런데 신당을 빠져나와 막 대문을나서려는 순간, 나는 불현듯 신당 안에다 나의 윗도리를 벗어두고 온 것이 생각났다. 불이 난 신당이 무섭기는 하였으나집에 가서 옷을 잃어버린 일로 꾸중 들을 생각을 하니 정신이아뜩해졌다. 그래서 나는 두려움을 무릅쓰고라도 신당 안으로 다시 들어가 옷을 되찾아 와야겠다는 결심을 하게 되었다.

"어딜 가려고?"

내가 다시 신당 안으로 들어서려 하자 소녀가 내 손을 와락움켜잡으며 나를 저지했다.

"이거 놔. 내 옷이 저 안에 있단 말이야. 가서 가지고 올 테니 넌 먼저 밖으로 나가 있어."

내가 말하자 소녀의 몽롱한 눈에는 금세 그렁그렁 눈물이고였다.

"가지 마. 나 혼자 두고 가지 마라. 무섭다. 나두 같이 갈거야."

소녀의 손은 의외로 완강했다. 소녀가 도저히 뿌리칠 수 없는 강한 힘으로 내 손을 비틀듯 쥐고 놓아 주질 않았기에, 나는 하는 수 없이 소녀를 달고 불타오르는 신당 안으로 다시 들어섰다. 불은 우리가 달아났을 때보다도 더 깊게 타오르고 있었고 장군신의 모습은 짐작으로만 느껴질 뿐 형체조차 아리송했다. 나는 옷을 벗어 둔 신당 문께로 조심스럽게 접근했다. 소녀 또한 내 손을 움켜쥔 채 나를 뒤따랐다. 그런데 내가 옷을 거머쥐고 막 돌아서려는 찰나에 뒤에서 "악!" 하는 괴성이 터져나왔다. 소녀였다. 소녀가 불에 타 무너져 내리는 천장의 괴목에 머리를 부딪쳐 쓰러진 것이었다. 나는 주웠던 옷을 도로 내팽개치고는 괴목에 깔린 채 바닥에 쓰러져 있는 소녀를 황급히 잡아끌었다. 그러나 아무리 소녀를 끌어내리려고 애써도 소용이 없었다. 나 혼자의 힘으로는 괴목의 무게를 당해 내기에는 아무래도 역부족이었다. 불은 계속 타올랐고 생불왕의 명주길을 내듯 붉은 기운이 천장에서부터 아래로 너울너울 흘러내렸다. 여차하다가는 우리들이 있는 쪽으로 금세 덮쳐들 듯 위협적인 기세였다. 그 와중에도 어떻게든 소녀를 끌어내리려고 실랑이를 벌이는 데 문득 타오르는 벽 쪽에서 불똥이 튀어 내 손 위로 떨어졌다. 나는 나도 모르게 비명을 지르며 소녀를 잡아끌던 손을 놓아 버렸다. 그러자 그때 정신을 잃었는가 싶었던 소녀가 불현듯 깨어나더니 내 소맷귀를 부여잡았다. 나는 느닷없는 소녀의 손길에 놀라 기겁을 하며 뒤로 물러났다. 나무에 치인 채이면서도 나를 움켜쥔 손아귀에서는 억센 힘이 느껴졌다. 결코 나를 놓치지 않으려는 살려는 의지가 만들어 내었을 본능의 힘이. 나는 그런 소녀가 순간 소름이 끼치도록 두려웠다. 불의 위협보다도 더한 공포가 언뜻 소녀의 손끝을 타고 내 사지로 퍼져 들어오는 느낌이었다. 어쩐지 소녀가 나를 너울대는 생불왕의 명주길 속으로 끌고 갈 것만 같은. 나는 본능적으로 그 자리에서 벌떡 일어났다. 그곳에서 달아나야겠다는 생각이 들었던 것이다. 소녀는 내가 자리에서 일어서는 것을 느꼈는지 더 힘껏 내 소맷귀를 그러쥐는 듯했다. 그래서 나는 마치 무슨 아귀의 그것이라도 되는 듯 소녀의 손을 억지로 떼어 내었다. 그리고는 뒤도 돌아보지 않고 미친 듯이 그 집을 빠져나와 마구 달리기 시작했다. 무서웠던 것이다. 타오르는 불길도. 당집도. 그 몽롱한 장군신도. 그리고 소녀의 비명 소리도. 넘실대는 붉은 기운이 보이지 않는 곳으로 기를 쓰고 달리다 보니 어느덧 날은 어두워져 있었고, 나는 낯선 마을을 몇 바퀴나 쳇바퀴 돌듯 돌고 있었다.

"죽으려고 기를 쓰지 않은 다음에야 그 애가 너를 그렇게 억지로 따라잡았을 리야 없지 않았겠니. 네 탓 아니니까 걱정 말거라, 아가야."

기진맥진한 채 이웃 마을의 파출소에서 잠이 든 나를 데리러 온 동네 사람들이 내게 한 소리였다.

집으로 돌아온 뒤 나는 한동안은 바깥 출입을 거의 할 수가 없었다. 그리고 내가 다시 바깥 나들이를 시작했을 때엔 이미 소녀에 대한 기억을 깡그리 지운 뒤였다. 적어도 수십 년이 지난 지금까지는 그러했다.

4

그 여자가 나의 유년을 일깨운 것은 결코 우연이 아니었다. 그 여자를 가까이하면 할수록 나는 그 여자의 속성 속속들이에서 유년의 소녀를 발견하고는 흠칫 놀라곤 했다. 그 여자의 꿈꾸는 듯한 몽롱한 시선이라든가, 심심하면 눈물이 그렁그렁 고이는 볼통한 눈두덩이라든가, 내가 성질을 부릴 때면 이내 기가 죽어 버리는 숫기 없는 모습이라든가 하는 것들이 소녀를 쏙 빼닮아 있었다. 그리고 특히 누군가에게 의지하지 않고는 도저히 세상을 버텨 낼 수 없어 보이는 자아부재自我不在의 나약한 속성을 발견하였을 때에는 나는 하마터면 영문도 모르는 그 여자를 냅다 걷어차고 달아나 버릴 뻔하였을 정도였다. 그만큼 그 여자는 예전의 몽골리즘 소녀를 닮아 있었던 것이었다.

"게임장이 텅 비면 나는 내 마음대로 스토리를 만들어 혼자서 게임을 하죠. 굳이 컴퓨터에 기록된 방법에 따를 필요는 없으니까요."

혼자서 무슨 재미로 그렇게 밤마다 텅 빈 게임장을 지키느냐는 나의 말에 여자는 어쩐지 아귀가 맞지 않은 대답을 내게 했다. 그리고 그 여자의 야릇한 습성에 홀린 나 또한 여자가 시키는 대로 그런 게임을 즐기기 위해 가끔씩 야밤의 게임장을 찾곤 했다. 그 여자야 어떤 연유로 집을 비우고 밤을 주로 그런 곳에서 보내는지는 잘 모르겠지만, 나는 요즘들어 사는 게 따분한 나머지 노처녀 신경질이 있는 대로 는 터라 어떻게든 성질풀이를 할 필요가 있었던 것이었다. 그리고 그곳에서 나는 평소의 속성과는 전혀 다른 그 여자의 또 다른 면을 하나 발견하게 되었는데, 그것이 내가 그 여자에 대한 궁금증으로 자꾸만 게임장에 발을 들여놓은 이유이기도 했다.

"조끼는 저쪽에 세워진 모형 인간에게 입혀 주세요."

내가 처음 그 여자의 게임장에서 놀이를 시도했을 때 여자가 내게 게임의 규칙을 설명하며 말했다.

그런데 그 여자가 내게 요구한 놀이의 규칙은 항간에서 유행하는 것과는 많이 달랐다. 우선 전투사들이 센서가 부착된 조끼를 입지 않는 것부터가 그랬다. 그 여자는 전쟁놀이를 한다기보다는 마치 특정 대상을 향해 집중적으로 공격 연습을 하는 듯한 이상한 사격 규칙을 적용하고 있었으며, 그 대상은 늘 합판에 그려진 머리털이 삐죽이 솟아오른 사내 얼굴의 모형 인간이었다.

"이건 서바이벌 게임이 아닌데."

내가 말하자 여자는 웃었다. 그리고는 시간이 지나면 그게 훨씬 더 재미있는 놀이가 되리라는 것을 내게 가르쳐 주려는 듯 자신이 먼저 시범을 보였다. 그녀는 인적도 없는 모형 투성이의 게임장을 마치 군중 속을 누비듯 마구 헤치며 쫓아다니곤 했는데, 그럴 때 그 여자는 평소와는 달리 전혀 기가 죽은 연약한 인간이 아니었다. 마치 모형 속에서만 힘을 얻는 밤의 요정처럼 여자는 기운이 솟구치다 못해 즐거운 비명을 지르며 경기장을 쏘다니는 것이었다. "끼야 끼야." 하는 기괴한 소리를 내지르며.

언뜻 보기에도 제정신이 아닌 듯한 여자의 짓거리에 내가 놀라난 것은, 아무래도 게임이 가져다 주는 기이한 중독증 때문인 것 같았다. 그렇기에 여자의 하는 짓이 도무지 예사롭지가 않아 다시는 그곳에 가지 않아야지 하고 굳게 마음을 먹으면서도, 다음 날이면 어느 틈엔가 꾸역꾸역 그곳으로 기어드는 자신을 발견하고는 나 자신조차도 소스라치게 놀라곤 했던 것이었다.

"김이후 씨, 요즈음 왜 그리 수척해 보여요? 노처녀가 밤늦

게 쏘다니는 것도 수상하고. 뭔가 좋은 일이라도 있는 거요?"

야밤의 허깨비 놀음 탓에 체력이 많이 손상된 때문인지 눈이 쾡하도록 살이 빠진 내 몰골을 본 아파트 경비원이 걱정 반 호기심 반이 섞인 투로 말했다. 나는 농으로 내던지는 말인 줄 알면서도 어쩐지 그의 말이 귀에 거슬렸다. 남이 눈치챌 정도로 심하게 육신을 혹사하고 다녔다면 좀 지나친 게 아닌가 하여 나는 엘리베이터에 부착된 거울 속에 비친 나를 가만히 들여다보았다. 거울 속에 비친 내 모습은 뭐랄까, 육신이 허약해졌다기보다는 마치 영혼이 어디론가로 빠져나가려고 기를 쓰는 듯한 몽롱한 모습을 하고 있었다. 움쑥하게 패인 눈 밑에 짙게 드리운 거뭇과 허여멀건하게 풀린 눈자위가 어느 틈엔가 그 여자의 그것을 닮아 가고 있었던 것이었다. 초점을 잃은 듯한 멍청한 시선이 남의 것처럼 낯설었음에도, 그 즈음의 나는 나의 변한 모습을 그렇게 심각하게 여기지는 않았다. 그것은 필경 육신의 피폐함에 원인이 있는 것이고, 그 육신의 피폐함이라는 것도 분명 야밤의 허깨비 놀음 탓이 분명하므로, 본래의 상태로 되돌아가려고 마음만 먹으면 나는 언제든지 제자리를 찾을 수 있으리라 여겼다.

그런데 한 번 발을 디딘 늪에서 스스로의 힘으로 빠져나오기란 여간 어려운 일이 아니라는 것을 내가 간과한 것이, 그 여자를 만난 다음으로 내가 저지른 또 한 번의 결정적인 실수가 되어 버리고 말았다. 여자의 게임장에는 말했다시피 사람을 야릇한 전자적 환각 상태에 빠뜨리는 묘한 중독증이 만연해 있었다. 더욱이 유년과 연루된 그 여자와의 끈적한 인연이 나를 그곳으로부터 빠져나오는 것을 맹렬하게 방해하고 있었다. 특히 그 놀이가 단순한 전쟁놀이 이상의 그 무엇이라는 것을 알았을 때에는 나는 이미 그 여자와 그 게임의 함정 속에 완전히 침몰된 상태였다. 단순성을 능가한 그 놀이는 다름이 아니라 그 여자 자신이 만든 그 여자의 삶의 실제였던 것이었다.

5

살아남기 게임에서 가장 필요한 고등 기교란 무엇일까. 그 여자라면 아마도 살아남는 방법으로 게임장의 한쪽 구석에 쭈그리고 앉아서 날아오는 총알을 피해 보려고 애쓰는 쪽을 선택하지 않을까 하는 생각이 든다. 비록 야밤의 게임장에서는 네 활개를 칠지언정, 북적대는 한낮의 진지한 싸움터에서 그 여자는 예외없이 기죽은 몰골로 멍 하니 카운터만을 지키고 앉아 있었다. 게다가 어느 날 가게에서 시설물을 보완하느라 여자의 작업실을 투명 유리막으로 가렸을 때, 여자는 마치 작은 유리 상자의 세계에서만 존재해야 하는 생육 관찰용 곤충처럼 실로 약하기 짝이 없는 생물로 비추이기까지 했다. 작은 유리 상자 속에서 바쁘게 손을 놀리는 여자의 모습은 마치 동춘 서커스단의 상자 묘기를 보는 듯 기분이 묘했다. 아무리 보아도 사람이 들어갈 공간이라고는 없어 보이는 조그만 투명 유리 상자 속으로 온몸을 구겨 넣은 서커스 소녀가 제 몸을 넣을 때와는 반대 방향에서부터 차근차근 다시 몸을 밖으로 빼내는 것을 볼 때와 같은 절묘함. 그리고 탄성과 더불어 솟구치는 그 연체동물같이 마구 휘는 소녀에 대한 알 수 없는 연민. 상자 속에 든 여자의 동작을 가만히 쳐다보고 있노라면 공연히 그런 것들이 연상되어 참으로 기분이 이상했다.

"저인 너무 순진하고 착해. 저런 사람만 있다면 세상에 말썽이라고는 없겠지. 그래서 그런지 저 유리 상자가 여자에겐 그야말로 잘 어울리는군. 법 없이도 살 사람이라는 말이 딱 어울리는 여자야……."

상자 속에서 일하는 여자의 새로운 모습을 보고 게임장의 단골 손님 하나가 하는 소리였다. 그 여자는 손님의 말에 황송하다는 듯 부끄러운 미소를 지었으나, 나에게는 그 말이 아무래도 여자에 대한 모독으로만 들렸다. 순진하고 착한 여자란 말 속에는 어쩐지 모자라다는 노골적인 표현을 슬쩍 감춘 듯한 느낌이 들기도 하였거니와, 그 여자가 듣지 않는 곳에서 그가 한 말이 영 듣기 거북했기 때문이었다. "저런 여자는 연애 쪽이지. 사랑의 대상과 사랑의 만족을 따로 할 줄 아는 것. 그것이야말로 인간관계의 고등 처세술이 아니겠어!"라는 말을 하는 그의 입가에는 야비한 웃음기마저 흘렀던 것이었다. 생각에 따라서는 나와는 아무 상관없는 일로 치부하고 그냥 흘려 넘겨 버릴 말이기는 하였으나, 어쩐 일인지 그날따라 그의 야비한 농담에 나는 공연히 부아가 치밀었다. 그래서 나는 게임 준비에 골몰해 있는 그의 곁으로 슬며시 다가가 그가 눈치채지 못하도록 방향 감지 센서에 흠집을 내어놓았다. 필경 내기 게임이 분명할 그 마당에서 그가 낭패를 보게 할 요량으로. 하지만 그의 말이 그리 틀리지만은 않다는 것을 나는 사실 마음으로는 이미 시인하고 있었다. 자기 방어력이 전혀 없는 인간이란 주변 사람을 피곤하게 하기 쉬우니까. 그리고 그런 인간이 세상에서 살아남는 법이란 어려운 것이 사실이기도 하니까. 내심 그런 생각이 들어서인지 나는 멋모르고 미소만 짓는 그 여자가 그날따라 한없이 측은하게 여겨졌다. 그 때문에 여느 때보다 더 오래 그곳에 머무르면서 나는 여자가 주는 차를 거푸 세 잔이나 들이마신 뒤에야 자리에서 일어났다. 여자가 새 손님과 계산하는 것을 보면서 내가 막 게임장을 빠져나오려는 찰나에 뒤에서 누군가의 신경질적인 고함 소리가 들렸다. 내기에서 진 그 치가 고장 난 센서를 탓하며 불평하는 소리였다.

　새벽부터 든그러운 소리가 잠을 깨웠다. 앞 동 그 여자의 아파트에서 들리는 소리가 분명한 듯했다. 나는 무슨 일인가 하여 자다가 일어난 부스스한 모습으로 그 여자의 아파트 현관문을 두드렸다. 한참을 두드린 끝에 문이 열리더니 한 사내가 나를 맞았다. 예전에 게임장에서 보았던 그 이빨 문신의 사내였다.

　"순……순이 씨는…….."

　내가 그 여자를 찾으며 말을 얼더듬자 그는 불쾌한 듯 얼굴을 일그러뜨리며 신경질적으로 여자를 불렀다.

　"야, 나와 봐. 누구 왔다, 쌩!"

　입이 건 사내의 외침이 있은 지 3분쯤 지나자 여자가 어수선한 몰골로 내 앞에 나타났다. 머리를 나름대로 다듬은 것 같기는 했으나 방금 전의 소란이 어떤 행패였는가를 알려주듯 정수리가 난폭하게 흐트러져 있었다.

　"괜찮으세요?"

　내가 여자에게 묻자 여자는 애써 무사한 표정을 짓느라 아랫입술을 지그시 깨물며 고개를 가로저었다.

　"아무 일도 아니에요."

　그렇게 대꾸하고 들어가는 여자의 뒷모습에서 나는 거의

절망에 가까운 자포자기의 냄새를 맡을 수가 있었다. 직감적으로 그건 예삿일이 아니리라는 생각이 들게 하는.

나의 예측대로 그건 확실히 예삿일이 아니었다. 이빨 문신의 사내가 다녀간 뒤, 여자는 곧 내게로 찾아와 복통을 호소했다. 여자가 의지할 곳이라고는 나밖에 없었던 것이었다. 어쩔 수 없이 나는 손수 여자를 데리고 서둘러 병원으로 갔다. 여자는 장 파열이었다.

"그런 난폭한 자와 더 이상 사귀지 말아요."

내가 충고를 하자 그 여자는 병원 침대에 누운 채 고개를 돌리며 나를 외면했다. 그 이상한 사내와 도저히 끊을 수 없는 무슨 중대한 결함이라도 있는 듯. 여자는 더 이상 나를 돌아보지 않았다. 내게 필요 이상의 간섭을 원치 않는다는 투였다. 나는 돌아누운 여자의 어깨가 감정의 억눌림 때문에 약간 들썩이는 것을 보면서 이내 그곳을 빠져나왔다. 누군가에게 도움을 준다는 게 마냥 기분 좋은 일만은 아니라는 것을 배운 아주 불쾌한 하루였다.

"이젠 밤에 게임장에 오는 짓 그만해야겠어요. 몸이 너무 상했어요. 이러다간 육신이 피폐한 나머지 허깨비만 남겠어요."

어느 날 내가 그 여자에게서 벗어날 생각으로 그 야릇한 게임을 그만둘 뜻을 내비쳤다. 도움을 주고도 은인 대접을 못 받은 그날의 불쾌감과, 과도한 놀이 때문에 계속해서 쌓이는 피로감에 지친 탓이었다. 그러자 여자는 금세 안색이 변해서 나를 부여잡으며 말했다.

"집에 가 봐야 할 일도 없잖아요. 공짠데 그냥 계속 노시면 안 될까요. 늘 댁이 함께 있어 주어서 그런지 나 혼자 있기가 이젠 심심해요. 무섭기도 하고……."

"그래요? 그럼 어디 말해 봐요. 너무 이곳에만 처박혀 있으면 지겹지 않나요? 난 좀 그럴 것 같은데. 이틀 걸러 한 번씩 이곳을 찾는 내 정성도 보통 수준은 넘긴 하지만……."

내 말에 여자는 야릇한 미소를 지어 보였다. 전혀 그렇지 않다는 뜻인 듯했다. 그러더니 여자가 자기의 놀이 방법에 대해 진지하게 설명을 하기 시작했다. 나의 노는 방법에 문제가 있으니 자기를 그대로 따라해 보라는 거였다. 껍데기만 따라하지 말고 자신의 몸짓 속에 숨어 있는 기분을 느껴 보라는 거였다. 듣고 보니 그 여자의 동작과 나의 동작에는 미묘한 차이가 있는 것 같았다. 나의 뻣뻣한 동작과는 달리 그 여자의 동작에는 어딘지 모르게 나긋한 춤사위가 깃들어 있었다. 나는 그 여자가 하라는 대로 몸짓을 느끼며 나긋나긋하게 움직여 보려고 애썼다. 하지만 생각처럼 그렇게 쉬운 일이 아니었다.

"이렇게 팔을 들어 올려서 공격 자세를 취해 보세요. 놀이는 어디까지나 놀이니까 스스로 흥을 일으켜야만 하는 거예요."

그 여자가 나의 팔을 외로 꼬려고 내 몸에 손을 대려는 순간 나는 흠칫 놀라 뒤로 물러서지 않을 수가 없었다. 지금의 그 놀이를 배우는 상황이 언젠가 겪어 본 듯한 느낌이 들었기 때문이었다. 나는 그 전에 그 여자에게서 유사한 동작을 교정 받은 적이 있는가 곰곰 생각해 보았다. 하지만 아무래도 그런 기억이 떠오르지가 않았다. 사람들이란 가끔 꿈에서 겪은 것과 비슷한 상황을 실제로 현실 속에서도 체험한다는 얘기를 어디선가 들은 적이 있었기에, 나는 처음에는 이번의 상황이 혹 그런 경우가 아닌가 하여 무심히 넘기려 했다. 그런데 내가 막 아리송한 기억을 떨치려고 머리를 가로저으며 그녀를 향해 시선을 던지는 순간, 나는 그만 소스라치게 놀라 그 자리에 털썩 주저앉을 뻔하였다. 그 모습은 다름이 아니라 바로 몽골리즘 소녀의 춤사위였던 것이었다. 너울너울 춤을 추듯이 가상의 공간을 누비고 다니는 여자의 몽롱한 동작 속에는 이 세상 것이 아닌 그 무엇인가를 향해 좇아가는 끝없는 환상이 너울거리고 있었던 것이었다. 불속에서 춤을 추는 소녀의 환상이.

"어머, 지금 가시게요?"

내가 여자의 모습 속에 교차되는 유년의 환상에 놀라 다급히 손가방을 챙겨 들고 밖으로 나가려 하자 여자가 나를 막아서며 말했다.

"예에……. 너무 늦어서."

"그렇게 하세요. 하지만 내일 꼭 다시 오세요. 이제 그만 온다는 섭섭한 소리일랑은 하지 마시구요. 전 이 게임장에서 놀이를 하지 않은 날은 잠을 잘 수가 없어요. 기분이 영 엉망인 날에도 이곳에서 혼자 상상을 하며 놀이를 하면 즐거워지거든요."

나는 그 여자의 말을 귓전으로 흘리며 도망치듯 서둘러 그 야릇한 환상의 게임장을 빠져나왔다. 그것이 제아무리 비약이 심한 나의 소심증 탓이라 할지언정, 아무튼 나는 여자와 유년 시절의 소녀가 겹쳐지는 순간 그만 내가 그 모자라는 몽롱한 인간들의 영역 속에 온전히 갇혀 버린 것만 같아 불길해 견딜 수가 없었다. 그 속에서 그들과 융합되고 나면 두 번 다시 내가 발을 디디고 있는 곳으로는 되돌아올 수가 없을 것만 같은.

7

내가 여자의 작은 인큐베이터 속을 들여다보고 있었다. 나도 여자처럼 그 작은 상자 속으로 들어갈 수 있을까 하는 생각을 하며. 도대체 여자가 그 속에 어떻게 해서 들어간 것인지 내가 아무리 그 속에 머리를 디밀고 몸을 접어 넣으려고 애를 써도 잘되지 않았다. 공연히 접힌 팔다리만 쑤셔 올 뿐.
내가 잘못하는 게 안타까웠는지 여자가 먼저 시범을 보였다.
마치 동춘 서커스단의 여자 마술사처럼 여자는 손수건만 한
인큐베이터 속으로 먼저 머리를 집어넣었다. 그런 다음 여자
는 능숙하게 몸통을 비롯한 나머지 사지들을 부위별로 차근
차근 접어 넣었다. 보자기가 접히듯 여자의 몸은 자연스럽
게 착착 접혀 상자 속으로 들어갔다. 여자가 맨 끝으로 오른
쪽 발을 집어 넣었을 때, 나는 감탄한 나머지 탄성을 질렀다.
그러자 여자는 나도 해보라는 듯 상자 속에서 팔을 뻗어 나를
끌어당기려 했다. 나는 여자처럼 해낼 자신이 없었다. 게다가
이미 상자 속에 여자가 들어가 있는 마당에 내가 들어설 공간
이 남아 있을 것 같지는 않았다. 그래서 나는 팔을 가로저으
며 여자를 거절했다. 여자는 계속해서 나를 유혹했다. 아무리
손짓을 해도 듣지 않자 여자는 자기가 들어앉은 유리 상자를
안에서 뚝 쪼개어 반으로 갈랐다. 그러자 여자의 몸이 유리
상자와 함께 그대로 두동강이 나 버렸다. 여자는 정 안 되면
자기처럼 나를 두동강이를 내서 다른 쪽은 버리고 나머지 한
쪽만이라도 넣어 보라고 말했다. 나는 기겁을 하여 그곳에서
달아났다. 나를 버리라니, 그것도 몸통을 댕강 쪼개어서. 안
될 말이었다. 여자가 달아나는 내 등덜미를 부여잡고 놓아 주
지 않았다. 그래서 문득 돌아보니 여자가 어느덧 소녀로 변해

있었다. 기겁을 한 채 "악!" 하고 소리를 질렀으나 목구멍에서는 컥컥거리는 가래기침만 나올 뿐 아무 소리도 나오지 않았다.

　그 여자의 몽롱한 시선에 대한 나의 궁금증이 어디로부터 유래되었는지 알아 버린 그날 이후로 나는 그 여자와 관련된 꿈에 자주 시달렸다. 공연히 식은땀이 줄줄 흐른다든가 꿈자리가 사납다든가 하는 일이 잦아 견디기가 힘들 지경이었다. 사람들은 내가 신경을 너무 쓴 나머지 기가 허해져서 그런 것이라 했다. 그래서 나는 사람들이 권하는 대로 용한 한의원에 가서 보약을 지어다 먹었다. 과거야 어찌됐건 지금의 나는 살아야 했으므로. 그리고 그렇게 꿈자리가 사나워져 버린 뒤로는 그 여자를 가까이 하기가 어쩐지 꺼려졌다. 그 여자와 몽골리즘 소녀는 내게는 둘이 된 하나였으니까. 그 여자가 소녀를 떠올리게 한다는 점을 제외하고라도 여자는 내게 부담스러운 사람임에는 틀림이 없었다. 그 여자라고 해서 유년 시절의 소녀처럼 내게 자신의 인생을 떠얹어 버리지 말라는 법은 없었기에. 소녀의 생명에 대한 부채가 나의 유년을 점령했듯 이젠 그 여자가 소녀 대신 나의 성년을 붙들고 늘어질지도 모르는 일이었다. 특히 정신 상태가 이상하다거나 좀 모자라는 사람들은 대체로 본의 아니게 가까운 사람에게 피해를 주기도 하니까. 좀 치사한 일면이 없진 않지만 나도 덤으로 세상을 살아가는 몸이 아닌 이상 그 정도의 자기 방어쯤은 하고 살아야 했던 것이다.

"밤의 게임은 아무래도 건강에 좋지가 않아요. 전에도 말했지만 이젠 더 이상 이곳에 오지 않는 게 좋겠어요."

이젠 정말 자제해야겠다고 결심한 어느 날 나는 문득 정색을 하고 심각한 얼굴로 여자에게 말했다.

"그래도 이곳에서 좋았던 점도 많았잖아요. 전에는 늘 근심 어린 얼굴로 양 미간에 주름을 긋고 다니시더니 이젠 표정도 밝아지시고. 이곳에서 있었던 좋은 일만 생각하면서 지내면 안 될까요?"

그 여자는 내가 전에 없이 심각한 얼굴로 나오자 당황해서 말했다. 정말 나를 놓치면 어쩌나 하는 진심 어린 안타까움에서였다.

"아니오. 이젠 정말이지 더 이상 이런 유치한 전자게임 나부랭이에 내 시간을 낭비하는 짓은 하지 않아야겠어요."

나는 여자가 싫어서 못 오겠다는 소리는 차마 못하고 말을 에둘렀다. 사실 나는 여자에게 아무런 통고도 하지 않고 절연해 버릴 수는 있었다. 하지만 그렇게 각박하게 굴 것까지는 없을 것 같아 조금씩 조금씩 만나는 횟수를 줄여 가면서 서서히 멀어져 볼 생각이었다. 어떻게 해서 만난 사이든 간에 인연은 인연이니 연의 매듭 앞에서 최소한의 예는 지켜야 할 것 같아서였다. 하지만 그건 순전히 내 생각에 불과했고 여자는 전혀 달랐다. 여자는 나와 인연을 끊을 생각이 결코 없었던 것이다. 아니 여자는 인연을 맺고 끊는 것에 대한 개념조차 없는 사람이었다. 만일 내가 여자에게 '당신을 더 이상 못 만나겠소' 라고 말하면, 여자는 아마도 자신이 무엇을 잘못했는지 말만 하면 무엇이든 고치겠으니 그러지 말라고 요구하며 매달리고도 남을 사람이었다. 그렇기에 여자와의 절연을 실현에 옮기려면 부득불 단호하게 대처하는 길밖에 없었다. 그래서 나는 어느 날 게임장 출입을 완전히 끊어 버림으로써 정말로 그것을 실행에 옮겨 버렸다. 여자와 인연이 계속되다가는 힘들고 피곤해서 미칠 지경이었던 것이다.

그런데 그렇게 연을 끊었다고 생각한 여자에게서 어느 날 애원 어린 한 통의 전화가 왔다. 여자가 몹시 아프다는 것이었다.

그 여자가 몹시 아프다는 전화 연락을 받고 내가 다시 그 야밤의 게임장을 찾은 것은 근 한 달 하고도 열이레만의 일이었다. 아프니 좀 와 달라는 처량한 말만 아니었어도 사실 나는 그 여자의 요청을 거절할 생각이었다. 마음 같아서는 아프거나 말거나 그냥 내버려 두고 싶은 면도 없지 않았다. 하지만 여자의 전화를 받은 뒤로 나는 아무것도 할 수가 없었다. 여자가 자신의 신상을 핑계로 누구를 부르거나 할 위인이 못 된다는 것을 너무도 잘 알았기 때문이었다. 결국 비좁은 열다섯 평짜리 독신자 아파트를 스무 바퀴도 더 맴돌고 나서야 나는 썩 내키지 않는 걸음으로 여자의 일터를 찾았다.

"몸이 아프다면서 이런 데 나와 있으면 어떻게 해요. 미련하게."

나는 안쓰러움과 언짢음이 뒤섞인 짜증스런 목소리로 여자에게 말했다.

"집에 가만있으면 더 아파요. 여기 있으면 그래도 조금 견디기가 쉽거든요."

텅 빈 게임장을 혼자 지키고 있던 여자가 반갑게 나를 맞으면서 변명 삼아 대꾸했다.

"차 드세요."

여자는 나를 기다리는 동안 뜨거운 물만 부으면 되도록 이미 차를 준비해 두고 있었다. 손이 많이 가는 무수다無水茶였다.

"아프다면서 이런 쓸데없는 짓까지 하고……."

여자가 나긋한 손으로 차를 내밀자마자 나는 책망하는 목소리로 차갑게 말했다. 여자는 아무런 대꾸도 없이 그저 웃기만 했다. 너무 순진무구해서 어쩐지 저능아 같아 보이는 그런 미소로.

몸이 좋지 않아서인지 여자는 그날은 게임을 하지 않았다. 그래도 밖에 나와서 지내도 좋을 정도로 몸이 견뎌 내는 것으로 보아 병이 그리 깊은 것은 아닌 듯했다. 정말 심하게 아프다면야 자리보존하고 누워 있어야 했을 테니까. 나는 여자가 그리 심각한 상태가 아니라는 것에 적이 안심을 했다. 그런데 여자의 게임장을 방문한 지 거의 30분이 다 되어 갈 즈음, 나는 여자의 태도에서 어딘지 전 같지 않은 초조한 낌새를 느꼈다. 그곳은 그 여자의 밤의 게임장이었다. 그 밤의 게임장은 알다시피 늘 여자가 활기를 얻곤 하던 환상의 테마 파크였다. 그런데 바로 그 자신의 성역에 있으면서도 그날 여자는 전혀 즐거워 보이지가 않았다. 나는 처음에는 여자가 몸이 아파서 그런가 하고 대수롭지 않게 넘기려 했다. 그런데 시간이 지날수록 여자는 초조한 기색이 더해 가더니, 긴장한 나머지 카운터 위에 올려 둔 나의 손가방을 밀쳐 떨어뜨리기까지 했다.

"정 몸이 안 좋으면 집에 들어가는 게 좋지 않겠어요? 이젠 밤도 늦었는데."

나는 아무래도 여자가 위태로워 보여 조심스럽게 말했다.

"아니 괜찮아요. 여기 이렇게 나와 있어야만 생각을 딴 데로 돌릴 수 있어 오히려 견디기가 쉬워요. 무언가에 매달리지 않으면 더 아파요."

여자는 내 제의를 따를 생각 같은 것은 하지 않았다. 오히려 내가 자신을 재촉할까 겁내는 것 같았다. 그래서 나는 여자를 내버려 둔 채 의자에 앉아 빈 찻잔만을 만지작거리며 가만히 있었다. 늘 그랬지만 여자와는 만나면 이렇다 할 대화라는 게 없었다. 고작해야 함께 만나면 게임을 하는 게 전부였는데, 게임이 없는 여자와의 자리는 난감할 정도로 할 일이 없었고 서로 시선을 마주치는 것조차도 어색했다. 그래서 나는 그만 자리를 떠야겠다는 생각을 했다. 여자가 몸이 그만한 것도 확인했으니 더 이상 내가 머물 이유는 없었다. 그런데 내가 막상 자리에서 일어나 집으로 돌아가려 하자 여자가 나를 제지하며 막아섰다.

"가지 마세요. 기왕에 저를 위해 오셨으니 조금만 더 있다 가세요."

여자가 너무 다급하게 나를 붙드는 바람에 나는 거부할 틈도 없이 다시 제자리에 주저앉고 말았다. 여자는 억지로 나를 앉혀 놓은 게 미안했던지 밤참으로 약간의 다과를 대접하겠다며 자리에서 일어나 게임장을 가로질러 걸어갔다. 그런데 바로 그때 나는 여자의 다리가 좀 이상하다는 것을 눈치챘다. 앉아 있을 때에는 몰랐는데, 서서 걸으니 여자가 다리를 약간씩 저는 게 눈에 보였던 것이다. 절지 않으려고 애를 쓰기는 했으나 통증이 심한 나머지 제대로 감추어지지 않는지 여자는 자꾸만 왼쪽 다리를 절뚝거리며 쉬엄쉬엄 걷고 있었다.

"다리가 왜 그래요?"

내가 묻자 여자는 창피한 듯 다친 다리를 뒤쪽으로 빼며 무
릎치마를 아래로 끌어내렸다. 나는 염려가 되어 자꾸만 감추
는 여자의 다리를 눈치도 없이 더더욱 바싹 다가가서 들여다
보려고 했다. 언뜻 보기에도 퍼렇게 멍든 자국이 선명했다.

"아무것도 아니에요."

민망했던지 여자가 약간 상한 목소리로 대꾸하며 나를 밀
쳤다. 나는 하는 수 없이 뒤로 물러섰다.

"아프다더니 다리를 다치신 게로군요."

"……."

여자는 아무 말이 없었다.

여자의 상처는 물어볼 것도 없이 구타 자국이었다. 모르긴
해도 전에 보았던 그 이빨 문신의 사내가 저질러 놓은 짓임에
틀림이 없는 듯했다.

"괜찮아요?"

나는 말하며 여자에게 다가갔다.

"괜찮아요!"

여자는 물음에 대답하며 고개를 떨구었다. 그러더니 조용
히 그날 나를 부른 용건을 털어놓기 시작했다. 역시 공연히
나를 부른 게 아니었던 모양이었다.

"그가 오늘 여기 오기로 되어 있어요. 열시 반에……."

여자는 말하며 손목에 찬 자신의 시계를 들여다보았다. 저

녁 아홉 시였다. 그가 오려면 한 시간 반이 남아 있었다.

"그러니 누구? 댁을 이렇게 만든 그자 말인가요?"

"……."

여자는 대꾸하지 않았다. 그 대신 잠시 뜸을 들인 후 다시 말을 잇기 시작했다.

"오늘 어디 같이 갈 데가 있다는데, 언제 돌아올지 몰라서. 가기 전에 댁에게 말을 하고 가는 게 옳을 것 같아서……."

"댁이 원하는 일이세요? 아니면 그자에게 억지로 끌려가는 거예요?"

"가…… 가고 싶지 않지만, 이이가 워낙 성질이 사나워서……."

"그럼 가지 마세요."

나는 여자를 책임질 수도 없으면서 엉뚱하게 단정 어린 말을 내뱉었다.

"……."

여자는 또 대답이 없었다. 근심 어린 낯빛으로 보아 아무래도 그가 오는 게 두려운 모양이었다. 잠시 떠나는 마당에 나를 부른 건 내가 보고 싶어서라기보다는 어쩐지 그에게서 자신을 지켜주기를 바라서인 듯도 했다. 내게 모종의 도움을 청한 것이다. 여자는. 여자의 속내를 알면서도 나는 더 이상 어떻게 해야 할지 시원하게 결단을 내릴 수가 없었다. 그래서 마냥 시간이 흐르기만을 기다리고 있었다. 시간이 지나면 어떻게든 해결이 되지 않을까 하는 생각에서였다.

나와 여자는 텅 빈 게임장에서 거의 시간 반이 넘도록 말없이 쭈그리고 앉아 바닥만 바라보았다. 여자가 무슨 생각을 하는지 나는 알 수가 없었다. 다만 내가 이번 일을 기화로 자신의 곁을 영영 떠나려 한다는 것만은 여자도 느끼고 있으리라 짐작할 뿐. 그 여자와 함께 있는 한 나는 그 여자의 지리멸렬한 인간관계와 언제나 연루될 수밖에 없을 것이었다. 그러므로 그 여자가 아무리 선량하다 한들, 또 제아무리 가련하고 애처로운 모습을 하고 있다 한들 나는 그 여자가 내게 가져다 줄 난삽한 인연의 위험으로부터 달아날 수밖에 없는 일이었다. 여자는 언제나 어쭙잖은 환상을 통해 잠깐씩 몸을 피할 뿐, 근본적으로 그로부터 달아날 생각은 전혀 하지 않았으니까. 누군가의 불행한 삶은 설사 그것이 내게 직접적인 피해 요인이 되지 않는다 하더라도, 그런 인생을 들여다보는 것만으로도 충분히 심리적인 고통을 겪을 수밖에 없게 되어 있는 것이기에, 나는 더 이상 여자 때문에 골머리를 썩이고 싶지가 않았던 것이다.

"운명인가 봐요."

한참 만에야 여자가 먼저 입을 떼었다.

"운명은 뭐가 운명이라는 거예요, 바보같이."

내가 톡 쏘듯 여자의 말을 받아치자 여자는 다시 입을 다물어버렸다.

"가요. 이곳을 나와 함께 떠나요."

나는 결심한 듯 여자에게 권유하며 자리에서 일어섰다. 여자가 나를 따라오리라는 기대 같은 것은 하지 않았다. 다만 내가 할 수 있는 최선을 시도해 볼 필요는 있었기에 마지못해 꺼낸 제안이었다. 그 여자를 위해서라기보다는 나 자신을 위한. 위기에 처한 여자를 무턱대고 내버려 두고 달아나지만은 않았다는 자기변명을 위한 시도에 다름 아닌 그런 제안.

"아뇨. 나는 못가요. 어떻게 그래요. 이십 년 넘게 알고 지낸 사이인데. 이제 평생 그렇게 살아가야지요. 어쩔 수 없는 일인 걸요……."

짐작대로 여자는 나를 거부했다. 무언가 할 말을 다 못한 듯 중도에서 말을 끊은 여자는 늘 그랬듯이 그렁그렁하게 젖은 눈으로 나를 올려다봤다. 울지 않을 때에도 어쩐지 울고 있는 것만 같은 여자의 눈이 그날따라 더 청승맞고 애처로워 보였다. 나는 안타까움과 분노와 신경질이 마구 뒤섞인 엉클어진 마음으로 여자에게서 등을 돌렸다. 나는 그 여자를 더 이상 어떻게 할 수가 없었다. 그냥 두어두는 수밖에. 그 여자의 삶은 그 여자 스스로가 책임질 일이었다. 나는 유년 시절 불타오르는 신당에 내버려 두고 달아나 버렸던 가련한 몽골리즘 소녀를 떠올리면서, 텅 빈 야밤의 서바이벌 게임장에 그 여자를 혼자 내버려 둔 채 그곳을 빠져나왔다. 뒤돌아보기조차 싫었다.

9

그 여자에게서 떠난 뒤, 나의 나날은 참으로 편안하고 좋았다. 마치 발목에 강제로 채워 놓은 거추장스러운 모래 각반이 떨어져 나간 듯 홀가분하고 경쾌했다. 그 옛날 당집의 소녀를 깡그리 잊을 수 있었듯이, 나는 내 분명한 세상 앞에서 말짱한 정신으로 살아가기 위해 그 여자라는 몽롱한 안개를 머릿속에서 깨끗이 걷어 내어 버린 것이었다. 그런데 언제부터인가 그 몽롱한 안개는 내 머릿속에서 떠난 대신 다른 곳에서 기억의 흔적으로 찾아오기 시작했다. 어느 날부터인가 자꾸만 허기진 사람처럼 밥을 먹어도 먹어도 위장 한쪽 구석이 퀭하니 뚫려 있는 것만 같아 속이 쓰려 견딜 수가 없었던 것이었다. 병원에 가서 정밀 진단을 받아 보아도 그저 신경성이라고만 말할 뿐 이렇다 할 처방조차 내려주지 못했다. 사정이 그러했기에 나는 꼼짝없이 쓰린 배를 움켜쥐며 통증을 생으로 감당해야만 했다. 그런데 이 원인을 알 수 없는 허기가 깊어 가던 어느 날 나는 거의 고의에 가까운 약간의 실수를 저

질렀다. 길을 잘못 접어들어 집과는 엉뚱한 방향으로 차를 몬 것이었다. 잘못 접어든 길로 곧장 10미터만 가면 예전 그 여자의 서바이벌 게임장이 있는 곳이었다. 여자에게서 도망치 듯 이사를 가 버린 뒤로 한 번도 찾지 않았던 곳이었다. 그런데 어째서 일부러 그곳까지 찾아가는 실수 아닌 실수를 저지른 것인지. 나는 곰곰이 생각하며 낯익은 게임장 주변을 서성거렸다. 선뜻 들어갈 용기가 나지 않아서였다. 무턱대고 들어 갔다가 행여 그 여자와 정면으로 마주치기라도 한다면, 그 여자에게 덜미를 잡혀 영영 헤어나지 못할 것만 같아서였다. 한참을 머뭇거린 끝에 나는 드디어 용기를 내어 안으로 들어섰다. 어떻게 지냈는지 그간의 안부만 묻고 냉큼 그곳을 떠나오리라 생각하면서. 그리고 혹시 여자가 붙잡으려 들면 절대로 말려들지 말고 냉정하게 잘라 버리리라 굳게 다짐하면서.

"어서 오세요."

그런데 막상 게임장에 들어서니 그 여자 대신 낯모르는 젊은 여인이 나를 맞이했다. 캐셔가 바뀐 것이었다. 그뿐만 아니라 게임장의 내부도 예전과는 달리 새롭게 변해 있었기에, 그곳의 모든 것이 나를 어리둥절하게 했다. 실내장식이 변한 것은 물론이거니와, 게임장의 여기저기에 도박성 전자 오락 기기 같은 최신형 시뮬레이션 기기들을 들여 놓아 분위기가 완전히 달라져 있었다. 그리고 특히 눈에 띄는 변화는 예전에 있었던 인큐베이터 같은 유리 상자가 보이지 않는다는 것이었다.

"여기 서바이벌 게임 안 하나요?"

나는 어리어리한 표정으로 새로운 캐셔에게 물었다.

"그런 한물간 게임을 요즘 누가 해요. 그거 끝난 지 오래됐어요."

새로운 캐셔가 말했다.

"그래요!"

나는 섭섭한 목소리로 말했다.

"한 판 하시게요?"

새로운 캐셔는 손으로 칩을 들어 올리며 내게 물었다. 돈과 바꾸라는 뜻인 모양이었다.

"아니오. 누굴 좀 찾으러 왔는데 없군요. 그런데 혹시 전에 일하던 캐셔가 어디 갔는지 아세요?"

게임장에 들어서기 전만 해도 그 여자를 마주하기가 짐스럽게 여겨졌던 나는 기이하게도 여자가 바뀌어 버렸다는 사실 앞에 깊은 실망감을 느꼈다. 그래서 나는 이이가 그 여자를 모르면 어쩌나 하는 안타까운 마음마저 지닌 채 새로운 캐셔에게 물었다.

"몰라요."

새로운 캐셔는 손님이 아니라면 상대하기가 귀찮다는 듯

딱 잘라 말했다. 더 이상 말을 붙이지 말라는 태도였다.

"그래요!"

나는 새로운 캐셔만큼 말을 걸날리면서 눈으로는 실내를 꼼꼼히 살폈다. 게임을 노는 사람 중에라도 혹시 아는 사람이 있지 않을까 기대하면서. 그러나 시설이 바뀐 만큼 취향이 변해서인지 물갈이가 된 손님들도 모두가 모르는 사람들뿐이었다.

그 여자가 없는 낯선 게임장을 뒤로하면서, 나는 그제야 내속을 쓰리게 했던 허기의 원인이 무엇인지를 어렴풋이 짐작할 수가 있었다. 그날 그렇게 내팽개치고 떠나 버렸던 그 여자의 환영이 내 위장 속에서 염증으로 썩어 가면서 만들어 낸 통증이 그것이었던 것이었다. 나는 다시금 야밤의 게임장에 여자를 혼자 남겨 두고 달아나 버렸던 그날을 떠올려 보았다. 내게 "어떻게 그래요."라고 말하던 여자의 모자라고 청승스런 목소리가 또렷하게 되살아나는 듯했다. 그 여자는 어딘가에서 또 그렇게 몽롱한 시선으로 세상살이를 하고 있는지도 모를 일이었다. 내가 도망쳐 온 저쪽 반대편 어딘가에서 누구도 부인할 수 없는 세상의 일부분이 되어 내가 디디고 있는 견고한 바닥을 자꾸만 흔들어 놓을. 내 살아온 시간들이 언제나 깨어 있었다고 장담을 할 수 없듯이, 몽롱한 그녀의 삶보다는 손으로 느껴지는 이 현실이 오히려 환상에 불과했다고 누가 말한들 나는 대항할 아무런 해답도 지니지 못한 것이다. 그 여자가 그렇게 살아가는 것도 이 세상에서 존재하기 위한 엄연한 하나의 사는 법이었기에.

　자꾸만 쓰려 오는 위를 손으로 쓸어내리며 나는 허청허청 그곳을 빠져나왔다. 달라진 시뮬레이션 게임장의 시끄러운 전자음은 내가 문을 벗어나 큰길로 접어들 때까지도 귓전에 지릿지릿 울려 왔다.

내가 왜 어머니보다, 낯설다면 낯선 타인인 그녀를
더 믿었는지 알 수가 없는 노릇이었다.
낯선 그녀가 나를 구원해 주리라 믿었던 것일까,
아니면 그저 그녀에 대한 막연한 동경 때문이었을까,
아무리 생각해도 도무지 모를 일이었다.

등대를 향하여

"인숙아, 이 가시나야! 엄마 일은 안 거들고 방구석에 처박히서 머 하는 기고? 빨리 나와서 손님들 보리차라도 날라 주그라."

"에이 참, 알았어요!"

식당에서 외쳐 대는 어머니의 고함에 나는 짜증 섞인 목소리로 대답했다.

어머니는 언제나 나를 혼자 가만히 내버려 두는 법이 없었다. 공휴일도 아닌데 오늘따라 이상하게 손님들이 많아서 그런지, 다른 때보다 더더욱 닦달이 심했다. 학교에서 돌아오자마자 일을 거드느라 숨 쉴 틈도 없다가, 이제 막 나의 공간에 숨어들어 환상의 세계를 즐기려는 찰나에 어머니는 또 나를 그 지긋지긋한 식당으로 끌어들이려는 것이었다.

나의 공간, 그곳은 다름이 아니라 식당에 함께 붙어 있는 우리 집 단칸방 지붕 위에 자리한 조그만 다락이었다. 방이 하

166

나뿐인 우리 집에서 내가 유일하게 혼자만의 시간을 즐길 수 있는 곳이 바로 그 다락방이었다. 다락방이라고는 하나 겨우 키 150센티미터밖에 안 되는 나의 작은 체구도 감당 못해서 허리를 고부장하게 꺾게 하는 그런 변변찮은 공간이 그곳이기도 했다. 그러나 그 변변찮은 공간 덕분에 나는 식당일이 지겨워지면 어머니 몰래 슬그머니 그곳으로 숨어들어 게으름을 피울 수도 있었고, 더러는 내가 바라는 미래를 꿈꾸며 하염없이 공상에 젖기도 하는 것이었다. 더욱이 손님이 너무 많은 날에는 어머니는 우리의 사적 공간인 단칸방조차도 한 푼이라도 더 벌려고 자존심도 없이 손님들에게 함부로 내어줘버리곤 했기 때문에, 누구에게도 침범받지 않는 신성한 공간이라고는 우리 집에서 유일하게 다락방 하나뿐이었다.

나의 성역이라 할 만한 그 다락방 안에는 14세 여자아이의 공간답게 갖가지 장식들로 빽빽했다. 약간 녹이 슬기는 하였으나 고전적인 기품이 흠씬 풍기는 청동구리 액자라든가, 엷은 진달래꽃 무늬가 그려진 화사한 전등갓 따위는 내가 제일 아끼는 다락방의 소품들이었다. 이런 소품들의 한쪽 편에는 파란 체크무늬 책상보가 덮인 앉은뱅이 책상이 하나 놓여 있어, 나는 그 위에서 일기도 쓰고 숙제도 하고 더러는 책을 읽기도 하며 시간을 보낼 수가 있었다. 그러다 며칠 전부터는 내가 아끼는 소품이 하나 더 늘어 요즈음은 한창 그것에 넋이 빠져서 허우적대고 있는 터였다. 그 소품이라는 게 별건 아니고 그저 등대 그림이 그려진 자그마한 엽서 한 장이었다. 그 엽서는 외딴 섬 등대지기와 펜팔을 한다는 옆집 미자 언니에게서 얻은 것이었다.

미자 언니는 우리 식당 옆에서 대폿집을 하는 성주댁의 맏딸이었다. 중학교를 졸업하자마자 공부가 싫어 진학은 포기한 채, 섬유 공장에 취직한답시고 대구로 잠적했다가, 집으로 들어온 지 고작 해야 석 달밖에 되지 않은 그녀였다. 그 때문에 나는 그녀에 대해 상세히 아는 바는 없었다. 그렇게 짧은 기간이었음에도 내가 그녀를 가까이하며 지내게 된 것은, 한달 전인가 그녀가 나를 집으로 초대한 때문이었다. 그 초대라는 것도 예를 갖춘 것이 아니라, 길을 가던 나를 막무가내로 그녀의 방으로 끌고 들어간 것에 불과했다. 그런데도 내가지금껏 그녀를 가까이하게 된 것은, 나를 데려간 그녀가 내게다과며 차를 대접하면서 베푼 친절이 여느 어른의 그것과는 사뭇 달랐던 까닭이었다. 마치 나를 자신과 동등한 어른으로 대접해 주는 느낌이랄까, 그녀의 그 타고난 친화력 덕분에 나는 그녀의 방에 들어선 지 10분도 채 안 되어 그녀에게 끌려버리고 말았다. 얼결에 따라간 나는 그날 이후부터 본의 아니게 밑도 끝도 없는 그녀의 수다를 들어주는 말동무가 되어 버린 것이었다. 이렇게 해서 졸지에 그녀의 심심풀이 대상이 되어 버린 나는 며칠 전부터는 등대지기에게 빠져 버린 그녀의 사랑 이야기를 들어주는 중이었다.

"이건 그이가 근무하는 후포리 등대 그림이야. 이런 아름다운 곳에서 일하는 사람이라니, 정말 멋있지 않니?"

그녀는 등대가 그려진 엽서를 보여 주던 날 내게 이렇게 말했다.

내가 보기에는 흰색 탑의 머리 부분에 등명기가 창문처럼 달린 것이, 그저 평범한 여느 등대들과 유달리 구분되는 특징 따위는 없는 것 같았다. 대부분의 등대라는 게 으레 흰색이게 마련이고, 등대니까 의당 등명기라는 것이 붙어 있어서 밤바다를 비춰 주는 기능을 하게 되어 있는 것이니까. 그런데도 그녀는 마치 그 속에 무슨 신비의 세계가 담겨 있기라도 한 듯 온갖 상상의 나래를 폈기에, 그 소리를 듣고도 덤덤하다면 오히려 메마르고 멋없는 인간이 아닌가 여겨질 정도였다.

"이렇게 눈부시게 아름다운 흰빛 등대를 본 적이 있니? 이렇게 하얗고 순결한 등대는 이 세상에 아마 없을 거야! 꽁꽁 언 겨울 바다에 눈이 내린다고 해도, 저 등대는 그 하얀 세상 속에서 눈보다도 더 흰 모습으로 고결하게 우뚝 솟아서 바다를 향해 불을 비추겠지……."

그녀가 등대에 대해 좀 지나치게 과장된 표현을 한다는 생각이 들기는 했으나, 나름대로는 꾀 낭만적인 면이 없지 않았기에 나는 그녀의 감상을 그런대로 흥미 있게 들어주곤 했다.

"얘, 그리고 이 바위와 나무들 좀 봐. 마치 전시장에 진열된 고급 분재를 보는 것 같지 않니? 그 어떤 예술가도 이런 자연스러운 멋은 연출해 낼 수가 없을 거야……."

서울 근처라고는 전혀 가 본 적도 없던 그녀였건만, TV에 나오는 연기자보다 더 예쁘고 깜찍한 서울 말로, 그녀는 내 앞에서 등대에 대해 아는 체를 해보였다.

나는 그런 그녀의 예쁜 서울 말씨를 들을 때마다 어쩐지 나의 투박한 경상도 사투리가 아주 미욱한 느낌이 들곤 했다. 그래서 나는 적어도 그녀 앞에서만은 날 때부터 몸에 밴 이 우악스런 경상도 사투리를 감추어 보려고 애써 억양을 서울식으로 바꾸어 보곤 했으나, 불행하게도 흉내가 서툴러 경상도 사투리도 아니고 서울 말씨도 아닌 해괴하고 우스꽝스런 어투가 되기 십상이었다. 사람이 누군가를 마음으로 따르고 동경하기 시작하면, 별것 아닌 것까지도 공연히 좋아 보여 무턱대고 따라 하는 버릇이 생기는 법이니까.

그녀가 예쁜 서울 말씨를 쓴다고 해서 말재주가 좋다거나 박식한 것은 물론 아니었다. 어떨 때에는 그 아름다운 말씨와는 어울리지 않게 거의 백치기가 느껴지는 면도 없지 않았다. 그런데 이상한 것은 그녀의 말이 비록 약간은 천박하고 더러는 무지한 느낌마저 들었음에도, 그녀의 말투와 더불어 자칫

경박해 보이기 쉬운 그녀의 몸짓이 어른의 특성인 양 내게는 숙녀답고 세련되어 보였기에, 나는 공연히 그녀의 말투나 몸짓 따위를 따라 하곤 했다. 심지어 내게는 그녀가 중학교만 졸업하고 용감하게 도시로 나가 자립하려 했었던 그 경력마저도 우러러보이기만 했다. 그러니까 말하자면 그녀에게는 어딘지 모르게 사람을 유혹하는 모종의 전염성 기운 같은 것이 깃들어 있었던 것이었다.

"이런 멋진 곳에서 등대지기를 하는 그이라면 만나 보지 않아도 분명히 낭만적이고 훌륭한 사람일 거야⋯⋯."

언제나 그랬지만 그녀는 내게 이야기를 하는 것인지 아니면 혼자 몽상에 빠져서 독백하는 것인지 거의 분간이 안 가는 투로 예의 그 이야기를 늘어놓았다.

"저 등대와 바위들, 그리고 푸른 파도⋯⋯ 이제 곧 나도 저런 아름다운 곳에 가서 살게 될 거란다⋯⋯."

나는 그렇게 중얼거리는 그녀 옆에 쪼그리고 앉아서 등대가 있는 마을에서 살게 되리라는 그녀와 그 그림을 부러운 시선으로 바라보았다.

"그리고 있지, 등대지기는 공무원이라서 중년에 직장 떨려날 걱정은 안 해도 된단다. 월급도 제법 되고 보너스까지 있잖니. 게다가 그곳은 시골이기 때문에 먹을거리 따위는 동네 사람들에게 거저 얻을 수도 있단다. 왜 쌀이니 농산물 같은

게 도시에서는 다 돈이잖니? 그렇지만 시골에서는 그렇지 않
거든…….”

　낭만적인 공상과는 달리 그녀가 느닷없이 일상적인 생활상
에 대한 이야기를 장황하게 늘어놓았음에도, 나는 미처 그녀
의 그러한 무미건조하고 계산적인 속내를 읽어 내지 못하고
오히려 그녀보다도 더 깊이 등대의 공상에 빠져 있었다. 만일
그때 내가 상상을 깨고 그녀의 그 시시한 생활 타령에 주목했
었더라면 아마도 좀 더 일찍 그녀의 그 등대에 관한 환상에서
깨어날 수 있었을는지도 몰랐다. 그러나 행인지 불행인지 그
순간에 그녀의 말을 간과한 덕분에 나는 후일 그녀가 자신의
등대를 부서뜨리고 내게는 말 한 마디 없이 사라져 버릴 때까
지는 여전히 그녀와 그녀의 등대를 믿어야 했던 것이었다. 그
리고 그날 그녀는 황송하게도 몇 안 되는 자신의 귀한 등대
그림엽서 중 하나를 거뜬히 내게 줘 버리기까지 했기에, 나로
서는 등대와 등대지기에 관한 그녀의 이야기를 온전히 사실
인 것으로 여길 수밖에 없는 상황이었다.

　그렇게 해서 생긴 등대 그림은 그날 이후로 늘 내 다락방 앉
은뱅이책상 앞에 붙어 있게 되었다. 그리고 그 등대 그림을
붙여 놓은 뒤로 기분이 상하는 일이 있을 때면 나도 그녀처럼
등대 앞에 앉아서 등대가 있는 아름다운 섬에서 사는 즐거운
상상을 한다든가, 그게 아니더라도 다른 잡다한 생각에 빠져

들 때마다 그 그림을 매개로 하여 혼자만의 공상을 즐기곤 했다. 그리고 오늘도 식당일을 돕느라 정신없이 시간을 보내다 이제 겨우 나의 등대 앞에 마주 앉게 되었는데, 어머니가 막 그 환상의 시간을 무참하게 깨어 버린 것이었다.

식당일. 나는 그 일을 돕는 것이 너무나 싫었다. 그것은 꼭 그 일이 지겨워서라든가 힘이 들어서 그런 것만은 결코 아니었다. 우리 식당이 그저 평범한 밥집이나 분식집만 되었어도, 내가 어머니를 돕는 일을 그렇게까지 싫어하지는 않았을 것이었다. 그러나 우리 식당은 그런 범상한 가게가 아니었다. 그러니까 우리 식당의 정체는 다름이 아니라 바로 영양탕집이었던 것이었다. 말이 좋아 영양탕집이지 옛말로 하자면 보신탕집 바로 그것이었다. 어머니 말로는 한때 경기가 좋았을 때에는 대구 달성공원 근처에서 커다랗게 영양탕 식당을 운영하고 있었다고 했다. 그곳은 대구에서도 내로라하는 이름 있는 영양탕 식당들이 줄지어 늘어서 있어 몸보신 좋아하는 건강 염려증 환자는 물론이거니와, 별난 음식을 좋아하는 미식가들에게도 꽤나 인기 있는 별식 골목이었기에, 그곳의 명당을 차지한 우리 식당도 다른 식당들과 마찬가지로 장사가 무척 잘 되는 제법 유명한 식당으로 알려졌다고 했다. 그러던 것이 세계의 대축전이라는 88올림픽을 앞둔 어느 날, 단지 문화적인 특성을 깡그리 무시하는 오만한 서양 사람들이 영양탕 먹는 우리네 습성을 혐오한다는 이유로, 우리 식당은 대구 시내 한복판에서 졸지 간에 경상북도 경계에 있는 동명 변두리로 쫓겨나는 수난을 당하고 만 것이라 했다.

처음에 가게를 동명으로 옮겨야 했을 때, 어머니는 기왕에 일이 이렇게 된 바에야 다른 사람이 꺼리지 않는 좀 그럴듯한 종목으로 업종을 바꾸어 볼 생각이었다. 그것은 딸 하나 잘 키워 보려고 돈을 버는 어머니로서는 어찌 보면 당연한 결심 같기도 했다. 가뜩이나 요식업을 하는 집 딸이라면 껄끄러운 시선으로 바라보기 십상인 터에, 더욱이 밥집도 아니고 영양 탕집을 한다고 하면, 장차 내가 커서 숙녀가 되어 결혼이라도 할 날이 올라치면 좋아할 어른들이 있을 리 만무하다는 것이었다.

"사람이 불고기를 좋아해도 백정은 꺼리는 법이다! 아는 사람이 교동에 구두 가게를 하는데 벌이가 괜찮다는구나. 여자가 하기에도 그리 힘들지 않고……."

어머니의 속마음을 어찌 알아챘던지, 어느 날 대구 사는 외삼촌이 불쑥 찾아와 말했다. 혼자 자식 키우고 사는 누이가 안쓰러워 늘 가슴에 담아 두던 삼촌은 퇴직을 하고 생긴 자신의 자산을 아끼지 않고 헐어 어머니에게 내놓았다.

그런저런 이유로 어머니는 영양탕집을 처분한 돈과 삼촌이 준 돈을 합쳐 대구 시내에 대형 구두 회사의 연쇄점을 열었다. 그런데 식당일로 잔뼈가 굵은 어머니에게 구두 가게 같은 낯선 일이 익숙할 리가 없었다. 그 분야에 대해서는 도통 먹통인 어머니가 장사를 한참 힘들어 할 무렵 경기조차 따라주질 않아 종목을 바꾼 어머니의 가게는 결국 망해 버리고 말았다. 이렇게 해서 어머니는 대구 변두리에서 또다시 영양탕집을 시작하기에 이른 것이었다.

어머니는 그런 실패를 겪어서인지 영양탕집하면 다들 부끄러워하고 기가 죽을 직업이었음에도 마치 그것이 천직인 양 너무나 당당하고 떳떳하게 자신이 영양탕 가게 주인임을 떠들어 대고 다니기 일쑤였다. 생각해 보면 내가 어머니의 그런 행동을 군이 이해 못 할 것도 없었지만, 그렇다고 해서 딸 키우는 여자가 그렇게까지 조심성 없이 자신의 직업을 광고하고 다닐 것까지야 없는 것이 아닌가 하는 생각이 들어, 가끔은 자신의 직업에 지나치게 당당한 어머니가 울컥울컥 미워지기까지 했다. 게다가 더욱 못마땅한 것은 나이 열넷이나 먹은 처자인 나를 영양탕 나르는 일에 분별없이 마구 부려먹는 일이었다. 어머니의 당당함이 너무나 지나치다 보니 나는 어머니의 그런 행동이 마치 내게 '너는 영양탕집 딸이고, 또 네 어미는 영양탕집 주인이니, 너는 아예 딴생각은 말고 네 처지에나 맞는 이 인생에 익숙해지도록 노력해'라는 암시처럼 느껴지기도 했다. 그런 생각이 들어서인지, 나는 어머니의 식당에서 도망치고 싶은 유혹을 받은 적이 한두 번이 아니었다. '여자는 몸조심을 해야 한다'든가 '여자가 바깥 잠을 자면 그거 어디다 써'라든가 하는 말만 아니었다면, 아니 내가 그런 말에는 구애받지 않아도 되는 남자로 태어났더라면 나는 아마 진작 어머니의 그 대단한 식당으로부터 달아나 버렸을지도 모를 일이었다. 그러나 애석하게도 나는 세상의 질서나 윤리 따위에 쓸데없이 나를 의탁하는 범상한 인간이었기에, 그런 엄청난 도망질에 대한 나의 음모는 번번이 상상으로만 그칠 뿐 단 한 번도 현실이 되지는 못했다.

"인숙아, 이 가시나야. 나오란 지가 언젠데 아직도 꾸물거리고 있노. 빨리 안 내리오나……."

내가 내려올 생각도 않고 다락방에서 여전히 꾸물거리고만 있자 어머니는 또다시 소리를 지르며 나를 식당으로 불러냈다. 일손이 달리긴 달렸는지 두 번째 나를 부르는 어머니의 목소리는 짜증이 나다 못해 숫제 폭발해 버릴 것만 같았다.

"지금 가요!"

나는 내키지 않는 목소리로 대답하며 미적미적 다락문을 열고 가게로 내려왔다. 가게 안은 특별한 음식을 즐기려고 찾아든 미식가들로 빈자리 하나 없이 꽉 들어차 있었다.

"식사 때도 아닌데 무슨 손님들이 이래 많노. 이 사람들은 아무 때나 배를 채우나 보제……."

나는 자유 시간을 빼앗긴 분풀이라도 하려는 듯 손님들이 다 알아들을 정도로 큰 소리로 구시렁거리면서 가게 안을 휘젓고 돌아다녔다. 어머니는 나의 그런 못돼먹은 푸념을 들었음에도 깡그리 무시한 채, 무심한 표정으로 영양탕을 떠서 그릇에 담아 내고 있었다. 어머니가 나의 고약한 투정을 보고도 그렇게 무심한 것은, 물론 어머니의 마음이 부처님 가운데 토막을 닮아서 그런 것만은 아니었다. 가끔 내가 어머니의 속을 긁는 짓을 의도적으로 꾸며 대서는, 그녀가 내게 버럭 고함을 지르고 야단이라도 칠라치면, 나는 호되게 당하기라도 한 것처럼 큰 소리로 징징대며 울다가, 때를 만난 듯 냉큼 밖으로 달아나 버리기 일쑤였기에, 오늘같이 바쁜 날에 행여나 또 나의 그런 전략에 말려들기라도 할까 봐 성마르게 폭발하려는 자신의 감정을 억누르는 것뿐이었다.

그런 어머니의 위대한 인내심 때문에 나는 요즘 들어 거의 열흘 동안은 마음대로 식당 밖으로 달아나지를 못했다. 그러니까 옆집 미자 언니에게 놀러 가 본 지도 그와 마찬가지로 한 열흘쯤 되었다. 그러므로 나는 가게 일 때문에 그곳에 가지 못했던 그간의 열흘이 마치 숙제를 하다 말고 미루어 놓은 것처럼 어쩐지 찝찝하고 개운치 못했다.

"오늘은 기필코 이 지긋지긋한 소굴에서 좀 벗어나야지……."

나는 속으로는 여전히 달아날 궁리를 하면서도, 손으로는 식탁마다 물컵이나 반찬 따위를 가져다 나르느라 분주했다. 그러니까 마음으로는 끝없는 내부의 반란을 꿈꾸면서도 겉으로는 그야말로 완벽히 순종하는 착한 딸 바로 그 모습을 연출하고 있은 셈이었다. 그런데 이런 내 속사정을 알기나 한 듯 다행히도 뒷집 순덕이네가 우리 가게 문을 드르륵 열고 들어왔다.

그녀는 종종 우리 가게에 들러 어머니의 식당일을 도운 대가로 영양탕을 한 양푼씩 얻어 가곤 하였다. 그렇게 얻어 간 음식으로 그녀는 자신의 남편과 자식들의 영양 보충을 아주 톡톡히 해 대는 듯했다. 굳이 우리 집에 와서 다리품을 팔지 않아도 자기 가족들을 충분히 거두어 먹일 만큼 넉넉한 살림살이였음에도 알뜰한 그녀는 꼭 우리 집에 와서 그런 식으로 음식 품을 팔곤 했다. 그녀의 조금은 얌체 같은 노랑이짓이 그렇게 밉지 않은 것은, 그 노랑이짓 덕분에 식당이 바쁠 때마다 우리는 그녀의 손을 빌릴 수 있었던 이점 때문이었다. 게다가 나로서는 그녀의 알뜰함이 더없이 고맙고 황송한 일이 아닐 수 없었다. 그녀가 손님치레를 한다는 것은 바로 내가 그 지겨운 식당일로부터 놓여나도 좋다는 뜻이 되기 때문이었다. 아무튼 그녀 덕분에 나는 겨우 열흘 만에 식당에서 탈출할 기회를 얻은 셈이었다.

나는 그녀가 가게 문에 들어서자마자 신이 나서 그녀를 향해 큰 소리로 인사를 했다.

"안녕하세요, 아줌마!"

"아이고 그래, 니가 엄마 일 돕느라고 고생이 많구나. 내가 쫌 도울 꺼이 니는 그만 나가 놀그라!"

"예, 고맙습니더."

그녀는 고맙게도 내가 고대해 마지않던 말을 자진해서 꺼내며 나를 식당 밖으로 내몰아 주었다. 그런데 내가 냉큼 대답을 하고 밖으로 나가려 하자 묵묵히 일만 하고 있던 어머니가 대뜸 나를 불러 세웠다.

"야, 인숙아!"

"머, 머요?"

나는, 순덕네가 왔음에도 어머니가 혹시 나를 잡아 두려는 게 아닐까 불안해져서, 약간 당황한 목소리로 대답했다.

"니 미자 집에 가거등 미자 엄마한테 전에 빌리 간 숫돌 좀 받아 오그라. 무슨 여자가 숫돌 빌리 간 지가 일주일이 넘었는데도 갖다 줄 생각을 안 하는가 모르겠다."

나는 어머니의 목적이 나를 가게에 붙잡아 두는 데에 있는 것이 아님을 확인하고는 그제야 안심하고 가게 문 쪽으로 걸음을 옮겼다.

"형님 딸이 미자하고 너무 가깝게 지내는 거 아닝기요. 좀 삼가 시키는 게 좋겠습니더. 미자 그 아 소문도 별로 안 좋던데 말만 한 딸을 그런 여자와 가깝게 지내게 내버려 두는 건 어쩐지 좀 찝찝한 것 같습니다……."

내가 막 문을 열고 나가려는 순간 순덕이네가 미자 언니를 헐뜯는 소리가 등 뒤에서 들렸다. 어쩐지 어머니에게 하는 소리라기보다는 나를 경계하기 위해 꺼낸 듯한 그런 저의가 엿보였다.

"홍, 사람을 잘 알지도 못하면서 헐뜯기나 하고. 언니가 나한테 얼마나 잘해 주는데……."

나는 순덕이네의 말에는 아랑곳없이 그녀가 들으라는 듯 되레 사람을 폄훼하는 그녀를 은근히 면박하며 문밖으로 나가 버렸다.

집 밖에서는 트럭에다 플라스틱 빗자루며 대야나 물동이 따위를 싣고 다니며 장사를 하는 이동 슈퍼마켓 장수가 우리 가게 문을 거의 절반쯤 가로막은 채 영업을 하고 있었다. 식당 장사를 제대로 하려면 그런 뜨내기 차들이 가게를 가려서는 안 되는 일이었기에, 어머니는 그런 일이 있을 때면 늘 밖으로 나가 장사꾼들과 승강이를 벌이곤 했다. 그런데 오늘따라 웬일인지 어머니는 그네들을 내쫓지 않고 그대로 내버려 둔 모양이었다. 나는 통로를 막아 거치적거리는 차를 지나와 불쾌한 표정으로 트럭 주인을 한 번 째려보았다. 그는 내가 자신을 째려보는지 어쩌는지도 의식하지 못한 채 확성기에다 대고 "자, 왔습니다. 왔어요. 이동 슈퍼마켓이 왔어요."
를 연방 외쳐 대며 물건 팔기에만 바빴다. 나는 그러는 그가
더욱 얄미워 부러 몸을 부딪치며 그의 곁을 지나 미자 언니네
집 쪽으로 걸어갔다. 그런데도 뒤에서는 "어, 어." 하는 감탄
사만 내지를 뿐 더는 아무런 반응도 보이지 않고 여전히 장사
에만 열중하는 듯했다. 시시한 일전一戰인 셈이었다.

미자 언니네 살림방은 대폿집을 하는 자신들의 가게 옆에
조그맣게 곁붙어 있는 쪽문을 통해서 들어가게 되어 있었다.
나는 쪽문을 통과해 그녀가 거처하는 방에 다다라 늘 그랬듯
이 노크도 없이 방문을 왈칵 열어젖혔다. 내가 방문을 그렇게
무람없이 연다고 해서 예의 없는 아이라 생각하면 곤란하다.
나야 그런 예의가 오히려 더 편리하게 느껴지는 쪽이다. 그런
데 그녀 자신이 그런 구차한 질서를 싫어했을 뿐 아니라, 행
여 조신한 체하며 소심하게 굴었다가는 오히려 "야, 가식 떨
지 말고 그냥 들어와라, 두드러기 날라."라는 그녀의 면박이
쏟아지기 십상이었기에 부득불 나도 그녀의 질서에 그대로
따른 것일 뿐이었다. 그러니까 다시 한 번 강조하지만 그것은
이를테면 그녀식의 처세에 편승한 나의 적응 행위이지 결코
무례가 아니라는 것을 알아주었으면 한다.

그녀의 방 정면에는 언제나 그랬듯이 등대 엽서가 앙증맞
게 붙어 있었고, 그 아래쪽에는 현대 감각에 맞는 세련된 디

자인의 검은색 오디오 기기가 단정하게 놓여 있었다. 그녀는 지금 막 그 오디오 기기에서 디스크를 꺼내어 갈아 끼우는 중이었다.

"어, 인숙이 왔니? 참 오랜만에 보는 것 같네. 그동안 뭐하고 지냈니?"

그녀는 오디오 기기를 작동시키다 말고 나를 향해 아는 체를 해 보였다.

"예!"

나는 그렇게 오고 싶어 어머니의 속을 썩여 들른 그녀의 방에서 정작 그녀를 마주하자 싱겁게도 아무 말도 생각나지가 않았다. 그래서 나는 내 근간의 생활에 대한 설명도 없이 그저 짧게 대답했다.

"얘는, 뭐 하고 지냈냐니까 재미없게 '예'가 뭐야 '예'가. 그래 학교 생활은 잘하고?"

"예!"

나는 또다시 그녀의 질문에 짧게 대답하고 입을 닫아 버렸다. 생각해 보니 나는 늘 그녀와 함께 있고 싶어 했으면서도, 특별히 어떤 지적 교류를 바라거나, 그녀에게서 내 영혼을 채울 어떤 구각춘풍을 바란 것은 아닌 것 같았다. 돌이켜보건대 내가 미자 그녀에게서 바란 건 아마도 내 주변 누구에게서도 느낄 수 없었던, 내 어머니조차도 내게 주지 못했던, 그 여자만의 세계가 지닌 독특한 바람 냄새 같은 것이었던 것도 같았다. 그래 어쩌면 그때 나는 그 여자에게서 그 바람 냄새를 맡으려고 그다지도 기를 쓰며 가려고 했었는지도 모르겠다. 쌉싸래하고 시큼한 듯도 하고 어쩐지 조금은 끈적끈적하게 살 속에 엉겨 붙을 것도 같은 달콤하고도 비릿한 바다 같은 그런 냄새.

정작 그 여자에게서 아무런 소통을 원하지 않았기에 나는 그 여자와 긴 대화 따위는 하지 않았다. 왜냐하면 나는 그 여자를 보는 것만으로 충분히 그 여자의 말을 느끼고 있었기 때문이었다. 실제보다 두 배는 길어 보이는 앨리스블루 빛 인조 손톱을 길게 붙이고 장식 반짝이를 얹은 맵시 있는 손가락이라든가, 전기 고데기로 일일이 만 듯한 방울이 잘 살아 있는 곱슬곱슬한 머릿결에 나비 모양의 에메랄드 빛 큐빅 머리핀을 왼쪽 가르마 아래에 맵시 있게 살짝 얹은 감각이라든가, 도대체 저런 옷은 어디에서 파는 것일까 몹시도 궁금하게 만드는 캉캉치마처럼 여러 겹으로 늘어진 집시풍의 원피스라든가 그런 것들로 꾸미고 차린 그 여자의 모습과 마주한 것으로 나는 충분히 그 여자와의 만남에 만족하고 있었다. 아니 어쩌면 내 목적은 그 여자의 그런 외양을 감상하는 것 자체에 있었는지도 몰랐다. 그랬기에 나는 그 여자와의 관계에는 긴말 따위는 필요가 없다고 느낀 게 분명했다. 그 때문에 그녀의 질문에 대한 내 대답은 지극히 의례적이거나 짧아질 수밖에 없었다.

내가 그녀의 질문에 싱겁도록 짧게 대답하며 도무지 말꼬리를 이어갈 줄을 모르자, 그녀는 나에게 질린 듯 질문 따위는 거두고, 늘 그러듯이 혼잣말 같은 예의 그 수다를 떨기 시작했다. 그러면 나는 또 그 여자의 수다를 듣는다기보다는, 수다를 떠는 그 여자의 입술에 바른 와인색 연지를 들여다본다거나, 그 여자가 말할 때의 그 독특하고 세련된 억양에 심취하곤 했다.

"얘, 그이한테서 또 편지가 왔는데 이번 휴가 때에는 나보고 그곳으로 한 번 내려오라는구나. 시간 내서 내게 그곳 구경을 시켜주겠단다. 아 참, 그리고 말이지 넌 등대에 얼마나 많은 종류가 있는지 아니? 등대에는 말이야, 방한 등대도 있고 초인 등대도 있고 장해 등대도 있고, 그리고 연안 등대라는 것도 있단다……."

한참 수다를 떨던 그녀의 입에서 느닷없이 그녀와는 도무지 어울리지 않는 지나치게 전문적인 용어가 튀어나왔다. 나는 내심 그것이 아마도 그녀가 펜팔을 한다는 그 등대지기에게서 주워들은 것이 아닐까 짐작하며 떠들어 대느라 연방 옴짝대는 그녀의 붉은 입술을 쳐다보았다. 언제 새로 사 바른 것인지 늘 애용하던 진달래 빛 연지 대신 붉은 와인 빛 입술연지가 칠해져 있었던 것이다. 그래서인지 빨갛고 도톰하게 튀어나온 그녀의 입술이 문득 전복처럼 여겨졌다. 하지만 전복 같은 그 선연鮮妍한 붉은빛이 그녀에겐 묘하게 잘 어울렸다.

"흐흐흐……."

전복 생각을 해서일까 나는 느닷없이 웃음이 터져 나왔다. 이야기를 듣다 말고 웃어 대자 미자 언니는 내가 자신의 이야기에 즐겁게 반응하는 것이라 여겼는지, 조금 전보다 더 신이 나서 떠들어 댔다.

"얘, 우리 그이가 있는 울진군 후포리 등대가 어떤 곳이냐 하면 말이야, 섬광이 10초마다 1섬광씩 비추는 그런 곳이란다……."

그녀의 계속되는 그 전문적인 체하는 태도에 마침내 질려 버린 나는 그녀가 내 질문에 대답하지 못하리라는 것을 예상하면서도 시치미를 딱 떼고 다짜고짜 질문을 퍼부었다. 그런 식으로 입막음하지 않았다가는, 온종일 그녀가 주워들은 그 어쭙잖은 등대에 관한 지식을 들어주느라 혼이 다 빠져 버릴 게 분명할 것이기 때문이었다.

"언니야, 그런데 그 방한 등대라는 게 뭔데? 초인 등대나 장해 등대, 그리고 연안 등대는 또 뭐야? 그것들은 어떻게 다른데? 제각각 하는 일이 따로 있는 거야? 그리고 섬백광은 또 뭐야? 그게 등대 기능과 무슨 관계가 있는 거야?"

예상치도 않았던 질문을 마구 퍼붓자 그녀는 자못 당황하는 눈치였다. 그녀의 그 당혹스런 표정 속에는 마치 나는 그녀의 이야기에 결코 의문을 가져서도 안 되고, 말허리를 잘라 먹는 짓은 더더욱 해서도 안 되고, 또 수다는 그녀의 전유물이지 결코 나의 것이 아니라는 그간의 묵시적인 분위기를 내가 무례하게 깨뜨려 버리기라도 했다는 듯한, 그런 불쾌한 감정이 깃들어 있는 것 같았다. 그도 그럴 것이 그동안 내가 그녀와 사귀어 오면서, 쓸데없이 그녀에게 많은 말을 한 적도 없었을 뿐 아니라, 질문 같은 것은 더더욱 한 적이 없었기에, 느닷없이 던진 나의 질문 공세는 그녀를 당황시키기에 충분했던 것이었다.

"어…… 어, 그…… 그건 말이지, 글쎄 그건 말이야……. 다, 다르겠지 뭐……."

나의 예상대로 그녀는 갑자기 말더듬이처럼 슬금슬금 얼더듬기 시작했다. 어차피 내 목적은 그녀에게서 등대에 관한 골치 아픈 전문 지식을 주워듣는 것이 아니었기에, 나는 말문이 막혀 쩔쩔매는 그녀를 그냥 내버려 둔 채, 방 정면에 있는 그 깜찍한 등대 그림으로 주의를 옮겼다.

"그건 그렇고 나 조금 있으면 그곳에 가서 살게 될 거란다. 그때엔 너도 그곳에 와도 돼. 우리가 살 집엔 방이 많거든……."

말문이 막힌 그녀가 한 10분쯤 뜸을 들이고 나서 입을 연 게 바로 그런 소리였다. 초대이기는 하나 어딘지 진지성이 결여된 듯한 즉흥적인 냄새가 풍기는 그런 말. 하지만 나는 그 자리에서는 그녀의 초대에 대한 진의를 따져 묻지 않았다. 그곳에 가고 안 가고 하는 일은 그 순간의 내게는 그다지 중요한 일이 아닌 것 같아서였다.

근 열흘 만에 찾아온 방문이었건만 그녀는 그날은 어느 때처럼 등대에 대한 환상 따위는 얘기하지 않았다. 그것이 비록 거짓말일지라도 등대에 관한 낭만적인 환상을 이야기하는 것이 그녀에게는 훨씬 어울리는 일이었음에도, 그녀는 엉뚱하게도 쓸데없는 등대 지식만을 장황하게 늘어놓았던 것이었다. 그러므로 등대답지 않은 등대 이야기와 그녀답지 않은 그녀는 놀러 간 지 한 시간도 채 못 되어 그녀의 방을 빠져나가고 싶게 할 만큼 나를 질리게 만들 뿐이었다. 그래서 나는 아직도 할 말이 남은 듯 입을 달싹거리는 그녀를 애써 외면하며 얼른 그녀의 방을 빠져나와 버렸다.

"오늘은 하나도 재미없네. 미자 언니가 오늘따라 와 그러는가 몰라, 시시하게. 게다가 나보고 자기네 등대 집에 오라니, 우리 집 두고 뭐하러 거길 가, 가기를. 아주 별꼴이야……."

나는 그날의 재미없는 일진을 길바닥에 쏟아 붓기라도 하려는 듯 구시렁거리면서 집으로 발을 옮겼다.

지금이야 집에 가도 식당일 따위는 돌보지 않아도 좋을 것이었다. 집에 가면 순덕이네가 엄마를 도와 열심히 일을 하고 있을 게 분명할 것이기 때문이었다. 순덕이네는 한 번 일을 도와주기로 마음을 먹으면 뿌리를 뽑을 정도로 요령 없이 부지런을 떠는 여자이기도 했기에, 내가 자진해서 일을 도와주려 해도 그녀 쪽에서 오히려 마다할 것이었다.

나는 미자 언니네 방에서 시시하게 지내느니, 공상을 하든 몽상에 빠지든 차라리 다락방에서 혼자 노는 편이 더 낫겠다는 생각을 하면서 털레털레 길을 걸었다. 그런데 돌아가는 길에 문득 어머니가 내게 당부했던 말이 떠올랐다.

"아 참, 숫돌 받아 오라 캤는데……."

나는 가던 발길을 되돌려 다시 미자 언니네 집으로 갔다. 이번에는 그녀의 방으로 가지 않고 바로 대폿집을 하는 가게로 들어갔다. 숫돌을 빌려 간 것은 미자 언니가 아니라 그녀의 어머니인 성주댁이기 때문이었다.

"아줌마, 우리 숫돌 돌리 주이소!"

나는 가게 문 안으로 들어서자마자, 술안주를 만들고 있던 성주댁에게 대뜸 말했다.

"이 가스나야, 어른을 봤시모 인사부터 해야지, 무신 용무가 그리 바쁘노 바쁘기를. 야, 미자야, 거 수돗간에 인숙이네 숫돌 있을 끼다. 빨리 갖꼬 온나!"

그녀는 말치레와는 달리 인사 따위는 받을 생각도 없다는 듯, 뒤꼍에 있는 미자 언니 방에다 대고 소리를 꽥 지르고서, 내게는 눈길조차 주지 않고 도마에다 대고 연방 칼질만 해 대었다. 그런 그녀의 모습이 언뜻 나의 어머니의 그것과 닮아 있었다.

제 어미의 부르는 소리를 들었을 법한데도, 미자 언니는 대답은커녕 숫돌을 들고 올 기미조차도 보이지 않았다. 하는 수 없이 나는 무심한 그녀들 대신 스스로 숫돌을 챙겨 가기 위해 뒤꼍으로 들어갔다. 그녀가 말한 대로 수돗가에는 예의 그 숫돌이 아무렇게나 내팽개쳐져 있었다. 나는 그렇게 마구 내팽개쳐진 숫돌에다 우리 집 부엌칼을 간다고 생각하니 갑자기 몹시 불쾌한 생각이 들었다.

"에이 참, 남의 물건을 너무 함부로 굴리네! 엄마한테 인자 숫돌 같은 거는 아무나 빌리 주지 마라 캐야 되겠다……."

나는 방에 있는 미자 언니가 들으라는 듯이 구시렁거리면서 슬그머니 그녀의 방을 살폈다. 그런데 조금 전에 내가 그녀의 방문을 나섰을 때와는 달리 그녀의 방에는 그녀 외에 누군가가 한 사람 더 있는 듯했다. 겨우 10분도 채 안 된 사이에 나 말고 또 누가 그녀를 방문한 모양이었다. 댓돌에 놓여 있는 넓적한 슬리퍼를 보아 하니 손님이 남자인 듯했다. 아니나 다를까 방 안에서 두런거리는 그들의 목소리 속에는 굵은 남자의 목소리가 섞여 있었다. 사내의 그 목소리가 어디선가 들어본 적이 있는 것만 같았기에, 더는 그녀네 뒤꼍에 머물기가 어색해져서 나는 숫돌만 얼른 챙겨들고 그곳을 빠져나왔다.

그런데 참으로 이상한 일이었다. 그녀가 누구와 함께 있건 말건 나와는 도무지 상관없는 일이었는데도, 나는 그녀가 어떤 남자와 함께 있다는 그 사실이 어쩐지 무심하게 느껴지지가 않았다. 아니 그보다도 내가 그녀의 허락도 없이, 그녀가 사내와 함께 있는 것을 몰래 알아 버린 것만 같아 민망하기도 하고, 마치 못 볼 꼴을 본 것처럼 마음에 걸리기도 했다. 그렇게 해서 그날 나는 까닭 없이 찝찝하고 죄스러운 기분이 되어 집으로 돌아가야 했다.

한데 그 일이 있은 다음 날 학교에서 나는 그녀 때문에 큰 봉변을 당하는 불상사를 겪게 되었다. 그 일은 확실히 전날 그녀만 만나지 않았더라면, 아니 그녀가 어떤 사내와 함께 있는 것만 알아 내지 않았더라면, 일어나지 않을 수도 있었던 일이었다.

그것은 바로 그날 체육 시간에 일어난 일이었다. 운동복으로 갈아입은 반 아이들은, 배구 경기에 앞서 공을 던지고 받는 연습을 하려고 선생님의 지시대로 네댓 명씩 조를 짰다. 물론 나도 네댓 명의 조 안에 포함되어 공 던지기 연습을 해야 할 판이었다. 그러나 평소에 체육이라면 아주 진저리를 치던 내게는, 그 공 던지기 연습이라는 게 도무지 마음대로 되어 주질 않는 아주 힘겨운 운동이었다. 다른 아이들은 대여섯 번 던져 주면 너덧 번은 되받아치곤 했지만, 나는 고작 해야 한두 번 받아치는 데 그치기 일쑤였다. 그 때문에 운동 신경 둔한 나는 다른 아이들의 연습을 돕기는커녕 오히려 방해만 할 뿐이었다. 게다가 그날은 감기 기운까지 겹쳐서 내 손과 발은 더더욱 엉망으로 놀아났다. 가뜩이나 능력도 없고 취미도 없는 배구 연습에 몸살기까지 겹치자 도무지 배구 따위는 하고 싶지가 않았다. 체육 선생님께 말씀드려 허락을 받고 정식으로 좀 쉬려고 했으나, 선생님은 어디를 갔는지 운동장 구석을 아무리 휘둘러보아도 보이지 않았다. 결국 나는 연습하는 아이들을 내버려 둔 채 슬그머니 그곳을 빠져나와 버리고 말았다. 그리고는 운동장 스탠드 한쪽 귀퉁이에 앉아 혼자서 하릴없는 상념에 빠져들기 시작했다. 한참을 공상에 젖다 보니 생각은 어제 미자 언니네 집에서 겪은 그 어색한 목격에 대한 궁금증에 도달해 있었다. 그렇지 않아도 어제는 종일을 그녀의 방문 너머에서 들리던 어딘지 낯이 익은 듯한, 그러나 전혀 누구의 것인지 떠오르지가 않는 의문의 사내의 목소리에 대해 생각했던 터였기에, 그 순간에 문득 그녀와 그 어떤 남자와의 관계에 대한 생각이 떠오른 것은 그리 새삼스러운 일도 아니었다.

그런데 그녀와 함께 있었던 그가 바로 그녀가 말한 등대지기인지, 아니면 아무런 상관도 없는 또 다른 사람인지, 그도저도 아니면 도대체 내가 어디서 들은 목소리였기에 그리도낯설지가 않았던 것이었는지 궁금해하면서 머리를 갸웃거리고 있던 바로 그때, 느닷없이 배구공 하나가 내 무릎 위로 날아들었다. 그 공은 세게 내 무릎을 내려치고, 다시 그 반동에힘입어 땅바닥으로 통통 튀어 내려갔다. 나는 처음에는 갑작스러운 공의 공격에 놀랐으나, 이내 태연해져서는 다시 예의그 잡념 속으로 빠져들었다. 그만큼 나는 미자 언니의 집에있었던 괴남자에 대한 의문에 골몰해 있었던 것이었다. 하지만 유감스럽게도 나의 그 상념은 10초도 되지 않아 다시 깨어져 버리고 말았다. 그것은 내게 공을 던진 아이가 이제는 공을 통해서가 아니라 몸소 내 앞에 다가와 나를 방해했기 때문이었다.

"야, 김인숙! 니 머하노. 아까부터 공 좀 쭈서 줄라꼬 그랬는데 들은 척도 안 해? 니가 그래 잘났나? 천하에 이기적이고비협조적인 성격 파탄자 같으니라고……."

그녀의 나에 대한 인신 공격이 너무나 느닷없는 일이고 보니, 나는 그런 모욕적인 말을 듣고도 한 10초쯤은 아무 생각도 할 수가 없었다. 잠깐 만에 정신을 차린 나는 그제야 내게공을 던진 그 애뿐만 아니라, 나의 배구 연습 모둠 전부가 우르르 몰려와서 내 주변을 둘러치고 있다는 것을 알았다. 그들은 진작부터 자기들의 배구 연습에 비협조적인 나를 못마땅히 여겨 오다, 내게 고의로 공을 던져 문제를 일으킨 희선을 앞세워 시비를 걸러 온 것이었다. 그 희선이라는 애와 나 단둘이 있는 자리에서 그런 일이 일어났다면, 나는 그따위 유치한 말싸움쯤이야 깡그리 무시해 버릴 수 있었으나, 많은 아이들이 나를 주시하고 있는 공개적인 자리였기에, 그것은 이미 나와 입이 건 그 애와 단둘 사이의 문제를 넘어서고 있었다.

"나 공 집어 줄라 카는 소리 못 들었다. 하지만 그렇다고 해서 우째 내한테 그런 모욕적인 말을 다 하노. 성격 파탄이라니. 말이면 단 줄 아나!"

나는 갑작스러운 싸움 분위기에 긴장해서 약간은 떨리는 음성으로, 그러나 할 말은 하나도 빠뜨리지 않고 그녀에게 또박또박 따져 들었다.

"내가 어데 틀린 말 했나? 만날천날 혼자서 따로 놀면서 잘난 척하는 기 그기 성격 파탄이지 머꼬. 그라고 누가 니 보고 체육 시간에 딴 데 한눈팔라 카드나. 배구 연습을 안 할 끼면 다른 아이들 연습하는 거라도 도와주야 될 꺼 아니가. 그랬으면 내가 니한테 싫은 소리 할 이유도 없지……."

당차게 내 말을 되받아치는 그녀의 억센 품이 마치 흑장미니 백장미니 하는 유별난 이름이 붙은 5인조 소녀 깡패의 두

목 같은 느낌이 들었다.

"내가 끼이 봤자 도로 느그들 연습에 방해만 되지 머 도움이 되드나. 내 때문에 느그 두 번 연습할 꺼 한 번밖에 못 한다아이가."

그녀의 조리 정연한 말대꾸에 약간 기가 질려, 나는 처음보다 풀이 죽은 목소리로 대꾸했다.

"그렇다고 해서 니 마음대로 빠지는 기 어데 있노. 누구는 연습하고 싶어서 하는 줄 아나. 안 그래도 더워 죽겠는데 쉬는 기 낫지. 나도 니그치 스탠드에나 앉아서 편안하게 쉬고 싶은 마음이 굴뚝같지마는 그래도 연습한다. 어서 나와서 니도 연습하그라. 안 그라면 옆에서 공이라도 줍든가. 기껏해야 개고기나 팔아묵는 집 딸 주제에 되게 고고한 척하고 있네……."

개고기. 그 말은 다른 어떤 말보다도 내 기를 죽이기에 충분한 표현이었다. 사실 그녀의 입에서 개고기라는 말을 듣는 순간 나는 그녀의 따귀를 한 대 갈겨 주고 싶은 충동을 느꼈다. 그러나 충분히 맞아도 싼 모욕적인 언행을 한 그녀를 때려 주지 않은 것은, 내게 그럴 힘이 없어서 그런 것은 결코 아니었다. 언제이던가. 우리가 대구 시내에서 살았을 때, 나는 오늘과 똑같은 일을 경험한 적이 있었다. 초등학교에 다니는 어린 나이였음에도, 아이들은 어디서 그런 소리를 들었는지,

194

어느 날 내가 개고깃집 딸이라는 정보를 주워듣고 와, 가만히 있는 나를 공연히 놀려 대는 것이었다. 어린 나이니만큼 나는 자제력도 인내력도 없었기에, 내게 모욕적인 언행을 일삼은 장본인인 한 여자아이의 따귀를 사정없이 갈겨 주었다. 그런데 세상은 참으로 이상했다. 내게 원인 제공을 한 입이 건 그 아이는 내버려 둔 채 사람들은 모두 내가 누군가의 따귀를 때렸다는 그 사실만으로 나를 행패나 부리는 폭력적인 문제아로 몰아붙여 버리는 것이었다. 그 일이 있고 나서 나는 새 학년으로 반이 바뀔 때까지 아이들과는 소원하게 지냈을 뿐 아니라, 친구조차 없는 외로운 시간을 보내었던 것이다. 그때 겪은 충격 때문이었는지, 나는 희선의 그 오동통한 뺨을 때려 주고 싶은 분노를 참아 내기가 그리 어렵지만은 않았다.

결국 그녀의 그 개고기 운운에 말문이 막혀 버린 나는 그녀의 말에 더는 대꾸도 못한 채 충격받은 모습으로 망연히 서 있기만 했다. 나와 희선과의 실랑이를 지켜보고 섰던 아이들은 작당이나 한 듯이 모두 희선의 편에 서서 나를 새치름한 눈으로 바라보고 있었다. 나는 내 몸살기 따위는 눈치채지 못한 채 사람을 무턱대고 몰아세우려고만 드는 그녀들의 각박한 분위기에 갑자기 서글픈 생각이 들어, 나도 모르게 흑흑 흐느끼며 후드득 눈물을 흘리기 시작했다.

"야, 그만하고 마 우리끼리 연습하자. 하기 싫타 카는 사람

붙잡고 자꾸 싸워 봤자 머할 끼고!"

느닷없는 나의 흐느낌에 조금은 당황했는지 한 아이가 불쑥 끼어들어 그 야릇한 분위기를 깨고 나왔다. 그리고 내가 분을 참은 덕분에 예전의 따귀 건과는 달리, 이번에는 아이들 스스로 나의 소심한 태도에 놀라 슬그머니 내게서 멀어져 우르르 운동장 가운데로 도망치듯 되돌아가 버리고 말았다.

아이들이 그냥 돌아가기는 했으나 그 순간 당한 모욕감이 가져다준 충격의 여파는 방과 후 집에까지 가서도 쉽사리 지워지지가 않았다. 게다가 어찌 된 일인지 우습게도 나는 반 아이들에게는 그렇게 모욕을 받고도 등신처럼 당하기만 하다가, 집에 돌아와서는 엉뚱하게도 무죄한 어머니에게 냅다 분풀이를 하게 된 것이었다.

"아, 인숙아. 잘 왔다. 얼른 책가방 갖다 놓고 나오그라. 지금 하도 바빠서 눈코 뜰 새도 없다."

어머니는 내가 학교에서 걸먹고 다니는지 어쩌는지 전혀 짐작조차 하지 못한 채, 아니 아예 짐작 같은 것은 할 생각도 않은 채, 늘 하듯이 무심하게 내게 식당일만 시키려 들었다. 어머니야 원래부터 내가 밖에서 뭇 사람들에게 먹물을 뒤집어쓰는 따위의 고난을 당할 수도 있다는 것을 예상해 줄 만큼 자상한 사람이 아님을 익히 아는 터였음에도, 그날 학교에서 당한 수모가 워낙 충격적이어서인지, 나는 어머니의 그런 둔

하고 무덤덤한 태도가 새삼스럽게 못마땅하고 분하게 여겨졌
다. 그 때문에 나는 어머니의 말에는 대꾸도 없이 방으로 쏙
들어가 버렸다. 방으로 들어간 내가 한참이 지나도 밖으로 나
오지 않자, 어머니는 또다시 나를 부르며 수선을 떨었다.

"야, 인숙아. 빨리 나오라 카이 머를 그래 꾸물거리노! 엄마
바빠 죽겠는데 저게 구구로 속을 썩이고 있네……."

교복을 벗을 생각도 잊은 채 방 한쪽 구석에 쭈그리고 앉아
있던 나는, 그제야 미적미적 자리에서 일어나 식당으로 기어
나왔다. 내가 옷도 갈아입지 않고 퉁퉁 부은 얼굴로 식당으로
나오자, 어머니는 또다시 내 태도에 입을 대며 야단치기 시작
했다.

"이 가스나야, 아직 교복도 안 갈아입고 머 했노. 얼른 이거
나 저게 앉은 손님 갖다 드리고 나서 옷이나 갈아입그라."

내키지 않는 일을 억지로 하다 보면 반드시 마가 끼는 법.
아니나 다를까 기분까지 엉망이어서 그런지, 나는 어머니가
건네주는 영양탕 쟁반을 받아 쥐고 몇 걸음도 채 못 가서 그
만 보기 좋게 그것을 손님의 머리 위에 들이붓고야 말았다.
뜨거운 영양탕을 뒤집어쓴 손님은 물론 비명을 지르며 길길
이 날뛰었다. 적어도 2도 화상쯤은 입은 눈치였다. 어머니는
일이 터지자마자 쏜살같이 달려와 손님의 옷을 닦아 주며 찬
물로 손님의 머리까지 헹궈 주었다. 그러고도 황송해서 어쩔

줄을 몰라 하던 어머니는 거의 손님의 발바닥 끝에라도 닿을 듯 몸을 납죽 조아리기까지 했다.

"이 못된 가스나. 우짜자꼬 손님한테 이런 실수를 다 하노. 손님요. 진짜 미안합니더. 이 가스나야 니는 도대체가 제대로 하는 일이 없노. 에미 말을 잘 듣기를 하나, 그렇다고 학교 공부를 잘하기를 하나. 만날천날 방구석에만 틀어박히 있을 줄이나 알았지, 도대체가 천하에 쓸데없는 년이라 카이 까는……."

어머니는 손님에게 너무 미안한 나머지 몸 둘 바를 몰라서 그러는 것인지, 아니면 문제를 일으킨 장본인인 내가 야단맞는 꼴을 보면 손님의 분이 좀 풀리리라고 계산해서였는지, 과장되게 험한 욕설을 마구 퍼부어 대며 나를 나무랐다. 그런데 실수를 한 죗값으로 가만히 야단을 듣고 있었으면 좋으련만, 학교에서 당한 수모 때문에 용심이 솟을 대로 솟아 있던 나는 그만 어머니의 그런 질책에 기가 죽기는커녕 도리어 불끈 화를 내며 말대꾸를 해대고야 말았다.

"내가 머 공부를 못할라꼬 못하나. 맨날 영양탕이나 나르게 하고 반 아이들한테는 개고깃집 딸이라는 소리나 듣게 만들면서, 엄마는 머 내한테 그래 잘해 줬다고 야단만 치노. 밖에 나가면 내가 어데 사람 취급이나 받는 줄 아나. 기껏해야 개고깃집 딸 주제에……."

"머, 머라꼬? 개고깃집 딸이 어쨌따꼬? 그래, 니 어미는 개고기 장수다 와. 그래서 내가 니를 굶기기를 했나. 헐벗기기를 했나. 이 가스나가 뼈 빠지게 일해서 공부시키드마는 지 잘나서 큰 줄 아나 보네. 어데 이래 못된 기 다 있노. 내가 어짜자꼬 저런 못된 것을 다 낳아서 자식새끼한테 이런 수모를 당하는지 모르겠구마. 내가 전생에 무신 죄를 그리 마이 지어서 이 고생인지, 하늘도 참 무심하구마……."

어머니는 당신의 딸에게서까지 개고깃집이라는 비하적인 표현을 듣게 된 것이 몹시도 분했던지 연방 씩씩거리며 나를 질책했다.

"나는 머 태어날라꼬 나왔나. 괜히 엄마 마음대로 내를 낳아 가꼬 와 내보고 야단이고. 나도 태어난 거 싫다."

'내가 어쩌자고 저런 못된 것을 다 낳아서……'라는 말은 평소에도 종종 들어온 말이었지만, 그날따라 나는 그 말이 소름 끼치도록 듣기가 싫었다. 그래서 여느 때 같으면 한 귀로 듣고 한 귀로 흘려 버릴 일이었음에도, 나는 어머니의 그 말꼬리를 놓치지 않고 물고 늘어졌다. 결국 어머니는 나의 그 되바라진 말대꾸에 결정적으로 마음이 상했는지, 내 말이 떨어지기가 무섭게 손님의 옷을 닦아 내던 행주를 내게로 획 집어던졌다. 그런 다음 그녀는 식탁 위에 놓여 있던 은색 알루미늄 쟁반을 들어 내 머리통을 사정없이 내리치기 시작했다. 내가 악을 쓰며 앙앙 울어 대는 게 안쓰러웠던지 우리들의 전쟁을 말린 것은 오히려 영양탕을 뒤집어쓰고 화상까지 입은 바로 그 손님이었다.

"아이고, 이보세요. 아주머니. 그만 됐습니다. 불쌍한 아이를 왜 그렇게 때리고 야단이세요. 자식 키우다 보면 별일이다 생기게 마련이지 그런 것까지 일일이 어찌 다 나무라겠습니까. 그냥 놔 주세요……."

어머니는 손님의 말리는 소리를 듣자, 그제야 분이 풀린 듯 못이기는 체하고 나를 내려치던 쟁반을 식탁 위에 내려놓았다. 나는 그때를 틈타 얼른 그 자리를 빠져나와 가게 밖으로 달아나면서도, 입으로는 연방 마른 울음을 엉엉 터뜨렸다.

그렇게 대책 없이 집을 나서고 보니 막상 갈 곳도 없었다. 기분이 언짢아서인지 미자 언니에게 놀러 갈 마음의 여유조차 생기지 않아, 나는 그날 종일 쓸데없이 이곳저곳을 배회하며 날이 저물기만을 기다렸다. 어스름도 지나 완연한 어둠 속에 잠긴 동네를 겁도 없이 배회하다 보니 내 발길은 어느 사이엔가 집 어귀까지 당도해 있었다. 먼발치에서 보이는 가게 안에는 장사가 끝난 지 오래였는데도 불이 켜져 있었다. 아마도 야단맞고 집 나간 자식이 걱정된 어머니가, 불안한 나머지 방 안의 불뿐만 아니라, 식당 불까지 모조리 켜 놓은 모양이었다. 어머니의 집에서 비치는 따뜻한 불빛이 순간 내 마음을 흔들었다. 어두운 골목 안에 저 홀로 밝은 그것이 마치 언젠가 본 미자 언니의 등대 그림을 닮아 있었던 까닭이었다. 까만 밤바다에서 하얗게 불 밝은 등대는 마치 넓은 세상에 저 홀로 서 있는 듯한 고고한 아름다움을 풍기는 것이었는데, 나는 미자 언니의 그 밤바다 등대 그림을 몹시 탐내었으나 그녀는 그것을 내게 주기는커녕 세상에서 가장 귀한 보물인 양 감추며 더는 내게 보여 주지조차 않았다. 어머니의 집이 지금 그런 미자 언니의 등대를 닮아 있다는 생각을 하자 불현듯 온 몸에 누적됐던 피로가 한꺼번에 몰려왔다. 감기 몸살과 거리를 배회하며 쌓인 발의 통증과 아이들과 한바탕 하면서 얻은 마음의 상처 같은 것들이 내 몸을 무겁게 바닥으로 끌어당겼다. 다리가 후들거리며 머리까지 아파져 왔다. 그런데도 나는 어머니의 그 따뜻한 불빛 속으로 발을 들여놓을 수가 없었다. 나를 맞이하려는 어머니의 소소한 배려를 배반한 채 발길을 돌려 버렸다. 여자아이의 알량한 자존심 때문은 아니었다. 차라리 어둠 속이라면 시치미 딱 떼고 슬그머니 기어들어갈 수도 있었을 테지만, 그 불빛, 미자 언니의 하얀 등대를 닮은 어머니의 불빛이 이상하리만큼 나를 수치스럽게 했기 때문이었다. 그 때문에 부끄럽고 민망한 나머지 오히려 편안하게 집으로 들어서기가 더 어렵기만 했다. 나는 결국 집에 들어가지 못하고 다시 발길을 다른 곳으로 옮겼다. 그 어두운 밤에, 게

다가 친구 관계도 변변찮은 처지에 내가 갈 수 있는 곳은 결국 미자 언니의 방뿐이었다. 몇 번의 망설임 끝에 내키지 않는 기분으로 그녀의 방에 들어섰을 때, 싱겁게도 그녀는 자신의 방에 없었다. 그녀의 어머니가 기거하는 안방에서조차 그녀의 기척은 느껴지지가 않았다. 나는 기왕에 들어선 발걸음으로 실례를 무릅쓰고 그녀의 방에 혼자 들어가 앉았다. 늦은 밤이니만큼 오래지 않아 그녀가 들어오리라는 기대를 했기 때문이었다. 방바닥에 쭈그리고 앉아 그녀를 기다리는 동안, 나는 일전에 "내가 등대로 가서 살게 되면 너도 와도 좋아……."라고 했던 그녀의 말을 떠올리며, 오늘 내친김에 그녀에게 나를 데려가 달라고 말하기로 마음을 먹었다. 어머니에게 야단맞은 그 실망감이나 원망보다는 밤바다 등대처럼 밝았던 어머니의 그 집의 하얀 불빛에 대한 수치심이 나를 더 먼 곳으로 가고 싶게 했던 것이었다. 어머니의 빛은 나를 당신계로 이끌기엔 너무 밝았다. 그것은 엉뚱하게도 방황하던 내내 생각으로만 꿈꾸어 왔던 가출을 실행에 옮길 궁리를 할 만큼 나를 수치스럽게 만들어 버렸다. 등대를 좇는 내 환상을 언제나 무참히 깨어 버리곤 하는, 도무지 교양이라고는 약에 쓸래도 없는 속물인 나의 어머니. 그리고 그로 하여 언제나 내가 이 추하고 지리멸렬한 삶의 밑바닥을 허우적대는 시시한 짐승의 무리 중 하나임을 인식하게 하는 내 현실 인식의 근원인 어머니. 그런 어머니가 지금 나를 오히려 하얀빛으로 부끄러운 나를 사로잡으려 하는 것이었기에, 나는 어머니로 부터 이번 기회에 확실하게 도망쳐 버려야겠다고 마음을 다져 먹었다. 그러려면 어떻게든 미자 언니를 따라 그 꿈 같은 등대의 섬으로 같이 떠날 수 있어야만 했다. 나는 그녀가 설사 전에 했던 그 약속을 무시하려 든다고 해도, 무슨 수를 써서든 꼭 그녀에게 그 약속을 지키게 할 결심을 했다.

그러나 지겹도록 기다려도 그녀는 자신의 방으로 돌아오지 않았다. 멍하니 앉아 벽지의 무늬에서 숨은그림찾기를 하면서 나는 그녀가 오기만을 기다렸다. 그러다 대책 없이 그녀만을 기다리기가 심심해져서, 나는 자리에서 일어나 그녀의 책상 가까이로 다가갔다. 그런데 처음 그녀의 방에 들어섰을 때에는 기분이 언짢아 보지 못했던 때문인지, 나는 그제야 그녀의 방에 전과는 다른 변화가 있다는 사실을 알아내었다. 그 변화란 다름이 아니라 그녀의 방에서 가장 소중한 등대 그림이 없어져 버린 것이었다.

"그럴 리가 없는데⋯⋯."

나는 혼자 중얼거리면서 그녀의 방 벽 이쪽저쪽을 두루 훑어 내려가면서 등대 그림을 찾았다. 그러나 그녀의 방 어디에도 등대 그림 따위는 붙어 있지 않았다. 그렇게 그림의 행방을 찾아 눈을 굴리다, 나는 문득 언젠가 그녀가 내게 그림엽서를 주었을 때 책상 맨 위 서랍 속에서 그것을 꺼내었던 것을 생각해 내었다. 그래서 혹시나 하는 마음으로 그 서랍을 가만히 열어 보았다. 그런데 그 서랍을 열어 본 순간 나는 그만 아연실색하지 않을 수가 없었다. 왜냐하면 그녀의 책상 서랍 속에는 무려 한 질이나 되는 똑같은 등대 그림의 엽서가 들어 있었기 때문이었다. 그것은 묶음으로 산 것이어서 그런지 한 질의 엽서가 고스란히 비닐 포장 안에 그대로 들어 있었다. 나는 그동안 그 등대 그림엽서는 그녀가 내게 준 것 한 장과 그녀가 등대지기에게서 받았다는 우체국 직인이 찍힌 세 장이 전부인 것으로만 알았었다. 그런데 뜻밖에도 그렇게 똑같은 그림엽서가 세 장도 아니고 네 장도 아니고 무려 한 질이나 더 있었던 것이었다. 그렇게 많은 등대 그림을 발견하는 순간, 내가 지닌 한 장의 가치가 무참히 깨어져 버리는 것은 물론이고, 내 마음속에는 그녀에 대한 야릇한 배반감마저 느껴지기까지 했다. 꼭 한 장의 여유분밖에 없는 듯 생색을 내며 내게 준 그 그림이 기껏해야 수많은 그림엽서 중의 하나에 불과했다니, 나는 서랍 속에 든 그 한 질의 엽서가 마치 한 질의 거짓말만 같이 여겨졌다. 그날 밤 나는 그녀를 만나 보지도 못한 채 다시 집으로 되돌아가야만 했다. 되돌아온 어머니의 집, 아니 엄밀히 말하면 어머니의 가게는 내가 등대의 하얀 불빛에 놀라 도망치듯 돌아섰을 때와 마찬가지로 여전히 하얗고 따뜻한 불을 밝히고 있었다. 그러나 아까처럼 그것이 등대로 보이지는 않았다. 이전에는 어떻게 해서 그것이 등대로 보였을지 의심스러울 정도로 어머니의 가게는 그저 그런 세간들로 가득 차 있었다. 내일 장사를 위해 미리 다듬어 놓은 대파가 대야에 하나 가득 담겨 손님용 식탁 위에 방치되어 있었다. 자식 때문에 정신이 없는 나머지 서늘한 가게 뒤란에 두곤 하던 것을 깜박 잊은 게 분명했다. 그런 가게를 지나 방으로 들어서니 어머니는 당신의 인생을 바쳐 키워 온 자식이 자신으로부터 달아날 궁리나 하고 있는 것도 모른 채, 단칸방에서 이불도 덮지 않고 모로 누워 잠자고 있었다. 피곤해서였는지, 아니면 딸자식 때문에 신경을 쓴 탓인지, 어머니의 코 고는 소리는 평소보다 세 배는 더 크게 들리는 듯했다. 나는 다락방으로 올라가려고 잠이 든 그녀의 곁을 살그머니 비켜 지나갔다. 그런데 문득 곁을 지나는 내 발꿈치에 어머니의 벗은 발이 툭 하고 걸려 왔다. 잠이 든 어머니가 몸부림을 친 때문이었다. 내 발꿈치를 스치는 어머니의 맨발은, 나의 보드라운 발과는 달리, 거칠게 살아온 그녀의 세월만큼이나 두꺼운 각질이 거북등처럼 단단하게 끼어 있었다. 나는 다락으로 오르려다 말고 어머니의 그러한 모습을 물끄러미 바라보았다. 오늘따라 어찌 된 영문인지 어머니의 갸름한 얼굴이 쉽답지 않게 사그라져 있는 것도 같았다. 그렇게 조심성 없이 아무렇게나 잠이 든 어머니의 모습이 어쩐지 가련하고 불쌍해 보이는 것도 같았다. 그러나 비록 내가 피곤으로 곯아떨어진 어머니에게서 연민을 느낀다고 해서, 집을 나가기로 한 마음이 흔들린 건 결코 아니었다. 어머니는 그렇게 가련한 모습으로 잠이 들었다가도, 아침이 되면 언제 그랬느냐는 듯 씩씩하게 일어나, 또다시 나를 그 지긋지긋한 식당으로 끌어들여, 보신탕 나르는 일을 시켜먹을 게 뻔할 것이기 때문이었다. 나는 곧 마음을 다잡아먹고 아무렇게나 잠이 든 어머니를 그대로 내버려 둔 채 다락으로 올라가 버렸다. 그리고는 책가방으로 쓰는 작은 배낭 속에서 교과서들을 죄다 끄집어 내고, 그 대신 간단한 옷가지며 비상용품 따위를 챙겨 넣었다. 비록 미자 언니에게 그녀의 등대로 함께 데려가 달라는 말은 아직 못했지만, 그리고 어쩌면 그녀는 그 실망스런 한 질의 엽서처럼 내게 함께 가자는 허튼소리를 한 것뿐이었다고 해도, 나는 혼자서라도 그 등대섬으로 찾아가기로 마음을 먹었다. 나는 도망짐을 챙겨 넣은 배낭을 다락 한쪽 구석에 밀어 놓고 그곳에 그대로 웅크리고 누웠다. 그리고는 마치 이 세상의 온갖 구박과 학대는 혼자 다 당한 불행한 의붓딸처럼, 공연히 설움에 겨워 훌쩍훌쩍 서럽게 울다가 잠이 들었다.

다음날, 밤에 너무 늦게 잠이 들어서인지, 내가 잠에서 깨어났을 때에는 벌써 식사를 하는 손님들로 식당이 와자했다. 시계를 보니 이미 열한 시가 가까워져 오고 있었다. 나는 순간적으로 내가 집을 나가려고 도망 보따리를 챙겨 둔 것도 잊은 채, 늦잠 잔 것만이 당혹스러워 쩔쩔매면서, 대충 교복을 걸쳐 입고, 책가방을 들고, 학교로 가려고 밖으로 뛰어나왔다. 흐트러진 몰꼴로 불룩한 책가방을 들고 나오는 나를 본 어머니는, 손님 식탁을 닦다 말고 나를 의아한 눈으로 쳐다보며 말했다.

"야, 이 가시나야. 니 일요일인데 교복 입고 책가방까지 챙기 들고 어데 가노? 도서관에라도 갈라꼬 그라나? 공부도 안 하든 기 갑자기 무슨 바람이 불었노. 마 책가방 떤지 놓고 얼른 나와서 손님 상에 물컵이나 날라 주그라!"

내게 잔소리를 늘어놓는 어머니의 태도는, 어제 나와 자신 사이에 어떤 불화가 있었는지 따위는 아예 잊은 듯한 품이었다. 너무나 아무렇지도 않게 나를 대하는 그녀의 태도 때문에, 전날의 일로 마음이 꽁해 있던 나는, 그녀에게 냉정한 얼굴을 하기가 오히려 어색해져 버렸다. 어머니는 언제나 그런 식으로 자신이 저지른 일을 까맣게 잊은 체하며 지난 일들을 무마하려 들곤 했다. 사과의 말도 없이, 그리고 분위기를 쇄신하기 위한 모녀간의 긴밀한 영혼의 교류 따위를 가지는 법도 없이, 그저 지난 일을 깡그리 잊은 체하는 것이, 이를테면 어머니의 나에 대한 화해의 몸짓이었다. 그런데 이상하게도 나는 그 아무것도 아닌 것 같은 시시한 수법에 언제나 꼼짝없이 넘어 가곤 했다. 결국 오늘도 본의 아니게 그녀의 그 고등 수법에 영락없이 걸려든 셈이었다.

어머니의 말을 듣고서야 비로소 나는, 오늘이 일요일이고, 어젯밤에는 집을 나가려고 혼자 배낭을 챙기느라 궁상을 떨었다는 것을 상기해 내었다. 사실은 새벽에 극적으로 몰래 집을 빠져나갈 생각이었는데, 어머니에게 얼굴을 들켜 버리고, 또 그녀의 고등 수법에 내 마음이 덜컥 걸려든 이상, 지금에 와서 허연 대낮에 낯짝 치켜들고 당당하게 집을 나가기란 이미 너무 멋쩍은 일이 되어 버린 듯했다.

제정신을 차리고 식당을 이리저리 둘러보니, 제법 많은 손님들이 일요일의 별미를 즐기려고 우리 집으로 찾아들어 있었다. 그리고 식당 조리대 안에서는 순덕이네까지 어머니를 도와 양양탕을 만드느라 부산을 떨고 있었다.

"그란데, 성님요. 대폿집 딸 미자년 있지요. 그 아가 간밤에 외간 남자와 야반도주를 했다 카는데, 소식 들었능기요?"

영양탕 그릇을 쟁반에 올려놓던 순덕이네가 느닷없이 옆집 미자 언니 이야기를 끌어내었다. 나는 미자 언니가 간밤에 도망질을 쳤다는 소리에 놀라 눈을 호동그랗게 뜨고 순덕이네의 화장기 없는 쭈글쭈글한 입을 쳐다보았다.

"어데, 나는 생판 처음 듣는 이야기구머는. 우짜자꼬 젊은 가시나가 행실이 그리 못됐는가 모르겠네. 대폿집 성주댁이는 또 난리가 났겠구머는……. 쯔쯔쯔."

어머니는 금시초문이라는 얼굴로 순덕이네의 말에 대꾸하며 혀를 끌끌 찼다.

"세상에, 그런데 그 같이 도망댕긴다는 사람이 누군 줄 아능기요. 세상에, 그 인간이 딴 사람이 아이라, 트럭에다 이동 슈퍼마켓인가 만들어 가지고 요새 맨날 우리 동네에 팔러 오던 바로 그 작자랍디다. 딸이 둘이나 된다 카드만 새끼들은 우짜라꼬 세상에……."

그녀는 미자의 도망질이 마치 온 세상 전부가 발칵 뒤집힐 일이라도 되는 듯이 '세상에, 세상에'를 연발하며 말을 이었다.

나는 그녀의 말을 듣자 한 가지 생각이 문득 떠올랐다. 아무래도 그날 미자 언니의 방에서 두런두런 들려오던 낯선 사내의 목소리가 "자, 왔습니다."라고 확성기에다 대고 외쳐 대던 바로 그 트럭 행상의 그것과 동일한 것 같았던 것이었다. 그렇기에 얼굴도 떠오르지 않는 의문의 사내의 목소리가 내게 그렇게 낯익게 들린 게 분명한 것 같았다. 하지만 그런 생각이 들었음에도 나는 순덕이네의 말을 전적으로 믿기는 어려웠다. 그동안 미자 언니가 나의 절대적인 이상향은 못되어도, 나는 그녀에게서 최소한 같은 여자로서 동경할 만한 야릇한 신비감은 충분히 느끼고 있었던 까닭이었다. 그녀와 함께 도망쳤다는 그자가 어쩌면 그녀가 말하던 등대지기인지도 모

를 일이었고, 또 곧 등대로 가서 살게 된다는 말까지 했었으
니, 어른들의 말대로 꼭 나쁜 짓을 저지르고 도망간 것이라고
단정 짓기는 어려운 일이었으므로. 그래서 나는 그 트럭 행상
이 등대지기와 동일 인물인지 어떤지 확인해 보기로 마음먹
고 순덕네에게 물었다.

"아줌마요, 그 아저씨 혹시 후포리에서 등대지기 하는 사람
아잉기요?"

나는 책가방을 한 손에 거머쥔 채 손님 식탁에 붙어 서서 물
었다.

"어데, 그 사람이 등대지기하고 무슨 상관이 있다꼬. 저게
칠곡에서 농사짓는 마누라 내팽개치고, 돈 번다꼬 트럭 타고
여게저게 돌아다니면서 바람이나 피우는 작자라던데……."

그녀의 대답을 듣자, 나는 온몸에 맥이 탁 풀리는 것만 같
았다. 설마 했던 나의 기대는 순덕네의 대답과 함께 깡그리
무너져 버린 셈이었다. 어제 그녀의 방에서 본 한 질의 그림
엽서보다도 더 큰 배반감을 느끼며 나는 힘없이 터덜터덜 방
으로 들어갔다. 더는 물어보고 자시고 할 것도 없이 그녀가
나를 속인 증거가 완연히 드러나고 만 것이었다. 나는 방바닥
에 아무렇게나 가방을 내팽개치고 나서 다시 다락방으로 기
어 올라갔다. 그리고는 그녀에게서 받은 그림을 벽에서 떼어
내어 한참을 들여다보았다. 푸른 파도가 옥구슬처럼 부서지

는 아름다운 후포리 등대섬! 어쩌면 그 등대 그림은 후포리 등대가 아니라 아예 낯선 이국의 등대 그림이었는지도 몰랐다. 그것을 그녀가 후포리의 그림인 양 꾸며 대고, 또 그 상상의 등대지기를 만들어 내어, 멋모르고 감탄하는 나를 놀려먹은 것인지도 몰랐다. 아니면 그녀 자신, 상상의 등대를 꿈꾸는 일로 소일을 삼고 있었던 것인지도 몰랐다. 마치 내가 그 등대를 꿈꾸던 것처럼. 일이야 어찌 됐건 결과는 그녀가 나를 버렸다는 사실이었다. 그 때문에 나는 동네 사람들의 뒤통수를 치고 느닷없이 떠나 버린 그녀에 대한 분노를 삭일 수가 없었다.

"에이, 더러운 그림. 나쁜 미자 언니. 순 거짓말쟁이. 순 나쁜 여자. 순 나쁜 배반자……."

나는 입에서 나오는 대로 마구 욕을 하며 분풀이를 하듯 애꿎은 그녀의 등대 그림을 좍좍 찢어발겼다. 그녀가 행방불명이 된 지금 내가 달아날 등대섬 또한 그녀와 함께 사라져 버린 셈이었다. 참으로 이상한 것은, 그동안 내가 왜 나를 14년씩이나 먹이고 길러 준 어머니보다, 낯설다면 낯선 타인인 그녀를 더 믿었는지 알 수가 없는 노릇이었다. 낯선 그녀가 나를 구원해 주리라 믿었던 것일까, 아니면 그저 그녀에 대한 막연한 동경 때문이었을까, 아무리 생각해도 도무지 모를 일이었다.

"인숙아, 이 가시나야. 엄마 일 쫌 도우라 카이까는 또 언제 방으로 기어들어 갔노. 빨리 나오니라!"

혼자서 배반감에 치를 떠는 동안, 여느 때처럼 식당 아래에서 고함치는 보신탕집 여주인의 당당한 목소리가, 다락방의 갈라진 틈새를 타고 올라와, 부끄러운 딸을 당신의 세상 안으로 사정없이 끌어내리고 있었다. 내가 아무리 발버둥쳐 봤자 어머니는 앞으로도 언제나 자신의 그 태산 같은 모습을 흐트러뜨리는 법 없이, 나의 어쭙잖은 방황 따위를 싹 무시하고 나올 것이었다. 그리고 또다시 미자와 같은 낯선 꿈 하나가 나를 유혹하려 해도, 어머니는 결코 감동 진한 구석이라고는 없는 그 시시하고 무덤덤한 당신의 사랑법으로 나를 딸의 자리에 계속 묶어 두려 할 것이었다.

"아이 참, 내려갈게요!"

나는 하는 수 없이 미적미적 자리에서 일어나 식당 아래로 내려갔다. 좍좍 찢어발긴 미자의 그림엽서 조각을 식당 구석에 놓여 있는 쓰레기통 속에 휙 집어던지고 나서, 나는 언제나 그랬듯이 영양탕 그릇을 은색 알루미늄 쟁반에 받쳐 들고 나르기 시작했다. 쓰레기통 밖으로 떨어진 그림엽서 조각 하나가 손님의 발에 묻어 식당 밖으로 따라 나갔다. 까만 밤바다 등대의 찢긴 작은 창이 바람에 이리저리 쓸려 다녔다.

얇은 비닐 막이 군불 속에서 투명하게 녹아 내리는 것이
눈에 보이는 듯했다.
그 언젠가 언뜻 보았던 아버지의 핏빛 눈물 같았다.

어제 뜬 달

1

가을걷이가 끝이 난 우리 논에 어제는 마늘 모종을 심었다. 내년이면 그것들을 당신 손으로 거둘 수 있으리라는 보장도 없었건만, 그런 사실을 뻔히 알면서도 아버지는 애써 농사일에 매달렸다. 이번이 마지막 농사일지도 모른다는 아쉬움 때문에 더더욱 그러는 것 같았다.

우리가 사는 임동면 소나무골은 내년이면 댐 공사로 물이 들 마을이다. 토지 보상마저 마친 터라, 대부분의 마을 사람들은 이미 떠나고 없었다. 돈푼깨나 되는 대도시로 삶의 터전을 옮겼거나, 아니면 물이 들지 않는 인근 지역에다 논밭을 사서 뿌리를 옮긴 지 오래였다. 그래서인지 마당질이 끊어진 마을은 액자 속에 박힌 무심한 풍경같이 고요하기만 했다. 어제 가을갈이 자리만 해도 전 같으면 온 동네 사람들의 품

을 빌려 일하느라 동네가 잔칫날처럼 떠들썩했을 텐데, 그리
고 나 또한 분주한 일터에 새참을 지어 나르느라 부지깽이가
곤두서도록 일해야 했을 텐데, 이번만은 손이 놀아 공연히 허
전하고 아쉬웠다. 부엌일을 면한 나와는 달리 아버지는 누구
의 도움도 받지 못하고 당신 혼자의 힘으로 논일을 감당해야
했다. 그러나 겨우 손톱만 한 논배미를 남겨 두고 경운기마저
고장이 나 두름손으로 하루 품앗이면 될 그 일을 아버지는 아
직도 끝내지 못한 채 내일로 미루어 놓은 처지였다. 그래서인
지 농기계 수리 기사가 오기만을 기다리며 방치된 논은, 이발
을 하다 만 개망나니의 머리처럼 어지럽고 어수선했다. 아버
지는 그것이 거슬렸던지 가만히 기다리지를 못하고 경운기에
자꾸만 손을 댔다.

"아버지, 그건 두셨다가 내일 농기계 수리 기사더러 하라
하면 안 되니껴!"

모종을 심고 남은 씨마늘을 플라스틱 소쿠리에 담아 마당
으로 내어 오며, 나는 경운기에 묻은 흙을 닦아 내느라 애쓰
는 아버지에게 못마땅한 듯 불쑥 참견했다.

"어데, 창피시럽구로 넘한테 뵐 물건을 더럽게 하고 내밀어
서야 쓰나. 게으르다고 동네 우사 당한다."

내일이면 조합에서 빌린 트랙터가 올 것이고, 경운기는 수
리 기사에게 부탁하면 깨끗하게 녹까지 닦고 기름칠을 해 줄

것이기에, 굳이 쓸 것도 아닌 기계를 지금 닦을 필요는 없었다. 그런데도 아버지는 오랫동안 소 대신 함께 논밭을 갈아온 낡은 경운기에 대한 애착을 버리지 못해 쓸고 닦고 매만지며 정성을 기울였다. 지난 10여 년, 아버지에겐 가장 힘겨웠던 그 시간을 당신 곁에서 함께 버텨온 탓이었을까, 마치 살아 있는 소를 대하듯 아버지는 경운기에서 어떤 생명감을 느끼는 듯했다. 요즘 들어 부쩍 야위어진 아버지의 뺨은 고된 노동을 한 탓인지 아기 주먹만 한 골이 옴폭 패여 있었다. 햇볕에 그을어 더 짙어진 그 어두운 골은 주름진 아버지의 나이를 10년은 훨씬 웃돌아 보이게 했다. 그 골을 타고 흐르던 땀이 경운기의 벨트 위로 떨어졌다. 벨트는 오래되어 낡고 삭아 주름이 진 노인의 얼굴처럼 잔금이 가고 쩍쩍 갈라져 있었다.

"내일 기사 오마 벨트도 갈아라 캐야겠다."

아버지는 갈라진 벨트를 제 살 만지듯 안타깝게 조몰락거리며 혼잣말인 듯 중얼거렸다.

"예, 그란데 인제 그만 하고 놔 두시이소. 기사가 어련히 알아서 해줄까. 힘 고만 빼고 쉬이시더!"

그러나 아버지는 내 말에는 대꾸도 않고 엔진헤드를 들여다보느라 열심을 부렸다. 그러다 튀어나온 쇠 모서리에 손이 긁힌 듯 아버지는 갑자기 "악!" 하는 외마디 소리를 지르며 다친 손을 움켜쥐었다. 손에 낀 흰 목장갑을 벗기자 손등이

216

제법 깊숙하게 긁혀 있었다. 긁힌 부위는 공기를 쐬자 금세 벌겋게 부풀어 올랐다.

"아버지, 괜찮니껴? 그러게 내가 뭐랬니껴, 그만하라 카이 사서 고생이시네. 속 시끄럽구로."

나는 부리나케 방으로 달려가 후시딘 연고와 반창고를 들고 나왔다. 아버지의 손을 빼앗듯 끌어당겨 연고를 짜 발랐다. 긁힌 줄을 따라 빨갛게 피 멍울이 맺혀 연고와 함께 겉돌았다.

"아이고, 우야노. 생각보다 많이 다쳤심더!"

"치아라, 고마 됐다."

근심 어린 말투로 호들갑을 떠는 내가 부담스러웠는지, 감정 표현이 서투른 아버지는 고맙다는 말 대신 부러 성질을 내며 아직 반창고도 붙이지 못한 손을 내게서 걷으려 했다. 나는 그런 아버지의 손을 얼른 부여잡고 정성스레 붕대를 감은 다음 하얀 반창고로 마감했다.

"인자 됐심더. 다 나으려면 열흘은 족히 걸릴 텐데 걱정이네에! 나머지는 놉을 주이시더에."

"……."

아버지는 아무 대답이 없었다. 언뜻 본 아버지의 눈엔 손에 맺힌 핏방울을 옮겨 놓은 것 같은 눈물 방울이 맺혀 있었다. 당신을 올려다보는 내 시선을 의식했는지 아버지는 얼른 외면하며 먼산바라기를 했다. 나는 입을 다문 채, 붕대 감은 아버지의 손을 가만히 놓아 주었다. 그리고는 마늘 소쿠리를 엎어 둔 툇마루로 가 앉아 조용히 마늘을 까는 체했다. 곁눈으로 훔쳐 본 아버지의 야윈 어깨가 약간 흔들리는 듯했다. 고작 다친 손등의 상처가 아려 그러는 것은 아니리라. 그런 아버지의 뒷모습은 그 누구도 당신 곁에 존재하지 않는 듯 참으로 외롭고 고적해 보였다.

모두가 떠나 버린 곳에서 이다지도 외로운 농사일을 하면서도 아버지가 여태껏 마을을 떠나지 못하고 있는 것은 마을에 대한 각별한 정이나 미련이 남은 때문만은 아니었다. 근 몇 년 동안 보상 문제로 골머리를 썩인 탓에 오히려 정이 떨어졌다면 떨어진 상황이라고 해도 그리 틀리진 않았다.

아버지가 고향을 뜨기가 힘이 든 것은 당신 자신 때문이 아니라 바로 당신의 아들 때문이었다. 아버지의 외아들이자 유일한 나의 오빠인 그는 나이 서른다섯이 넘은 홀아비였다. 명문대학을 졸업하고 결혼까지 했던 그가 고향에 내려와 아버지의 바짓가랑이에 매달려 살게 되었을 때, 까닭을 모르는 동네 사람들은 그를 보고 미쳤다고 했다. 사람들은 그의 배움이 아까워 그저 농으로 해본 소리였지만 유감스럽게도 그 말은 사실이었다. 믿고 싶지 않았지만, 오빠는 고향으로 내려온 그날 이미 미쳐 있었다. 그리고 그렇게 슬픈 귀향을 한 지 3년이 지난 지금까지도 그의 정신은 온전하게 회복되지 않았다.

그가 그렇게 제정신을 잃은 것은 3년 전 그가 갓 결혼을 했을 때에 생긴 사고 때문이었다. 나는 올케에 대해 그렇게 많은 것을 알고 있지는 못했다. 다만 그녀와 오빠 사이가 특별히 돈독했었다는 것만은 어렴풋이 느끼고 있었을 뿐이었다. 그들이 얼마간의 연애 끝에 결혼하게 되었을 때 가장 기뻐한 사람은 아버지였다. 애면글면 정성 들여 키운 아들이 이제 제 몫을 다해 새 가정을 꾸려 나가게 되자 아버지는 더는 여한이 없다는 듯 '인자 한시름 놨다. 나도 며느리에 손자나 보고 편안케 살란다' 하신 당신이었다. 그런데 그 기쁨이 채 가시기도 전에 두 사람은 대형 교통사고를 당하게 되었다. 사고는 그들이 함께 여행을 갔다 오던 날 밤 국도변에서 일어났는데, 그들이 몰고 가던 승용차는 형체를 알아볼 수 없을 정도로 찌그러져 계곡 아래로 굴러떨어져 산산조각이 났다고 했다. 오빠가 자신의 몸이 중상을 입은 것도 모른 채 올케를 구하느라 무리를 해 상한 몸이 더 악화됐다는 말도 있었다. 구조대가 사고 현장에 도착했을 때 그는, 어떻게든 아내를 살려 내려고 다친 몸으로 아내를 업고 계곡에서 간신히 기어 올라와, 도로 위에 실신한 채 쓰러져 있었다고 했다. 그들을 급히 병원으로 옮겼으나 올케는 이미 숨이 끊어진 지 오래였고, 오빠만을 겨우 살려 낼 수 있었는데, 결국 오빠는 아내의 시신을 업고 계곡을 기어오르느라 다친 몸만 더욱 불구로 만든 셈이었다. 간신히 몸이 회복되었을 무렵에 우리는 그에게 올케의 죽음을 알리지 않을 수가 없었다. 그러나 그 소식을 들은 오빠는 충격에 못 이겨 그날로 정신을 놓아 버리고 말았다.

그렇게 해서 그는 육신의 병만을 고친 사람 덜된 모습으로 아버지의 어깨 위에 자신의 삶을 평생 짐 지워 놓게 되었던 것이었다. 오빠와 올케의 정이 얼마나 깊고 애절한 것이었기에 그를 그토록 미치게 하였는지 나는 가늠할 수가 없었다. 오빠의 그 불행한 사랑을 두고 마을 사람들은 그에게 측은한 시선을 보내고 있기는 했으나, 나는 그의 얼빠진 모습을 남들처럼 그렇게 감상 어린 눈으로 관조할 처지는 아니었다. 오빠가 한 여자에 대한 그리움 때문에 그렇게 넋을 놓아 버린 대가로, 우리는 그가 책임져야 할 그의 현실마저 힘겹게 떠맡아야 했기 때문이었다. 그렇다고 해서 내가 아내를 그리는 오빠의 진실을 나무라는 것은 아니었다. 다만 가상하리만큼 지순한 그의 순애보 때문에, 아버지가 당신이 살아온 질곡의 세월도 모자라서, 이제는 인생의 말년을 자식의 고통까지 대신 떠안은 채 힘겹게 살아가야만 한다는 사실이 나를 안타깝게 했다. 그리고 생각지도 않은 탄생을 했기에 누구의 관심도 끌지 못하고 성장기를 보내 온 나와는 달리, 아버지는 3녀 1남 중 유독 당신의 외아들만을 끔찍이도 사랑하셨기에, 그에 대한 불만감 또한 없지 않은 탓이기도 했다. 더구나 이들 두 부자를 보살피느라 장래도 포기한 채 시골에 내려와 집안일을 도맡고 있었기에, 나는 오빠가 제발 그 되지 못한 망상의 세계에서 벗어나 본래의 모습을 되찾기를 바랐던 것이었다. 그리고 그렇게 해서 자신의 어린 딸과 자신의 인생을 제대로 책임져 주기만 한다면 나는 집안의 우환에서 벗어날 수 있으리라 생각했다.

어머니는 내가 기억조차도 할 수 없는 유년에 이미 세상을 뜬 지 오래였다. 그 때문에 집안살림은 당연히 큰딸을 위시하여 딸들이 차례로 대물림하며 맡아 했다. 그러다 마지막으로 6년 전에 둘째언니가 시집간 뒤로는 꼼짝없이 내 차지가 되었다. 결국 나는 고등학교도 졸업하기 전에 힘든 농가 살림을 혼자서 떠메고 지금까지 지내 온 것이었다. 물론 하나뿐인 우리 집의 기둥이었던 오빠는, 중학 시절부터 일찌감치 서울 살이를 하다 대학까지 마치고 취직해서 그곳에 자리를 잡고 있었기에, 자신이 시골 빈농의 아들인 것조차 잊고 대도시 출신 사람들처럼 그렇게 바쁘게 세상살이를 하고 있었다. 그래서 인지 그는 농사가 얼마나 힘이 드는지 그리고 어린 손으로 집안살림을 도맡아 하는 내 처지가 얼마나 지겹고 고달픈지도 모르고 지내 왔던 것이었다. 그나마 다행이었던 것은, 그래도 그가 내게는 유일한 오빠였기에, 서울 자신의 집에서 복장 학원에 다닐 수 있도록 나를 배려해 주마 약속한 일이었다. 그러나 그것이 그만 생각지도 않았던 사고 때문에 모두 수포로 돌아가 버리고 만 것이었다.

전에도 그랬지만 아버지는 언제나 고향 뜨기를 싫어했다. 효심 깊은 당신 아들이 늘 아버지를 서울로 모시려고 조르긴 했지만, 어떻게 된 노릇인지 아버지는 당신이 그렇게 좋아하는 자식과 함께 살 기회를 스스로 마다하는 것이었다. 사고가 난 뒤로는 그의 그런 생각은 더욱더 확고부동해졌다. 나는 머지않아 호수가 되어 버릴 이 땅에 대해 미련스러우리만큼 집착하는 아버지를 도무지 이해할 수 없었다. 기왕에 쫓겨날 고향이라면 쓸쓸하고 황폐한 몰골을 보기 전에, 과거에 가졌던 그 아름다운 풍경을 간직한 채 떠나는 것도 나쁘지 않건만, 아버지는 굳이 사라져 가는 고향의 뒷그림자를 최후까지 지키려고 기를 쓰는 것이었다.

고향을 뜨지 못하는 당신의 미련을 두고 내가 불만을 토로할 때마다, 아버지는 언제나 그 이유를 당신 자신의 마음 탓이 아니라 아들의 병치레 때문이라고 변명하곤 했다. 그러나 나는 그것이 꼭 오빠의 병을 고치려는 의도 때문만이 아니리라는 것을 어렴풋이 눈치 챌 수 있었다. 언젠가 그때도 나는 을씨년스럽기 그지없는 텅 빈 고향으로부터 하루라도 빨리 달아나고자 아버지에게 도시행을 조른 적이 있었다.

"아버지 우리도 빨리 이사를 가야 하지 않겠어요? 사람이 없어서 외로운 건 둘째 치고라도, 만약에 무슨 일이라도 일어나면 아무도 도와줄 사람도 없으니 도무지 불안해서 안 되겠어요. 오빠는 애초에 포기한 사람이라 치더라도, 아버지까지 요즈음엔 관절염 때문에 부엌 문턱도 오르내리기를 힘겨워하시잖아요."

마당에 널어놓은 땅콩을 터는 아버지를 보고 나는 볼멘소리로 말했다. 아버지의 굽은 어깨를 밝게 덮은 부드러운 가을볕이, 마당에 깔아 놓은 멍석 위로 짧은 그림자를 드리웠다. 아버지는 곁에 쌓여 있는 땅콩 가지를 한 아름 덜어다가는 손빠르게 그것을 멍석 위에 옮겼다.

"여기 남은 집이 어디 우리 집뿐이가. 저기 저 사과밭에 양씨 할아버지 댁도 아직 안 가고 있는데, 불안할 게 뭐가 있어! 니는 걱정하지 말고 조카나 잘 보살펴 주거라."

아버지는 내 쪽으로는 쳐다볼 생각도 않고 땅콩 알갱이만 훑어 내면서 대꾸했다. 펼쳐 놓은 멍석 위로 마른 흙이 묻은 땅콩 알갱이가 후두두 떨어졌다. 나는 그중에 하나를 집어 손바닥에 올려놓고 비틀었다. 까칠한 껍질 속에서 노을빛을 닮은 발그레한 콩알이 쏙 드러났다. 나는 그것을 붉은 속껍질이 붙은 채로 입속에 집어넣었다. 으작 씹자마자 비릿한 땅콩 맛이 입안에 찐득하게 녹아 나왔다. 나는 얼른 그것을 땅에다

도로 뱉어 버렸다. 아직도 입안에 남은 떫은 뒷맛을 침으로 희석시키면서, 나는 아버지의 생각을 어떻게든 떠나는 쪽으로 돌려 볼 요량으로 다시 말을 이었다.

"아이 참, 아버지도. 양씨 할아버지야 내일모레면 여든이신데 우리한테 무슨 도움이 된다고 그러니껴. 오히려 우리가 보살펴 드려야 할 처지이기 십상이지요."

"그렇다면야 더더욱 떠나면 안 되지. 우리라도 있어야 그 집도 안심을 할 게 아니냐."

"하지만 우리가 우예 남의 생각만 하고 살라꼬요. 아버지나 오빠도 문제지만, 나도 도시로 나가서 무엇이든 할 일을 찾아야 할 게 아이니껴. 언제까지 내 인생 가족들 때문에 이라고 허송할 수만은 없잖아요."

"니 재주로 도시에 나가서 무슨 일을 하겠다는 기고. 가만히 집에 있다가 시집이나 가야제……."

아버지는 내 요구가 갈수록 당돌하고 거칠어지자 짜증이 난 듯 큰소리로 나를 몰아세웠다. 당장 말로 이긴 대야 나중에 가서 아버지가 무시해 버리면 그만이었지만, 나는 굳이 그 자리에서 우리의 이향離鄕을 확답받으려고 애썼다. 그렇게라도 해서 아버지의 생각이 조금이라도 물러진다면야, 나로서는 그리 손해 볼 것도 없는 일이기 때문이었다.

"내가 뭐 어디 꼭 나만 좋자고 이러는 건가요. 도시로 나가면 큰 병원도 많고, 그라면 오빠 병 치료받으러 다니기에도 좋고 하이까 그라는 기지예. 언제까지 오빠를 저 상태로 내버려 둘 수만은 없는 거 아이니껴."

"병원 다니면 뭐하나. 그동안 병원 치료 받아 봤지만 모두 허사가 아이드나. 인호 병은 내가 더 잘 안다. 인호는 여게서 좋은 공기 쐬고 마음 편히 가지면 언젠가는 낫게 될 끼다. 전에도 그랬었으니까……."

나는 이야기 도중 무심하게 내뱉는 아버지의 말에서 순간 이상한 낌새를 느꼈다. 아버지가 내 말을 일축하기 위해 분명히 '전에'라는 말을 쓴 것이었다. 그 말은 전에도 오빠가 정신 병력이 있었다는 말이 분명한 것이었다. 나는 그 자리에서 바로 그 '전에'라는 말의 진의를 따져 묻고 싶었으나, 잠시 그런 마음을 자제하고 궁금한 얼굴로 아버지의 표정만을 조심스럽게 살펴보았다. 자신의 표정을 살피는 내 시선을 의식했던지, 아버지는 말실수를 얼버무리려고, 묻지도 않은 그 일에 대해 동이를 달았다.

"저, 전에도 니 오빠가 객지 생활을 하느라 몸이 쇠약해져서 병치레가 잦았지 않냐. 그때마다 병원문을 쫓아다녔지만, 그보다는 집에서 쉬게 하는 게 제일 좋았능기라. 그 뭐냐, 모르는 병은 고향에 가면 다 낫는다는 말이 있지 않냐."

아버지는 자신이 한 말의 숨은 뜻을 희석시키려고 진땀을 흘리며 말을 만드느라 애를 썼다. 그러나 그러면 그럴수록 오히려 속셈만 두드러져 보일 뿐이었다. 나는 그 모든 아버지의 반응을 민감하게 느끼고 있었지만 더는 알려고 들지 않았다. 아버지가 그렇게까지 자신의 의도를 숨기려 들 때에는 그만한 까닭이 있을 것이었고, 그런 아버지를 곤혹스럽게 만들면서까지 내가 그 문제를 물고 늘어질 필요는 없다는 생각 때문이었다. 그리고 지금 내게는 그런 미묘한 감정 변화 따위에 신경을 쓰는 일보다, 하루빨리 도시로 이사 가는 일이 더 중요했다. 그래서 나는 무슨 음모라도 숨긴 듯한 아버지의 태도를 간과한 채 계속해서 요구만 늘어놓기에 바빴다.

"아버지는 그런 말 같지도 않은 얘기가 어데 있능교. 치료가 필요한 병은 병원에서 전문가의 치료를 받는 게 제일이지, 고향에만 온다꼬 일이 다 해결됩니꺼."

"아이구, 그만 시끄럽다. 니는 그런 참견일랑은 말고 나가서 니 오라비나 찾아봐라. 밥 무야지."

아버지는 내가 당신의 말을 계속 물고 늘어지는 게 귀찮았던지 필요 이상으로 성질을 냈다. 나는 하는 수 없이 하려던 말을 접고 자리에서 일어났다.

과수밭으로 난 길은 경운기 자국으로 굵은 골이 파여 있었다. 며칠 전 비 오던 그날 아버지가 만들어 놓은 골임이 틀림없었다. 길에다 그런 골을 만들고 다닐 사람은 마을에는 이미 없었다. 양씨 할아버지야 경운기까지 몰아 가며 농사일을 치를 만큼 기력이 없는 분이었기에, 놉 해줄 동네 사람들이 모두 빠져나간 지난해부터 이미 논농사엔 손을 놓은 터였다. 길이 울퉁불퉁해서 그런지 걷기가 몹시 불편했다. 골이 난 가운뎃길을 피해서 길가 쪽으로 가면 걸음이 조금은 편할 것도 같았다. 그런데도 나는 아버지의 뒤안길을 밟아 보고 싶어 미련스럽게 움푹 팬 골길을 따라 걸었다. 길을 가는 도중에 오빠를 만나지 못한다면, 나는 그를 찾아 마을 어귀에 있는 쌍소나무 아래까지 나가 봐야 했다. 집에서 쌍소나무 아래까지는 십 리는 족히 넘는 거리였다. 다행히도 멀리 길옆 개울가에 앉은 오빠가 보였다. 대학을 나와 대기업을 다녔기에 온 동네 사람들의 부러움을 한몸에 샀던 아버지의 큰아들, 그는 예전의 그 깔끔하고 세련된 모습은 진작에 잃은 채, 펄꾼 같은 모습으로 몸을 잔뜩 구겨 접고 물가에 쭈그려 앉아 있었다. 내가 다가가는 것도 모른 채 그는 마치 물속에서 진귀한 것을 발견한 어린아이처럼 넋을 잃고 물살을 들여다보고 있었다.

"오빠, 밥 먹으러 가자!"

내가 그의 귀에다 대고 큰 소리로 말하자 그제야 그는 고개를 들고 나를 쳐다보았다. 그리고는 대답 대신 바보 같은 웃음을 히죽 웃어 보이며 손가락으로 개울물을 가리켰다. 나도 같이 앉아서 자기와 함께 그 속을 들여다보자는 뜻이었다. 바람이 불 때마다 개울물은 잔살을 만들며 몰려왔다 몰려가곤 했다. 그는 물살이 흔들릴 때마다 투명하게 반짝거리는 빛의 조화에 넋이 나간 듯도 했고, 아니면 물그림자가 지나갈 때마다 형체를 바꾸는 동글동글 매끄러운 자갈돌에 마음을 빼앗긴 듯도 했다. 그는 그런 물살을 손으로 한 움큼 쥐어서 내게 쫙 펴 보이며 바보처럼 웃었다. 물은 내가 느낄 틈도 없이 배려 없는 시간처럼 그의 손아귀에서 금세 빠져나갔다. 예전에는 그렇게 똑똑하고 자상했던 그가 그렇게 멍청한 짓을 일삼을 때마다, 나는 그가 불쌍하다는 생각이 들기보다는 오히려 울화가 치밀어 견딜 수가 없었다. 그래서 나는 그의 천진한 웃음에 응수하는 대신 그를 자리에서 일으켜 세우며 말했다.

"아이참, 밥 먹으러 가자니까 머 하는 기고. 얼른 일어나 집에 가자."

나는 개울가를 떠나지 않으려고 뻗대는 그를 강제로 끌다시피 하여 집으로 데리고 갔다.

2

추석이 사흘 후로 다가왔다. 올 추석은 다른 해에 비해 좀 늦은 편이라 그런지 날씨가 꽤 추웠다. 그 때문인지 가뜩이나 사람이 줄어 썰렁한 마을은 명절답지 않게 쓸쓸하기 그지없었다. 만약에 대처에 나가 사는 양씨 할아버지 댁의 일가친척들이 몰려오지만 않았더라면, 그야말로 이번 추석은 가장 형편없는 초라한 명절이 될 뻔한 셈이었다. 무려 열한 명이나 되는 그의 자녀들이, 이제는 두 번 다시 못 볼 고향에서 마지막 명절을 지내려고, 줄줄이 아들딸을 곁붙이고 미리부터 몰려온 덕분에 마을은 예전의 그 활기를 조금이나마 회복할 수 있었다.

아버지가 차남이었던 까닭에, 우리 집은 명절이라고 해서 따로 거창하게 차례를 지내는 일은 없었다. 전에는 그나마도 대구에 있는 큰집에 제사를 모시러 가곤 했으나, 아버지는 당신의 아들이 몹쓸 사고를 당한 이후로는 큰집 나들이를 하는 일조차 꺼렸다. 다만 죽은 당신의 아내를 위해 약간의 음식을 마련하여 형식적이나마 제사를 모실 뿐이었다. 그래서 나는 다가올 추석에는 적어도 송편이나 빚고 전 몇 가지 정도 부쳐 제사상에 올려야겠다는 생각에, 읍내 시장에 나가 장을 보아 오기로 마음을 먹었다. 조금 있으면 밭에 나갔던 아버지가 점심을 먹으러 돌아올 시간이었다. 그가 오고 난 뒤에 상을 차렸다가는 장을 보러 갈 시간이 너무 늦어졌다. 그래서 나는 우선 그를 위해 점심상부터 차려서 방에 들여놓았다. 그리고는 냄비에 있는 찌개가 식지 않도록, 불에 달군 두툼한 뚝배기 그릇에 옮겨 담아서 상에 올려놓았다. 주인 잃은 외양간에서, 나는 소 대신 넣어 둔 자전거를 꺼냈다. 그것을 타고 읍내에 갈 생각이었다. 접이식 이륜벨이 아니라 내겐 다소 더넘찼지만 짐깨나 싣고 다니기엔 그럴싸한 놈이었다. 시골 비포장 길을 함부로 내달은 자전거는 여기저기 칠이 벗겨진 곳마다 약간의 황톳물이 배어 있었다. 핸들 앞쪽에 달린 하얀 철바구니는 칠이 벗겨져 거의 회색빛을 띠었다. 페인트칠이라도 새로 해야 했지만, 곧 고향을 떠나 도시로 가면 그다지 쓸 일이 없을 것 같아 그냥 내버려 둔 탓에 생각보다 녹이 많이 슬어 있었다. 손걸레로 묵은 먼지를 털어내면서 나는 문득 자전거를 닦는 내 손길이 아버지의 그것과 많이 닮아 있다는 것을 느꼈다. 대충 안장의 먼지만 떨려던 생각과는 달리, 오래된 낡은 경운기를 닦던 아버지의 애잔한 손길처럼, 나는 어느덧 미련을 떨치지 못한 아쉬움으로 자전거의 휠이며 바큇살 구석구석을 닦아 내고 있었던 것이다. 어쩌면 이번이 마지막 운행이 될지도 모른다는 생각을 하니 기분이 야릇했다.

"어딜 가려고 자전거를 꺼내는 기고?"

꼭두새벽부터 밭일하러 나갔던 아버지가 점심을 들려고 이제 막 대문을 들어서며 내게 물었다.

"읍내에 장 보러 갈라꼬요. 차례 음식 좀 장만해야지요."

"차례는 무슨. 늘 먹는 밥에 전이나 좀 올리면 되지."

아버지는 그다지 마뜩찮다는 듯이 떠름하게 말했으나, 나가는 나를 굳이 말리려 들지는 않았다.

"아버지 점심상은 방에 차려 두었으니 지금 드이소. 찌개도 아직 따뜻할 테니 데울 필요 없어요."

"오냐."

흙 묻은 웃옷을 벗어 툇마루에 걸쳐 두고 손을 씻으려고 물을 푸는 아버지의 모습을 뒤로한 채, 나는 낡은 자전거를 끌고 밖으로 나왔다.

집에서 읍내까지 가는 길은, 마을 하나를 더 지나야만 했으므로, 자전거를 타고 가도 50분은 넘게 걸렸다. 윗마을을 지나 읍내가 가까워 오자, 댐 건설을 앞두고 건설한 콘크리트 교각들이 마치 거대한 갑각 곤충의 다리처럼 계곡을 따라 우람하게 박혀 있었다. 그 때문인지 계곡 아래 집들은, 머지않아 다가올 수몰을 예견하듯, 흡사 그 거대한 갑각 곤충에게 잡아먹힐 연한 애벌레처럼 조그맣고 위태로워 보였다.

읍내는 예상대로 명절을 준비하기 위해 장을 보러 온 사람들로 붐볐다. 나는 연뿌리와 어포, 두부, 과일 등을 조금 산 후 마지막으로 아버지가 제상에 빼놓지 않고 올리는 문어를 사 들고 서둘러 집으로 돌아왔다. 돌아오는 길에 동네 어귀에서 양씨 할아버지와 마주쳤다. 그는 가려는 나를 불러 세우더니 공연히 이런저런 자식 자랑을 늘어놓으며 즐거운 표정을 감추지 못했다. 그는 그렇지 않아도 자신의 자랑을 들어줄 마을 사람이 부족하던 차에 마침 잘 만났다는 듯, 좀체 나를 놓아 주려 하지 않았다.

"할아버지 저 빨리 집에 가 봐야 하거든요!"

참다못한 내가 매정하게 그의 말허리를 끊고 가려 하자, 그 제야 그는 마지못해 나를 놓아 주며 한마디 덧붙였다.

"아 참 그리고 명절에는 니 아버지 델꼬 우리 집에 오니라. 다른 데 가지 말고 꼭 우리 집에 와서 차례 음식 먹으라고 그 래 알았지!"

"예."

나는 대답을 등 뒤로 흘리며 서둘러 멈추었던 페달을 밟아 집을 향해 달렸다.

어쩌면 그날 나는 읍내 장에 가지 말았어야 했는지도 몰랐 다. 그랬더라면 나는 길에서 양씨 할아버지를 만나지 않았을 것이고, 우리는 추석날 양씨 할아버지 집에 가지 않아도 되었 을 것이었다. 그리고 바로 그날 그 양씨 할아버지의 동생으로 부터 거무끄름한 우리 집안의 숨은 이야기를 듣지 않아도 되 었을 것이었다. 아니 어떻게 생각해 보면 설사 그런 초대가 없었더라도 어차피 동네 어른이라는 이유만으로도 우리는 그 의 집에 예를 차리러 가야만 했으니, 어쩌면 그것은 내가 아 버지와 어머니 사이에 있었던 그 비극적인 일을 이제는 알 때 가 되었기 때문에 빚어진 일이었는지도 몰랐다.

추석날 아침 우리 가족은 어머니를 위해 조촐한 차례를 지낸 뒤 곧 양씨 할아버지 댁으로 갔다. 할아버지 댁에는 그의 친척뿐만 아니라 아직 송곡을 뜨지 못한 동네 사람들 모두가 그곳에 모여 있었다. 아랫골 이장님 가족들은 일찌감치 사랑방을 차지하고 앉아 있었고, 타성바지 감나무 밭 박씨네는 자리를 차지하지 못하고 대청마루 한쪽에 진을 치고 앉아 있었다. 방이 비좁아서인지 앞뒤가 터진 대청과 툇마루를 하우스용 비닐로 빙 둘러가며 막아 놓아 바람은 들지 않았다. 대부분의 어른들은 안방에 자리를 차지하고 있었으나 그렇지 못한 사람들은 모두가 바람막이 쳐진 대청에 차려 놓은 두리기상 앞에 앉아서 담소를 나누고 있었다. 안방 말고도 작은 방이 두 개나 더 있었지만, 각자의 방에서 따로 노는 것을 재미없어 한 이장님이, 기발한 난방 아이디어를 내어, 모두가 한곳에서 즐길 수 있도록 보계를 마련한 것이었다. 그 때문에 안방 문을 모두 활짝 열어 놓아, 밖에서도 안방이 훤히 들여다보였다. 아버지만 방으로 들어가고 나와 오빠, 그리고 조카는 예의 그 대청마루 임시 방에 비집고 들어가 사람들과 섞여 앉았다.

사람들은 오랜만에 한자리에 함께 모인 즐거움으로 하여 할 말이 참으로 많았다. 오래전부터 이미 객지에서 자리를 잡은 양씨 할아버지의 자식들은 자수성가한 자신들의 입지기를 자랑하느라 여념이 없었다. 그리고 아직 고향에 남은 동네 사람들은, 저마다 앞으로 어디에 터를 잡고 살 것인지에 대한 계획을 터놓으며 한숨을 내쉬기도 했다.

그런데 그렇게 저마다의 이야기로 분위기가 무르익어 갈 무렵, 서울에 산다는 양씨 할아버지의 동생 양 주사가 아버지를 붙들고 불쑥 엉뚱한 소리를 내뱉었다. 그때 나는 동네 아주머니들과 이런저런 수다를 나누고 있었는데, 그렇게 시끄러운 와중에서도 우리 집 이야기가 나오자 용케도 귀가 솔깃해졌다.

"김가 자네 자식이 요즘 병중이라 고생이 많겠구먼. 어쩌다가 자네 집안 내력이 그다지도 모질고 갑갑한지. 그 애가 열두세 살 되던 해인가, 그때에도 한 번 정신을 놓은 적이 있지 않았나. 왜 첫째 계수씨가 집 나간 지 2년 만에 폐인이 다 되어 돌아왔을 때 그때 말이야. 그 애는 그때부터 이미 정신이 너무 약했어. 아마도 지 에미를 닮은 게지……."

첫째 계수씨라니, 그가 분명히 아버지의 아내, 필경 나의 어머니일 그녀를 두고 첫째 계수씨라는 이상한 표현을 쓴 것이었다. 양 주사의 말이 석연찮게 여겨진 나는 신경이 곤두선 나머지 먹고 있던 강정이 목에 걸려 한참을 캑캑거려야 했다. 기침이 조금 진정되자마자 나는 벌떡 일어나 안방 가까이로 다가갔다. 지금 우리 집안에 대해 떠들어 대는 그 이야기를 좀 더 정확하게 들어야겠다는 생각에서였다. 방 안을 들여다보니 아버지는 양 주사의 느닷없는 과거 타령에 몹시 당황한 눈치였다. 아버지뿐만 아니라 다른 동네 어른들조차도 양 주사의 그 주책없는 수다에 민망한 기색을 감추지 못하고 있었다. 그리고 자신의 동생 말에 나의 아버지보다도 더 당황한 양씨 할아버지가 당신의 경우 없는 동생을 나무라며 그의 무책임한 수다를 입막음하려 들었다.

"아니, 여보게 아우. 모처럼 모인 자리에서 그게 무슨 짓인가. 사람이 할 말이 있고 못할 말이 있지, 어디 남의 과거사는 들추어내어 마음을 건드리는가. 건드리길⋯⋯."

자신의 말을 막으려는 사람이 생기자, 양 주사는 하던 짓을 멈추기는커녕 오히려 더 흥이 나서 이야기를 계속 늘어놓았다.

"그때 자네가 제수씨를 떠나게 그냥 놓아 주었어야 했어. 그랬었더라면 자네 아들이 어미의 그 비참한 최후를 보고 정신이 돌아 버리는 불상사는 없었을 것 아니겠나. 그때 미친 병이 완전히 고쳐지질 않아서 지금 그렇게 다시 고생을 하는 것이야⋯⋯."

처음에는 자신의 비밀 이야기가 자꾸 길어질까 봐, 그리고 행여 아무것도 모르는 당신의 딸에게 그 이야기가 새어 나갈까 두려워한 나머지 아버지는 자꾸만 양 주사를 외면하려고

만 했다. 그러나 양 주사의 수다가 줄기는커녕 주책없이 길어지기만 하자 더는 참지 못하겠다는 듯, 아버지는 그에게 버럭 소리를 지르며 대들었다.

"이보시소, 형님. 그런 야기는 다시는 내 앞에서 하지 마시이소. 지나간 일로 더는 고통받고 싶지 않습니다……."

그에게 대드는 아버지의 목소리에는 약간의 울분마저도 섞여 있었다. 게다가 내가 열린 방문 한쪽에 딱 붙어 서서 그들이 하는 양을 보고 있는 것도 모른 채, 아버지는 그런 와중에도 행여나 밖에 있는 내가 그 이야기를 듣게 될까 봐 불안해하며 자꾸만 마루 쪽으로 눈길을 돌리곤 했다.

"아니 이 사람아, 자네 겨우 그깟 지나간 이야기 가지고 무에 그리 과민반응을 보이고 그러나. 나 참 별꼴을 다 보겠네. 내가 어디 없는 말을 꾸며 대기라도 했나? 지 자식 불쌍해서 이야기 좀 한 걸 가지고 공연히 트집이야 트집은……."

양 주사가 여전히 잘잘못도 모른 채 계속 말꼬리를 물고 늘어지자 아버지는 도저히 그곳에 있을 수 없다고 생각했는지, 벌떡 자리에서 일어나 문 쪽으로 성큼성큼 걸어왔다. 동네 사람들과 양씨 할아버지는 양 주사를 나무라며 아버지를 붙잡으려 했지만, 그것은 이미 소용없는 일이었다. 나는 물론 방문에 기대어 선 채 아버지와 동네 사람들의 모습을 미동 없이 지켜보고 서 있었다. 그 충격적인 사실을 엿들었을 때, 나는 마음으로는 아버지가 나오기 전에 먼저 그곳을 떠야 한다고 생각했다. 이곳에서 그와 부딪힌다면 나는 더는 예전처럼 아무렇지도 않게 그를 대할 수가 없을 것만 같아서였다. 그러나 어찌 된 영문인지 발목에 납덩어리를 매단 듯 내 발은 바닥에 붙어 떨어지지가 않았다. 결국 나는 본의 아니게도 그 어떤 완충 공간도 없이 아버지의 슬픈 자존심과 정면으로 마주치고 말았다. 아버지는 넋 나간 모습으로 자신을 멍하니 쳐다보고 있는 딸과 부딪히자 어쩔 줄을 몰라 했다.

"다 들었구나!"

"예."

아버지는 그렇게 한마디만 겨우 내뱉고는 서둘러 그곳을 빠져나갔다. 나는 사람들의 소음으로부터 등을 돌린 아버지의 처진 어깨가, 어둠 속에 스며들어 보이지 않을 때까지 물끄러미 바라보며 비닐 막 속에 오도카니 서 있었다. 얇게 쳐진 비닐 막이 아버지와 나 사이에서 투명한 벽을 만들며 낯설게 펄럭거렸다.

3

집에 돌아오니 아버지는 내 방에 군불을 때고 계셨다. 지난 여름에 산판에서 얻어와 행랑 쪽마루 아래에 쌓아 두었던 발

매치를 아궁이 곁에 한짐이나 옮겨다 놓고 그것을 아궁이에 집어넣는 중이었다. 나는 그러는 아버지를 내버려 둔 채 이미 잠이 든 조카를 방에 누이고 다시 밖으로 나왔다. 집에서 나온대야 뾰족이 갈 곳도 없었다. 그래서 나는 과수밭을 지나 동네 어귀를 몇 바퀴나 돌다 다시 집으로 돌아와 담 밑에 웅크리고 앉았다.

아버지가 가고 나서 나는, 양 주사가 단편적으로 내뱉었던 우리 집안사에 관해 좀 더 자세히 알기 위해, 내게 이야기하기를 꺼리는 이장 사모님을 붙들고 억지로 캐물었다. 그에게 들은 바로는, 나의 어머니는 오빠가 열두어 살 되던 해에 동네에 나타난 돌팔이 치과의사와 바람이 났다고 했다. 물론 그는 의사 면허도 없는 가짜였다. 어머니는 그 길로 그와 함께 보따리를 싸서 달아나 버렸는데, 그날 그녀가 내빼는 광경을 목격한 사람들은 하나같이 혀를 차며 어머니를 능멸했다고 했다. 가뜩이나 바람난 여자에 대한 시선이 곱지 못한 지경에, 어머니는 도망가는 처지에 밤도 아니고 그것도 훤한 대낮에 자신의 샛서방과 함께 당당하게 도망 보따리를 쌌다고 했다. 더구나 더 가관이었던 것은, 달아나면서 집에서 귀한 세간은 물론이고, 아버지의 실한 겉옷까지 죄다 싸들고 달아났다는 것이었다. 대부분의 패륜한 영혼들의 끝이 그렇듯이, 어머니도 그렇게 집 나간 지 2년 후 폐인이 된 모습으로 마을에 다시 나타났다. 물론 아버지가 어머니를 다시 받아들인다는 것은 그리 쉬운 일이 아니었다. 어머니도 자신이 지은 죄 때문에 선뜻 아버지에게 나서지는 못했다. 그저 아버지가 없을 때 가끔 집 언저리를 돌다가 가곤 했다. 그러다 어느 날 어머니는 밖에서 얻은 병이 깊어져 더는 혼자서 살 수가 없게 되었을 때 염치를 무릅쓰고 죽을 각오로 집으로 기어들어 왔다고 했다. 아버지는 물론 그런 어머니를 어여삐 여길 리 만무했다. 집으로 기어든 어머니를 억지로 받아들이고 난 아버지는, 이를테면 그때부터 어머니에 대한 일종의 보복을 단행하기 시작한 것이었다. 위암으로 얼굴이 시꺼멓게 변해 버린 어머니를 골방에 가두어 둔 채 병을 고친다는 핑계로 심심하면 밥을 굶긴다든가, 아니면 손찌검을 하기 일쑤였다. 겨울에는 군불을 지피는 것조차 아까워 할 정도로 아버지의 어머니에 대한 미움은 큰 것이었다. 그렇게 미움이 누적되어 가는 동안, 아버지는 그것이 아내를 향한 애정 표현의 왜곡된 증상이었는지, 아니면 죽이고 싶도록 미운 저주의 감정 외엔 정말 아무것도 아니었는지, 종국에는 당신 자신도 그 까닭을 잊을 정도로 증오를 위한 증오만을 일삼아 왔던 것이었다.

그러던 어느 날 어머니는 마치 자신의 병고와 고통스러운 현실로부터 달아날 탈출구를 찾기라도 하려는 사람처럼, 언제부터인가 조금씩 실성한 기를 보이더니 결국에는 아주 정신을 놓아 버리고 말았다. 어머니가 미쳤다고 해서 아버지의 태도가 그리 크게 달라진 것은 아니었지만, 그래도 구박하는 횟수는 다소나마 줄어들었다. 그러나 어머니에 대한 그의 증오심만은 여전히 남아 어머니는 물론이고 자기 자신까지 고통 속에 몰아넣고 있었던 것이었다. 이렇게 누구의 힘으로도 치유할 수 없을 정도로 미움이 누적되어 가던 때에, 내가 이대도록 모르게 온 동네 사람들이 쉬쉬하던 그 엄청난 사건이 일어났던 것이었다.

차라리 어머니가 계속 미친 채로 살다가 죽었더라면, 그도 아니면 그저 지병인 암이 깊어져 죽었더라면, 우리 집안의 비극은 그다지 끔찍한 것만은 아니었을 것이었다. 그러나 일이 틀어지려고 그랬던 것인지, 미친 어머니가 느닷없이 제정신을 차리면서 사건은 오히려 커져만 갔다. 어머니에게 가족을 온전히 만나고 싶어 하는 의지력이 작용한 까닭이었을까. 어머니의 정신은 명주를 잣는 누에고치처럼 끊어질 듯 이어지고 또 끊어질 듯 이어지기를 수차례 반복하며 가족들의 마음을 애타게 했다. 문득 정신이 잠시 돌아오는가 싶다가도 금세 낯선 세계를 떠도는가 하면 어느덧 멀쩡한 얼굴로 돌아오기를 반복했기에, 비록 절망과 다를 바 없는 미세한 것이었지만 가족들은 그 실낱 같은 희망의 명주 끈을 쉽게 포기할 수가 없었다.

정신이 돌아온 그 순간에는 어머니는 몇 날 며칠이고 아버지에게 자기의 죄를 빌며 흐느껴 울었다고 했다. 그러나 그런 어머니의 애절한 진심도 아버지의 굳어 버린 마음을 녹여 내지는 못하는 듯했다. 어머니가 정신을 놓아 버릴 때마다 아버지는 거의 절망스런 슬픔에 잠겼지만 이상하게도 어머니의 멀쩡한 모습을 볼 때면 그런 애잔함은 남의 일인 듯 어디로 가 버리고 오히려 냉정해지기 일쑤였다. 어쩌면 아버지의 그런 과격한 모습은 어머니에게서 자유롭지 못한 당신 진심의 이면이었는지도 몰랐다. 하지만 어머니는 아버지의 미숙한 투정과도 같은 그러한 분노를 달게 받아 주지 못했다. 그러기에는 삶의 무게에 지친 어머니의 심신이 너무 쇠약했던 것이다. 그러다 얼마 지나지 않아 결국 어머니는 자기의 죗값을 치를 대단한 결심을 감행하게 되었다. 그것이 가족들에게 얼마나 상처가 되는지도 모른 채, 그저 자신이 짐이 되는 것이 두려운 나머지, 그리고 자신이 용서받을 길이 단지 그뿐이라는 막다른 생각 때문에, 자기 자신을 온전히 죽이는 극단의 길을 선택한 것이었다.

"니가 아무리 미운 짓을 했어도, 내가 니를 놔 주지 못한 이유가 뭐겠노. 내 마음은 늘 그랬지만 한결같았다. 남들이 우예 보든 간에 지금도 내 마음은 그렇다. 니가 정신줄을 놓을 때가 내 마음은 오히려 편타. 그라이 너무 애쓰지 말고 그냥 그대로만 살아 있거라."

어머니에게 한없이 냉정하던 아버지는 어느 날 어머니가 정신을 놓은 줄 알고 평생 가슴에 담아 온 가시 같은 슬픈 진심을 털어놓았다. 어머니는 자신이 정신을 놓은 줄 알고 진심을 털어놓는 아버지가 당황할까 봐 정신이 돌아온 것을 드러내지 않은 채 실성한 사람처럼 아버지를 무심히 쳐다보았다. 아버지는 그러는 어머니의 산발 같은 머리를 떨리는 손으로 애잔하게 쓸어 올려주고는 이내 자리에서 일어났다.

"읍내 가거든 삔이라도 하나 사 올까? 머리가 그기 머꼬, 꼭 귀신 떡당새이 같구마!"

그리고 그것이 아버지가 어머니에게 들려준 마지막 말이 되었다. 어머니는 삽작을 돌아서 가는 아버지의 뒷모습에 대고 슬픈 듯 행복한 듯한 미소를 지어 보였다. 그리고 흐르는 눈물을 머금은 채 입술을 지그시 깨물었다. 가족들을 위해 자신이 할 수 있는 마지막 수고를 실천하려는 의지에 다름 아니었다.

어머니는 아무도 없는 빈집에서 천장에 전깃줄을 걸어 놓고 목을 매었다고 했다. 그런데 불행은 쌍으로 온다는 옛말처럼, 하필이면 그때에 학교에 갔다 돌아오던 외아들이 자기 엄마의 비극을 정면으로 목격하고 만 것이었다. 그런 험한 일을 겪게 되는 어린아이의 충격이 얼마나 큰 것인지는 굳이 설명할 필요도 없는 것이었다. 불행하게도 스스로 죽음을 택했던 그날, 어머니는 마치 대물림을 하듯 아들에게 자신의 실성기를 넘겨 주고 죽어 버린 것이었다. 그런 일을 겪은 지도 몇 해가 지나 아버지는 새장가라는 것을 들게 되었지만, 죽은 아내를 잊지 못해 제대로 된 부부생활을 해나갈 수가 없었던 탓에, 결국엔 새 아내마저도 과거의 여자 속에 빠져 휘청거리는 그를 건디지 못하고 달아나 버렸다는 것이었다.

이것이 내가 동네 사람들에게 들은 우리 가족사의 비극의 전모였다. 오빠는 물론 그 뒤로 굳이 병원 치료를 받지 않고도 차츰 나아져 정상을 회복하게 되었다. 그리고 행여 당신 아들의 병이 재발할까 저어한 아버지는 당장에 오빠를 대구 큰집으로 보내어 그곳에서 학교에 다니게 했던 것이었다. 나는 이 비극적인 사실을 들었을 때, 동네 사람들의 시선보다는 오히려 내가 정숙지 못한 여자의 딸이라는 것이 한없이 혐오스럽고 역겨워 견딜 수가 없었다. 그리고 아버지가 조금만 관대했었더라면 동네를 떠들썩하게 한 그 비극은 피할 수 있었을는지도 모른다는 생각에, 어쩌면 그 당시 온전한 피해자일수도 있었을 아버지마저도 어머니 못지않게 울컥울컥 미워졌다. 차라리 내가 이 일을 영원히 몰랐었더라면 좋았으리라는 생각이 들기도 했다. 내 말대로 조금만 일찍 이곳을 떠났어도, 우리는 양 주사를 만나지 않아도 되었을 것이었고, 그리고 사실과 진실의 경계를 착각하는 그 경우 없는 인간으로부터 우리 가족사의 비극을 듣지 않아도 되었을 것이었다. 그런 저런 생각을 하니 나는 내 요구를 거절하고 시골에 눌러 사는 아버지가 더더욱 미워졌다.

날씨가 꽤 싸늘했음에도 나는 아버지가 있는 집 울타리 안으로 발을 들여놓기가 싫었다. 담벼락 앞에 한참을 쭈그리고 앉아 있자니 동네의 몇 안 되는 주민 중 하나인 이장 김씨 아저씨가 오빠를 데리고 왔다.

"미숙이 너 깜깜한데 여기서 뭐하노! 얼른 오빠 델꼬 집에 들어가그라. 어느 몹쓸 놈이 늬 오빠한테 술을 먹였는지 해롱해롱 우습지도 않다."

나는 집으로 들어가기가 싫었으나 하는 수 없이 오빠를 넘겨 받아 팔을 부축한 채 방으로 끌고 들어갔다.

"야, 너 동네 사람들 말일랑은 신경 쓰지 말고 아버지 잘 모시거라. 알고 보면 니 아버지만큼 불쌍한 사람도 없니라……."

그는 오빠를 부축하기 위해 방에까지 따라와 주며 내게 충고 삼아 몇 마디 던지고는 사립문을 돌아 횡하니 가 버렸다. 그의 말대로 어머니나 오빠, 그리고 나보다는 어쩌면 아버지가 가장 큰 희생자인지도 모를 일이었다. 당신의 아내도 모자라 며느리마저 일찍 잃고, 그리고 그에 덧붙여 아들마저 미친 데다, 이제는 그 모든 짐을 혼자서 지고 살고 있는 것이었으니 말이다.

아버지는 아직도 내 방에 군불을 지피며 불당그래를 든 채 아궁이 앞에 서 있었다. 불을 지피고 있다기보다는 흡사 불이 붙은 아궁이 속으로 빨려 들어가려는 것처럼, 아버지의 시선은 장작불 속에 고정되어 움직임이 없었다. 어둠 속에서 장작불로 하여 가까스로 조명을 받은 아버지의 모습은 조금 전 양씨댁을 빠져나갈 때보다 더 초라하고 유약해 보였다. 어쩌면 그 순간 아버지는 가슴속으로 보이지 않는 울음을 삼키고 있었는지도 몰랐다. 언제나 농군으로서의 자부심으로 당당하던 아버지가, 다른 곳도 아니고 바로 내 방 아궁이에 머슴 같은 꼴로 서 있다는 것이 더 없이 나를 울적하게 만들었다. 아버지는 흡사 그런 식으로라도 자식에게 부모가 남긴 지난 죄업을 사죄받으려 드는 것 같아 보였다.

"아버지, 누구 떠 죽일 일 있어요? 무슨 군불을 그리 오래 때고 계세요! 그만두시고 이제 방에 들어가 쉬이소."

나는 아버지의 그 궁상맞은 꼴을 참을 수가 없어 곧 그에게 다가가 퉁명스럽게 말했다.

"불 안 땠다. 그냥 보고만 있는 거야."

마치 선생님께 야단맞는 어린아이처럼, 당신의 딸에게 순순히 변명하는 아버지의 목소리에는, 이미 딸자식에게 모든

비밀을 들킨 지금에 와서 권위 따위를 세울 필요는 없다는
듯, 맥이라고는 하나도 없었다.

"그러면 그렇게 할 일 없이 서 있지 말고 방에 들어가시이
소. 제가 신경 쓰여서 안 되겠니더."

"니가 신경 쓰일 일이 뭐가 있노. 조금만 더 있다가 내가 알
아서 들어가마."

"그럼 좋도록 하이소."

"그리고 저……."

"예?"

"아, 아니다."

나는 무언가 할 말이 있는 듯한 아버지를 그냥 남겨 둔 채
발을 돌렸다.

"저, 그 니 오빠 말이다. 니 오빠 병 나으면 곧 죽을 것만 같
아서……. 니 어미처럼……."

내가 방으로 들어가려 했을 때 그제야 아버지는 하려던 말
을 힘겹게 내뱉었다.

"……."

"그래서. 여기를 떠나기가 그렇구나……."

아버지가 하고 싶은 말은 바로 그것이었다. 이번의 그 수치
스런 일로 내가 고향 떠나기를 재촉할까 봐 몹시 저어한 모
양이었다. 도시로 간다고 해서 꼭 오빠의 병이 나을 것도 아

니었건만, 아버지는 병이 생긴 근원, 그러니까 오빠와 올케가 함께했던 도시 생활로부터 자식을 떼어 놓지 않으면 곧 죽어 버리기라도 할 것처럼 여기는 것이었다. 어머니가 그랬듯이 오빠가 제정신이 돌아오는 날, 그는 자기 아내의 죽음을 알게 될 것이고, 어머니가 실성한 상태에서 잠시 자기의 실체를 되찾았을 때 죽음을 택했듯이, 필경 오빠도 그리리라는 것이 아버지의 염려였던 것이었다. 자식을 잃느니 차라리 미친 상태로라도 자식과 함께 살고자 하는 아버지의 가련한 소원은, 어쩌면 잃어버린 어머니에 대한 미련 때문이었는지도 몰랐다.

"누가 떠나자고 그랬능기요? 아버지 좋을 대로 하이소 고마."

나는 여전히 퉁명스럽게 대답하며 서둘러 방으로 들어갔다. 그의 그 전 같지 않게 유약한 몰골을 조금이라도 더 지켜 보고 서 있다가는, 주책없이 소리 내어 울음을 터뜨릴 것만 같았기 때문이었다.

고향은 내가 원하지 않아도 늦어도 일이 년 뒤면 어차피 떠나야만 할 것이었다. 그리고 아버지가 아무리 원하지 않는다 해도, 조만간은 당신의 한이 깃들인 그곳을 영원히 물속에 묻어 버려야 할 것이었다. 미친 아내와 아들에 대한 그 끊임없던 죄책감과 더불어…….

창호문 밖으로 아버지의 방에 불이 켜지는 것이 보였다. 그제야 아버지가 방으로 들어간 모양이었다. 나는 농 안에서 베개를 꺼내어 놓고 방바닥에 웅크리고 누웠다. 문틈 사이로 간간이 들리는 아버지의 헛기침 소리가 고요한 집 안을 가끔 깨웠다. 뜨끈뜨끈하게 달구어진 구들을 타고 아버지의 군불이 내 등에 따뜻하게 전해져 왔다.

그녀의 술 냄새가 더럽다거나 또는
그 휘청거림이 한심하다거나 하는 느낌은 들지가 않았다.
오히려 그 지리멸렬한 소문 때문에
약간의 경멸감마저 품고 있었던 내게,
그날의 그 동행은 그녀에 대한 야릇한 친밀감마저 느끼게 했다.

오시계

"종열아, 공부는 안 하고 또 어데 가노? 책가방이라도 열어
놓고 놀러 가지, 어데를 그리 오자마자 달리 나가는 기고!"

할머니는 학교에서 돌아오기가 무섭게 책 보따리를 내팽개
치고 달아나는 내게 꾸중 반 안쓰러움 반이 섞인 목소리로 고
래고래 고함질렀다. 나는 할머니의 꾸지람에도 아랑곳하지
않고 신이 나서 장터를 향해 내달았다.

오늘은 드디어 내가 기다리던 오시계의 오일장이 서는 날
이다. 이런 날 하릴없이 집구석에 처박혀 형에게 물려받은 곰
팡내 나는 교과서나 후벼 파고 있느니, 차라리 머리를 땅에
박고 온종일 벌쓰는 편이 더 나을 것이었다. 나중에 집으로
돌아가 할머니에게 된통 혼이 날지언정, 일단은 눈앞의 즐거
움을 누리는 게 나는 좋았다.

물론 장날이라고 해서 내가 물건을 사는 기쁨이나 즐기려
고 그렇게 기를 쓰고 장터를 누비는 것은 아니었다. 이제 고

작 국민학교 육학년인 내가 용돈을 지녀 봤자 몇 푼 안 되는 것이야 말할 나위도 없거니와, 할머니가 꾸려 나가는 작은 구멍가게에 밥줄을 걸고 사는 게 우리 집 형편이고 보니, 설사 주머니가 좀 두둑한 날조차도 함부로 낭비할 배짱이 내겐 없었다.

그런데도 내가 그렇게 기를 쓰고 장터로 쫓아다닐 때에는 물론 그만한 까닭이 있다. 그것은 바로 장날이면 으레 나타나곤 하는 노천 연극 공연단이라든가 원숭이 곡예 따위의 신나고 재미있는 공짜 볼거리를 놓치지 않기 위해서였다. 비록 동춘서커스단의 그 화려하고 거대한 천막 공연에 비하면 옹색하기 짝이 없는 기예단이었지만, 재밋거리라곤 도무지 없는 따분한 동네에서 벌이는 한판 놀이는 나를 만족시키기엔 충분했다. 물론 공연의 말미에 항상 약을 팔거나 생활용품을 팔자고 덤벼드는 그네들이었으나, 이 예의 바른 장사치들은 적어도 어린아이들에겐 아무것도 기대하지 않았다. 사실 "얼라는 절로 가라!"라고 말하며 바쁘게 돈주머니를 챙기는 그네들의 약팔이 언행조차도 내겐 꽤 흥미로웠다. 나는 동네 아이들과 함께 작당을 하고 몰려다니며 "얼라는 절로 가라! 얼라는 절로 가라!"를 덩달아 흉내 내며 그들이 옮기는 자리마다 쫓아다니곤 하다가, 어느덧 그들 편이 되어, 그들의 배에 찬 지퍼가 달린 검은 돈주머니가 개구리 울음 주머니처럼 불룩해 오면, 마치 내 주머니가 두둑해지기라도 한 양 마음이 뿌듯해지곤 하였다.

그네들이 요란 벅적하게 난장을 벌이던 그 오시계장은, 부산시 동래구 부곡동에 주소를 둔 우리 가게를 포함해 동네 공터 전체를 아우르는, 오시계午時計 일대에서 열리는 장을 이르는 말이다. 부산 같은 대도시에 시골 장날에나 열릴 법한 오일장이 어인 일인가 이상하게 여길 사람도 없지 않겠지만, 부산 중에서도 바다 구경이라곤 하기 어려운 내륙에 깃든 동래는 거칠산국의 유서 깊은 마을답게 예스런 전통이 더러 남아 있었다. 그래서인지 대도시답지 않게 시골에서나 있음직한 오일장들이 아직도 사라지지 않고 버젓이 열렸다. 우리 집이 오시계 장터거리 바로 그곳에 위치해 있다 보니, 굳이 내가 장 구경을 하려고 기를 쓰지 않더라도, 언제나 그 번잡스런 장터의 풍경은 자연스럽게 내 삶 속에 들어오게 마련인 것이었다. 그러니 이런 환경에서 나 보고 그 신 나는 공짜 구경을 외면하기를 바란다는 것은 애당초 무리였다.

나는 하굣길에 눈여겨보아 두었던 약장수의 원숭이 곡예를 보기 위해 그들이 전을 벌이고 있을 공터를 향해 냅다 뛰어갔다. 그런데 내가 그곳으로 달려갔을 때에는 이미 원숭이의 재롱을 구경하러 모인 사람들로 둥글게 장벽이 쳐져 있어 비집고 들어갈 틈이 보이지 않았다. 까딱하다가는 어른들의 넓은 등짝이나 구경하다가 볼 장 다 보기 십상이었다. 나는 하는 수 없이 실례를 무릅쓰고 어른들을 밀치고 안으로 기어들어 가기로 마음을 먹었다. 물론 사람들에게 욕 얻어먹을 각오쯤 은 단단히 하고서. 인벽을 헤치고 가는 자리마다 흔적처럼 어른들의 "어이쿠, 이놈!" 하는 소리가 돌림처럼 울리며 내 뒤통수를 때렸지만, 나는 아랑곳하지 않았다. 이럴 때에는 어린아이라는 지위는 확실히 편리했다. 비록 사람들에게 힐난을 받을지언정 내가 어린아이라는 이유 하나만으로 별다른 제재를 가하진 않았으니까. 사실 아예 신경을 쓰지 않는다고 하는 편이 옳겠다.

사람들을 밀치고 들어가 제일 앞자리에 퍼질러 앉아 있노라면, 약장수는 내가 고대하던 공연은 아껴 둔 채 잡다한 만담만 늘어놓으며 시간을 끌었다. 그는 관객이 한 무저비로 찰때까지 한참을 뜸 들였다가는, 기다리기도 지쳐 갈 즈음에야 비로소 비장의 무기인 오늘의 주인공 원숭이를 극적으로 등장시키곤 했다. 늘 그렇지만 사람 차림을 한 조그만 일본산 원숭이는, 제 몸에 맞게 제작된 장난감 같은 물지게를 등에 지고 어기뚱거리며 무대에 등장했다. 원숭이는 '앵두나무 우물가에 동네 처녀 바람났네'라는 노래에 맞추어 신나게 춤을 추다가 '물동이 호미 자루 나도 몰래 내던지고'라는 대목이 나올라치면 등에 지고 있던 물동이를 땅바닥에 냅다 집어던지곤 하는 바람에 사람들의 폭소를 자아 내곤 했다. 약장수는 꼭 원숭이의 재롱이 절정에 달할 즈음에 가서는 다음 단계의 재롱을 준비한다는 핑계로 영락없이 연기를 중단시키곤 했는데, 그럴 때마다 사람들은 재미나는 구경을 한 대가로 시시껄렁한 고약 나부랭이나 환으로 된 성분 불명의 소화제 따위를 사 주곤 했다.

비록 장날마다 원숭이의 재롱을 보려고 쫓아다니기는 하였으나, 내게 원숭이의 곡예라는 게 언제나 그렇게 즐겁기만 한 것은 아니었다. 간혹 원숭이 주제에 걸맞지 않게 주인의 명령을 거부하는 희한하게 자존심이 강한 놈을 보곤 하는데, 그 도도한 원숭이는 사람 차림을 한 자신이 그럴싸한 입성대로 대접받을 권리라도 있는 듯이 까닭 모를 고집을 부렸다. 하지만 그럴 때마다 녀석은 영락없이 주인의 채찍에 얻어맞곤 했다. 구경꾼들은 일상을 깨고 벌어지는 짐승과 사람의 실랑이가 연기의 일부이기라도 한 듯 새로운 재미에 깔깔대며 손뼉을 쳤지만, 내겐 녀석의 그 진지한 눈망울이 어쩐지 더 애처로워 보여 눈살이 찌푸려졌다. 그런 불쾌한 장면을 목격하는 날에는 나는 더는 장터를 돌아다닐 의욕을 잃고, 그만 맥이 빠져 일찌감치 집으로 비실비실 기어들어 가곤 했다. 가끔은 약장수의 채찍을 빼앗아 부러뜨려 버리고 그 도도한 원숭이 녀석의 손을 덥석 잡고 달아나는 상상을 하기도 했지만 언제나 상상은 상상에 그칠 뿐이었다. 그러나 대개는 어린아이를 나이에 어울리지 않게 심각한 꼬마 철학자로 만들어 버리는 그런 형편없는 날보다는 즐거운 날이 더 많았다. 그렇지 않고서야 내가 그 가능성 희박한 약간의 유희를 위해 온갖 희생을 무릅쓰고 장터 구경을 하러 달려가지는 않았을 것이니까.

아스라한 내 유년의 한 귀퉁이를 지배하는 오시계의 장터는 그 시절 나에게 무한한 볼거리와 삶의 재미를 느끼게 해준 만큼, 우리 가족들에게는 또한 생계를 위해 커다란 은혜를 베풀어 주는 고마운 삶의 자리이기도 했다. 그러니까 1976년 내가 13세 되던 그해 우리는 오시계 장터 후미진 한쪽 구석에서 작은 구멍가게를 하며 살고 있었다. 애초에 상가 건물로 지어진 자리가 아니고 삼 간 남짓한 함석지붕 주택의 부엌을 헐어 만든 가게였기에 팔려고 떼 온 물건을 아슥아슥하게 진열하기에도 배좁은 그런 곳이었다. 이렇듯 할머니가 운영하는 그 손바닥만 한 구멍가게에 할머니와 작은 삼촌, 그리고 형과 나 이렇게 네 식구가 밥줄을 의지하며 지냈다. 가게가 솔고 허름한 데다가 목도 썩 좋은 편이 못 되다 보니, 평일에는 주전부리 거리를 사러 오는 동네 꼬마들 외엔 손님이 별로 없었다. 그러다가 5일마다 오시계 장이 서는 날이면, 장 보러 온 손님들이나 장사를 하러 온 장돌뱅이들 덕분에 소주라든가 콜라, 사이다깨나 팔리곤 해서, 그런대로 두둑한 목돈이 들어오곤 했던 것이었다. 그러니까 오시계장이 아니었다면 우리 가족은 기껏해야 코 묻은 돈 몇 푼에 생계를 의지해야 하는 궁핍한 생활을 면치 못할 뻔한 셈이었다.

그런데 이렇게 우리 가족들에게 풍요로움을 선사해 주던 일상의 장터에 심상찮은 변화의 조짐이 나타나기 시작했다. 어느 날 느닷없이 굴러온 돌 하나가 십수년 장터에 붙박여 살아온 우리의 삶의 자리를 위협하기 시작했던 것이다. 코흘리개 아이를 셋이나 거느리고 나타난 그 굴러 온 돌은 다름이 아니라 얼굴이 반반한 청상과부였다. 그녀가 홀연히 나타났던 그날도, 나는 동네 악동들과 함께 '얼라는 가라!'고 외쳐대는 고약 장수의 목소리를 흉내 내며 발록구니처럼 장터 여기저기를 쏘다니다 집으로 돌아오는 길이었다. 흥청거리는 장터의 분위기 덕분에 발발한 기세로 우리 집 구멍가게에 막 다다랐을 때였다. 조금 전 학교에서 돌아와 책가방을 내던지고 나갈 때만 해도 깨끗했던 우리 가게 문 앞에 웬 낯선 여인이 좌판을 벌이고 앉아 있는 것이 보였다. 그녀는 커다란 드럼통으로 만든 연탄 화덕 위에 무쇠 가마솥을 올려놓고 거기다가 찐빵을 빚어 넣어 찌고 있었다. 둥그스름한 얼굴에 합죽한 입을 앙다문 것이 한눈에 보기에도 제법 대가 드센 장터 여인네 같아 보였다. 나는 가게 문 안으로 들어서려다 말고 찐빵을 빚는 그 낯선 여인을 어리둥절한 표정으로 훑어보았다. 자신을 눈여겨 보는 내 시선을 의식했는지 그녀는 빵을 빚다 말고 고개를 들어 나를 보았다.

"아, 이 집 얼란가 보네! 야야, 이거 하나 묵어 볼래? 맛있는 보리빵이다."

그녀는 마치 나를 전부터 알고 있기나 한 사람처럼 서분서분하게 굴며 공짜 찐빵을 권했다.

"예에. 고, 고맙습니다."

나는 잠시 쭈뼛거리다 김이 모락모락 나는 따끈한 찐빵의 냄새에 끌려 슬며시 그것을 받아들었다.

"얼라 나이는 몇 살인고? 이름은 머꼬?"

자신의 호의를 받아들였다고 생각했는지, 그녀는 연방 친절한 미소를 지으며 나의 신상을 꼬치꼬치 캐묻기 시작했다.

"……."

얼결에 찐빵을 받아 들기는 했으나, 나는 어딘지 올차고 드센 느낌이 드는 이 낯선 여인에게 어떻게 처신해야 할지를 몰라 대답 없이 멀뚱멀뚱 쳐다보기만 했다.

"할매!"

결국 나는 그 어색하고 낯선 상황을 피해 할머니를 부르며 가게 문 안으로 부리나케 뛰어들어가 버렸다. 장사를 하고 있어야 할 할머니는 가게 안에 없었다. 장날 같은 대목에 가게를 비울 할머니가 아니었기에, 나는 괜스레 설렁줄을 잡아당기며 가게 안을 기웃거렸다. 줄에 매달린 손님 방울이 안마당에서 딸랑거리는 데도 할머니의 기척은 들리지 않았다. 나는 마당으로 이어진 가게 문지방을 밟고 서서 집안 동정을 살폈다. 복 나가게 또 문지방을 밟고 섰느냐고 혼을 내며 나타나야 할 할머니는 여전히 감감했다. 쪽문을 지나 뒷마당으로 깊숙이 들어서니 그제야 할머니가 보였다. 할머니는 마당 후미에 쌓아 둔 사이다병을 상자째 추려 내느라 인기척도 모른 채 낑낑거리고 있었다. 나는 얼른 달려가 할머니가 끌어내리고 있는 빈 사이다병 상자를 함께 붙잡으며 가게 앞의 그 낯선 여인에 대해 말했다.

"할매, 우리 가게 앞에 어떤 아줌마가 점방 차맀드라. 할매도 봤나?"

"그래 나도 봤다. 조금 전부터 장사를 시작한 모양인데 사람들이 제법 모이드마는……."

나는 할머니를 도와 마당에 있는 사이다병을 몽땅 가게 밖에 부려놓고 나서, 빈 병을 거둬 갈 용달차를 기다린다는 핑계로 문설주에 기대어 서서는, 오늘 새로이 나타난 낯선 여인의 찐빵 빚는 모습을 호기심 어린 눈으로 바라보았다.

이런 식으로 홀연히 나타난 그녀는 처음 몇 주 동안은 대부분의 장돌뱅이들이 그렇듯이 장날에 맞추어 좌판이나 벌이다가, 파장한 다음에는 자신의 거처로 돌아가서 다음 장날까지는 그 모습을 감추곤 했다. 그러던 것이 어느 날부터인가는 장이 끝난 다음 날에도 여전히 그 자리에 좌판을 벌이고 앉아 장사를 시작하더니, 이즈음부터는 아예 확실하게 우리 집 앞에 터를 잡고 상주한 채 매일매일 찐빵을 쪄서 팔곤 했다. 매일같이 난전을 열기 시작한 그녀는 전에는 자신의 찐빵 기구들, 이를테면 큰 드럼통 화덕이나 무쇠 가마솥 따위를 파장하기가 무섭게 손수레에 실어다가 판잣집 거처로 운반해 갔다간, 장이 서는 날에야 다시 그것들을 들고 나와 전을 벌이곤 하더니, 이제는 숫제 자신의 찐빵 도구들을 우리 가게 앞에 쟁여 놓고 방치해 둔 채 장사가 끝난 뒤조차도 다시 되가져가는 일은 없었다. 그녀가 이런 식으로 매일매일 하루도 거르지 않고 찐빵 장사를 시작하다 보니 우리 구멍가게의 매상이 눈에 띄게 확 줄어 버렸다. 특히 우리 가게에서 파는 공산품 봉지빵의 속이 헐겁고 바람 구멍이 숭숭 뚫린 엉너리다 보니, 그녀가 파는 팥앙금이 알차게 배인 두툼한 찐빵을 사람들은 더 좋아했다. 날이 갈수록 여인의 찐빵 손님은 늘어났고, 그런 만큼 우리 구멍가게의 주전부리 손님은 줄어들었다. 일이 이쯤 되고 보니 이익의 상당 부분을 빼앗겨 버린 우리 집에서는 그녀를 가만히 두고 볼 수만은 없는 노릇이었다.

그녀가 우리 가게 앞에 진을 치고 앉은 지도 달포가 넘은 어느 날이었다. 가게 터를 주인 허락도 없이 무단으로 점유한 그녀에게서 행여나 사과의 말이라도 나올까 기다리고 있던 할머니는, 꽤 오랜 시간이 지났음에도 그녀가 허락받을 생각은커녕 미안한 기색조차도 보이지 않자, 슬슬 부아가 치밀어 오르기 시작했다. 그도 그럴 것이 느닷없이 나타난 낯선 여자가 남의 가게 앞에서 뱀처럼 똬리를 틀고 앉아 가게로 들어오려는 군것질 손님들을 날름날름 가로채 먹고 있다 보니 부처님 가운데 토막 같은 할머니라도 화가 나지 않을 수 없는 노릇이었다. 더욱이 허락도 없이 가게 앞에 진을 치고 앉은 찐빵 여인의 얌치없는 행동은, 우리 집 식구보다는 오히려 아무런 이해관계도 없는 동네 사람들의 비위를 더 상하게 했다. 그것이 낯선 이방 여인의 봐 줄 만한 외모에 대한 거부감에서 비롯한 것이었는지, 아니면 우리 가게에 대한 의리 때문이었는지는 잘 알 수가 없지만 말이다.

"이 보소, 종열이 할매요. 어째 그리 바보그치 저런 뜨내기 여편네한테 손님을 뺏기고도 가마이 있능기요. 저게 큰길가에 있는 전방에서는 즈그 가게 앞터를 사글세로 내놨다 안 하요. 할매댁도 저 여자한테 돈을 받든가 안 그라면 내쫓아야 될 끼구마는……."

그날 뒷집에 사는 양산댁은 할머니보다도 더 역정을 내며 가뜩이나 심기가 불편한 할머니를 부채질했다.

"그기사 나도 알지마는 그래도 지가 사람의 탈을 쓰고 있는

데 언제까지 시치미만 떼고 있기야 하겠소. 좀 더 기다려 보고 그때 머라 하든가 호통을 치든가 해야지."

"아이고, 할매도 참말로 답답하시구만요. 저 여자 꼴을 보아하니 예사내기가 아니겠구마는, 장터를 굴러도 십수 년은 굴렀을 강짜겠습디다. 그런 여자는 가마이 놔 두면 갈수록 양양인 기라요. 이참에 내가 옆에서 거들 테이까는 따끔하게 혼 좀 내주소."

양산댁의 부추김에 슬그머니 기가 동한 할머니는 결국은 마지못해 그러는 체하며 그녀와 함께 가게 밖으로 나갔다. 물론 우리 가게 터를 무단 점유한 그 낯선 여인을 한껍에 혼내 주기 위해서였다. 할머니가 가게 밖으로 나갔을 때 그녀는 빵을 사러 온 꼬마 손님들에게 물건을 파느라 정신이 없었다. 그 때문인지 그녀는 할머니와 양산댁이 자기 가마솥 바로 옆까지 다가와 있었음에도 아는 체는커녕 눈길조차 주지 않았다. 냉큼 머리를 조아리고 달려와도 미울 판에, 남의 가게 앞자리를 무단 점유한 주제꼴에 반응이 이렇게 뒤슬뒤슬하고 보니, 정작에 화를 내어야 할 할머니는 너무 어이가 없어 멍하니 서 있기만 했다. 그러자 훈수를 두려고 곁에 섰던 양산댁이 오히려 더 분개를 해서 이 얌통 맞은 여인에게 따져 들기 시작했다.

"사람이 양심이 있어야지, 남의 가게 앞에서 허락도 안 받고 묵는 장사를 하면서 우째 미안하다는 소리 한 번 안 하노!"

양산댁은 마치 자신의 가게 터를 빼앗기기라도 한 것처럼 열을 내며 그녀에게 덤벼들었다.

"남이야 어데서 장사를 하든 말든 그기 아지매 하고 무슨 상관이요. 이 가게가 아지매 끼라도 되는 기요. 주인은 아무 말도 안 하구마는 괜히 어만 사람이 다 참견하고 야단들이 네……."

"이 여자 말하는 뽄새 좀 보소. 주인이 가마이 있는 기 어데 아지매가 이뻐서 그라는 긴 줄 아요. 두고 보느라고 쪼매이 참고 있는 것도 모르고 사람이 어째 그래 심뽀가 못났노 못났 기를!"

"이 사람이 누구보고 못났다 못났다 하노. 야 니가 내 장사 하는 데 보태 준 거 있나. 괜히 남 장사 잘되는 거 배알이 틀리 니까 꼴값을 떨고 야단인가 본데, 그라면 못쓰는 기라."

"이 여편네가 누구보고 하게를 까고 야단이고. 니가 언제 봤다꼬 내보고 하게고. 하기는 남의 터 뺏아 묵는 도둑년이 위아랜들 알까."

양산댁은 뒤넘스레 달려드는 여인이 고까운 나머지 도를 넘어선 막말을 내뱉고야 말았다. 아차 싶었지만 뱉은 말을 주 워 담기에는 이미 늦어 버렸다.

"머? 머라꼬? 도, 도둑년이라꼬? 이 가시나가 말이면 단줄

아나. 내가 와 도둑이고 말해 바라, 내가 니 밥 한 톨이라도 훔치 묵더나. 말해 바라, 말해 바라!"

말쌈으로만 맞서던 찐빵 장수 그 여인은 양산댁이 도둑 운운하자 결정적으로 신경이 건들렸는지, 급기야는 멱살을 붙잡고 육박전을 벌이기 시작했다. 그녀의 느닷없는 공격에 꼼짝없이 걸려든 양산댁은, 체격으로 보아서는 그리 뒤질 위인이 아니었음에도 급작스럽게 당한 공격이고 보니 전혀 맥을 못 추고 여인에게 당하기만 했다. 일이 이 지경까지 이르다 보니 할머니로서는 양산댁의 편을 들 수밖에 없었다. 그도 그럴 것이 양산댁이 찐빵 여인과 싸움질을 시작한 원인은 순전히 우리 집 가게 터 탓이었으니, 설사 양산댁에게 우리 집을 위하는 마음보다 사촌이 땅을 사면 나타난다는 그 배앓이 심보가 더 크게 자리했다손 치더라도, 이유야 어찌 됐건 우리 집을 위해서라는 대의명분만은 부인할 수 없는 노릇이었다. 그런 까닭에 할머니는 일방적으로 당하기만 하는 양산댁에게 힘을 가세할 수밖에 없었을 뿐 아니라, 마음으로도 기실은 그 찐빵 여인이 잔밉고 괘씸했기에 아예 호기회를 만난 사람처럼 서슴없이 덤벼들 수 있었다.

"아이고, 동네 사람들. 나 죽네. 나 좀 살려주!"

할머니가 있는 힘을 다해 찐빵 여인을 떠밀자, 양산댁의 멱을 잡고 흔드느라 정신이 없던 그녀는 싱겁게 땅바닥으로 나가떨어지며 고래고래 소리를 질러 댔다. 그녀가 나가떨어지기가 무섭게 양산댁은 몸으로 그녀를 덮치며, 좀 전에 당한 분풀이를 원 없이 되갚았다. 둘의 싸움이 얼마나 치열했던지 찐빵 화덕 곁에 놓아 둔 밀가루 반죽 통마저 덩달아 쓰러져 나뒹굴 지경이었다. 마침 비 온 뒤끝이라 바닥으로 나자빠진 밀가루 반죽 통 속에서 쏟아져 나온 밀가루는 땅에 닿기가 무섭게 거무죽죽한 황톳물에 야금야금 흡수되었다. 그 덕분에 둘은 밀가루 범벅까지 뒤집어써 몰골이 말이 아니었다. 그러다 분이 풀릴 때까지 찐빵 여인의 머리채를 할퀴어 뜯고 두들기고 하던 양산댁이 먼저 바닥에서 일어나, 행여나 찐빵 여인이 또다시 덤벼들세라 방어 태세를 취하고 그녀를 주시했다. 그런데 뜻밖에도 그 앙칼스럽고 악세던 여인이 일어날 생각도 않고 땅바닥에 그대로 주저앉은 채 갑자기 흑흑 흐느껴 울기 시작했다. 여인이 날카롭게 손톱을 치켜세우고 덤벼들리라 예상했던 할머니와 양산댁은 이 예상 밖의 상황에 어안이 벙벙해졌다. 곱게 머리를 싸맸던 여인의 꽃무늬 두건은 흙투성이가 되어 바닥에 널브러져 있었고, 산발한 채 처량하게 흑흑 흐느껴 우는 여인의 모습은 조금 전에 그렇게 소름끼치도록 포악하게 굴 때와는 달리 너무도 가련하고 애처로워 보였다. 어른들의 이 해괴한 난장판을 멀거니 지켜보고 섰던 내게 할머니는 물수건을 가져오라고 시켰다. 내가 물수건을 준

비하는 동안 할머니는 여전히 퍼질러 앉아 어깨를 들썩이며 옷자락으로 눈물을 찍고 있는 여인을 일으켜 세워 방 안으로 데리고 들어갔다. 그 뒤를 여인의 흙 묻은 두건을 털며 양산 댁이 따랐다. 여인이 내가 가져다준 물수건으로 밀가루 범벅이 된 손과 얼굴을 닦아 내자 할머니는 장롱 속에서 월남치마한 장을 찾아서 꺼내 들고 와 더러워진 그녀의 옷과 바꿔 입혔다. 그런 다음 그녀가 애걸하기도 전에 할머니 쪽에서 먼저 가게 앞자리를 그녀의 장사 터로 인정해 주마고 일러주는 것이었다. 옆에서 이 꼴을 지켜보고 있던 양산댁은, 할머니의 돌연한 방향 전환을 몹시 못마땅해하며, 할머니의 마음을 돌려보려고 애를 썼다. 그러나 조금 전의 싸움판에서 보인 여인의 초라하고 가엾은 울음에 이미 마음이 물러질 대로 물러져버린 할머니는, 오히려 옆에서 채근질하는 양산댁의 곱지 못한 심보를 나무랐다. 나중에 안 일이지만 양산댁이 그렇게 기를 쓰고 그녀를 우리 가게 앞에서 내쫓으려고 했던 것은, 자신이 그곳을 좀 이용해 볼까 하는 의뭉한 심산에서였지 온전히 우리 할머니의 이익을 챙겨 주기 위한 행동만은 아니었다. 아무튼 이렇게 해서 엉뚱하게도 그날의 그 추태에 가까운 한 판 싸움은, 말복네와 우리 가족 사이를 아주 친근하게 만드는 희한한 연결고리가 되고 말았던 것이었다.

그 여인, 그러니까 말복네는 나이 스물에 인쇄소에 다니는 젊은이에게 시집을 갔으나, 불행하게도 스물여덟에 남편을 교통사고로 잃고 과부가 되어 지금까지 세 아이를 혼자서 길러온 처지였다. 그런데 남편이 죽은 지 6년이 지났는데도 그녀의 셋째딸인 막내둥이는 아직 세 살밖에 안 된 갓난쟁이였다. 어쩐지 그녀의 도덕성에 의구심이 드는 이러한 정황인데도, 할머니는 싸움이 터졌던 그날부터 혼자 사는 불쌍한 과부라는 이유로, 그녀를 아예 우리 집 문간방에 들여앉히기에 이르렀다. 그리고 말복네 또한 언제 그랬느냐는 듯이 그날의 그 포악한 모습은 싹 감춘 채 매일같이 비위 좋은 웃음을 지으며 우리 가족들에게 곰살궂게 굴었다. 그녀는 나의 할머니를 어머니, 어머니 하면서 곧잘 따랐을 뿐만 아니라, 집안 대소사에는 언제나 팔을 걷어붙이고 도와주기를 마다하지 않았다. 그리고 물론 내게도 호의를 베푸는 것을 잊지 않고 공짜로 찐빵을 준다거나, 없는 형편임에도 5원짜리 동전을 용돈으로 쥐여 주면서 선심을 쓰곤 했다. 게다가 붙임성 좋은 사교적인 성격을 가진 덕에 그녀는 동네 사람들과도 그런대로 마찰 없이 잘 지냈다. 다만 딱 하나 사람들의 눈살을 찌푸리게 하는 일이 있었다면, 그것은 그녀가 자신의 세 아이들 중에서도 막내딸 말복이를 유달리 미워한다는 사실이었다. 그녀에게 어떤 사연이 있었기에 막내 아이를 기르게 되었는지는 알 수 없었으나, 아직도 젖비린내가 몽클몽클 나는 어린것을 지나치게 학대하는 것을 보면, 모르긴 해도 그녀의 입버릇대로 그 아이는 그녀가 원하지 않은 탄생을 했음이 분명한 듯했다.

언젠가 그날도 그녀가 어린 막내딸을 빗자루 몽둥이로 사정없이 두들겨 패고 있었을 때였다.

"아이고, 이 웬수야. 나가 죽어 삐리라. 머 한다꼬 이 세상에 태어나서 내를 이리 속썩이노. 이 못난 가스나야……."

비록 몽둥이로 마구 두들겨 패기는 했으나 속이 비고 매듭이 헐거운 몽땅 빗자루이고 보니 그것으로 맞아 봐야 먼지만 풀풀 날릴 뿐 그리 아플 것 같지가 않았다. 그러나 어머니의 부드러운 손길을 가장 필요로 하는 세 살배기 아기한테는 매를 든다는 그 시늉 하나만으로도 무시무시한 공포의 행위가 아닐 수 없었다. 아이가 자지러지게 울어 대자 가게를 지키고 있던 인정 많은 할머니는 언제나 그랬듯이 두 모녀의 일에 참견하려고 열일을 제치고 뛰어나왔다.

"야가 와 이라노, 이 어린것을. 이 아가 무슨 죄가 있다꼬 그리 모질게 매질을 하노. 에미가 자식 키우는 기사 당연한 일이지 우째 이리 밤낮으로 아를 괴롭히고 야단이고. 이랄라먼 차라리 아를 고아원에 갖다 주삐리는 게 니 속 펀코, 아는 안 괴롭고 더 안 낫겠나. 만날천날 이기 무슨 짓이고, 동네 우사시럽구로……."

할머니가 가게 앞에 웅크리고 앉아 발발 떠는 어린것을 끌

어안으며 그녀를 막아서면, 그녀는 기다렸다는 듯이 몽둥이
를 바닥에 내팽개치고는 땅바닥에 털썩 주저앉아 흑흑 흐느
껴 울면서 그때부터 자신의 신세 한탄을 주저리주저리 늘어
놓았다.

"아이고, 아이고. 내가 전생에 무신 죄가 이리 많아서 저것
을 낳았는가 모르겠소. 청상에 남편 죽은 것도 억울한데 뒤늦
게 저것까지 낳아서 동네 사람들한테 손가락질 받고, 저것 키
우느라 고생은 고생대로 하고, 쪼깨난 기 고집만 세서 말은
또 우예 그리 안 듣는지……."

그녀가 이런 식으로 소란을 부릴 때마다 사람 좋은 할머니
는 지겹도록 들어왔던 그녀의 푸념을 몇 번이고 들어주고 또
들어주곤 하는 것이었다. 결국 그녀는 자신의 아이를 구박하
는 데에 목적이 있었던 것이 아니라 자신의 불행한 처지를 하
소연할 구실을 찾는 데에 그 목적이 있었던 것이었다. 어머니
의 그러한 어이없는 이기심 때문에 애꿎게도 그 어린것은, 신
세 한탄의 분풀이 대상이 되어, 사소한 투정을 부려도 그것을
빌미로 시도 때도 없이 두들겨 맞고 구박을 받아야 했다. 그
런데 할머니의 배려와는 달리 동네 사람들은 그녀의 그러한
행동에 대해 더러는 냉소적인 반응을 보이곤 했다. 그렇지 않
아도 어린 아이의 뒤늦은 탄생을 의아스럽게 생각했던 호기
심 많은 동네 사람들은 안면 때문에 평소에는 드러내놓고 그

일에 대해 말을 꺼내지 못하다가도, 그녀가 동네가 떠나가라 소란을 부리며 아이를 구박할 때면, 뒤에서 자기네들끼리 저마다 참았던 말을 한 마디씩 던지곤 했다.

"그것 봐라. 밖에서 낳은 자식이니까는 저래 구박을 하지, 안 그러면 머하러 저 야단을 부리겠노!"

동네 사람들의 그러한 반응을 아는지 모르는지, 자신을 손가락질한다는 소문을 어디선가 들을라치면, 그녀는 마치 그 모든 문제의 원인이 아이에게만 있는 듯 어린것을 못살게 구는 것이었다.

이렇듯 어린아이를 학대하는 그녀의 고약한 소행에도 불구하고 할머니는 언제나 그녀를 편들어 주고 위로해 주기도 하며 그런대로 정답게 잘 지내고 있었다. 동네 사람들이 그녀를 향해 따가운 시선을 보낼 때조차도, 할머니가 그녀에게 그렇게 관대할 수 있었던 것은, 비단 그녀가 가난한 여인이기에 느끼는 동정심 때문만은 아니었다. 그보다는 할머니 당신이 말복네와 같이 청상에 과부가 되어, 어린 자식들을 홀로 힘들게 길러온 처지였기에 느끼는 동병상련의 정 때문이었다. 가끔 말복네가 장사판에서 지나치게 욕심을 부리느라 동네 사람들의 눈 밖에 나는 얄미운 짓을 할라치면, 할머니는 꼭 그녀가 남편 없는 과부라는 이유를 들추어내어 실없이 그녀를 두둔하곤 했던 것이다. 그런데 그녀와 우리가 이렇게 오순도

순 정붙이며 살아온 지도 거의 1년이 다 되어갈 때였다. 그때까지만 해도 친척보다 더 가까운 이웃사촌으로 지내고 있었던 그녀와 우리 가족과의 사이에 온 집안이 발칵 뒤집힐 엄청난 사건이 터진 것이었다.

그때 우리 집에는 겨우 약관을 갓 넘긴 삼촌이, 할머니의 든든한 아들이자, 일찍이 부모를 여읜 나와 형의 보호자 노릇을 하면서, 함께 살고 있었다. 물론 말이 보호자였지, 삼촌은 단지 장정이 없는 우리 집안의 상징적인 '남자'로서의 위치를 지키고 있었을 뿐, 그 자신도 고등학교를 졸업한 후 수년간 직업 없이 할머니의 찌들은 돈주머니를 축내며 살다가, 일자리를 얻은 지 겨우 석 달밖에 되지 않은 엉너리 가장이었다. 그런데 그런 삼촌에게 모종의 문제가 있다는 남부끄러운 소문이 떠돌기 시작한 것이었다. 소문을 처음 전해 들은 그날의 정황은 이러하였다.

그 당시 오시계 동네 사람들은 도라지를 받아다가 집집마다 그 껍질을 벗기는 일을 부업으로 삼고 있었다. 우리 집도 물론 동네 사람들이 다 하는 그 부업을 안 할 수 없는 궁핍한 처지였기에, 할머니는 고사리 같은 내 손조차 도라지 까는 일에 동원시켰다. 그리고 뒷집 양산댁 아주머니도 심심하다는 이유로, 자신의 일거리를 우리 집까지 싸들고 와서 일을 하는 바람에 코딱지만 한 우리 가게는 쌓아 놓은 도라지로 빈틈이 없을 지경이었다. 그날도 할머니와 나 그리고 양산댁이 가게 한쪽 구석에 놓아 둔 손님용 탁자 앞에 옹기종기 모여 앉아 열심히 도라지를 까고 있을 때였다.

"동네에 이상한 소문이 돌던데, 들었습니꺼?"

양산댁이 느닷없이 이런 말을 내뱉었다.

"무슨? 무슨 소문이 나돈다는 기고?"

할머니가 의아한 표정으로 되물었다.

"아, 아입니더. 할매 집에서 모르는 일인데 별일일라꼬요."

양산댁은 잠시 머뭇거리며 고민하는 듯하더니 이내 아무것도 아니라는 듯 입을 다물어 버렸다.

"어데, 꾸물거리지 말고 할라던 말이나 깨나 바라!"

양산댁이 말꼬리를 남긴 채 감질나게 입을 다물자, 할머니는 더욱더 궁금해져서 그녀를 다그쳤다. 처음부터 할머니의 호기심을 자극하는 데에 목적이 있었던 듯 양산댁은 할머니가 안달하자, 그제야 만족해하며 슬그미 이야기를 풀어놓았다.

그런데 그녀가 털어놓은 이야기는 딴 세상 얘기가 아니라 뜻밖에도 바로 우리 집에 관한 이야기였다. 그것도 아주 께름칙하고 낯부끄러워 고개를 들고 다닐 수도 없는 불미스럽기 이를 데 없는 그런 소문. 얘긴즉슨 청상과부 말복네와 삼촌이 그렇고 그런 사이라는 풍설風說이었다. 천금같이 귀하게만 여기던 당신의 아들에 대해 해괴한 말이 나돈다는 것을 안 할머니는, 추문을 들은 그날부터 며칠 동안 거의 밤잠도 못 자고 몸을 뒤척이며 근심으로 날밤을 지새웠다. 할머니 본래의 성격 같아서는 그런 일을 당하면 당장에 당사자에게 쫓아가 멱살부터 잡고 볼 일이었으나, 너무도 믿었던 그녀와 사랑하는 아들에 관한 소문인지라, 무턱대고 성질부터 부릴 처지가 아니었다. 그도 그럴 것이 젊은 총각이 있는 집에 과부가 더부살이를 하다 보니, 그것을 껄끄럽게 여기는 말 많은 사람들이 무슨 허튼소리를 지어 냈는지도 분명히 알 수 없는 노릇이었던 까닭이었다. 더욱이 장본인인 삼촌이 그 일을 두고 기겁을 하며 부인하는지라, 할머니는 이러지도 저러지도 못하고 그저 끙끙 앓고만 계실 수밖에 없었다. 설사 삼촌이 그 사실을 시인하는 불상사가 생긴다손 치더라도, 할머니는 어쩌면 당신 자신 쪽에서 오히려 부인하고 싶었는지도 몰랐다. 그만큼이나 할머니는 가련한 청상과부인 말복네를 믿고 싶어 했다. 그 때문에 할머니는 동네가 다 알고 집안이 다 알고 당사자들마저도 다 아는 그 남부끄러운 추문에도 불구하고, 말복네에게는 아무런 내색도 않은 채 예전과 같은 모습으로 태연하게 대해 주었다.

그러나 비록 겉으로는 그녀와 전과 다를 바 없는 인간관계를 유지하고 있었기는 해도, 그 망측한 소문이 가져다준 충격만은 지워지지 못하고 할머니의 가슴 속에 한 마리의 자벌레로 남아, 말복 엄마를 향한 그간의 연민과 애정을 모르는 사이에 조금씩 갉아먹고 있었다. 그 증거로 할머니는 우리 가족끼리 있는 자리에서는 종종 말복네를 두고 객이 주인 돕는 법 없다는 말을 입에 담으며 한숨을 휴우 내리쉬곤 했던 것이었다. 그렇게 내뱉는 그 한숨 속에는 어쩐지 그녀를 이곳 오시계에서 내쫓았으면 하는 모진 마음과 그녀의 불쌍한 처지에 대한 연민이 한데 뒤엉켜 이러지도 저러지도 못하는 할머니의 답답한 심정이 고스란히 배어 있는 듯했다. 그리고 말복네 또한 예전처럼 속을 다 드러내놓고 우리 가족들에게 해해거리는 일은 없어져 버렸다. 어떨 때에는 마치 죄인처럼 기가 팍 죽어 할머니에게 지나치게 굽실거리는 바람에 조금은 안쓰럽기도 했고, 때로는 그러는 모습이 보기 싫기도 했다.

그럭저럭 해서 그 흉흉한 소문이 있은 지도 거의 달포가 지났을 즈음이었다. 그제야 겨우 불쾌한 소문을 떨치고 마음의 안정을 되찾아 가던 할머니에게 또다시 기겁할 사건이 터진 것이었다. 나쁜 소문은 빨리 퍼진다고 했던가. 우리는 모르고 있었지만, 우리가 말복네와 삼촌에 관한 소문을 지우려고 애쓰는 동안에도, 동네 사람들 사이에서는 그 소문이 사그라지지 않고, 오히려 애초보다도 더 심각하게 과장돼 이리저리 퍼져 나가고 있었던 모양이었다. 평소에 할머니에게 발쇠꾼 노릇을 하며 살았던 뒷집 양산댁조차도 이번만은 사태의 심각성을 직시했던지, 우리 집에는 일언반구의 언급도 없이 자신의 수다스런 입을 용하게도 봉하고 있을 정도였다. 그러니 그 소문이 일회적인 풍문에 그칠 것으로만 기대했던 우리 가족들로서는, 동네의 돌아가는 꼴을 전혀 짐작조차 하지 못했던 것이 어찌 보면 당연한 일이기도 했다.

그 심각한 사태의 전말인즉슨 이러했다. 말복네가 처음에 오시계에 나타나 우리 가게 앞에 터를 잡은 것이, 그 당시에는 마치 우연인 것처럼 보였으나, 기실은 오래전부터 우리 집과 말복네 사이에는 교분이 있던 터였는데 그것을 숨기느라 단지 우연을 가장했을 뿐이라는 게 그들의 생각이었다. 그것은 출생의 비밀이 의심스러운 말복네의 막내딸이 바로 우리 삼촌의 아이이기에, 과부를 거부하는 할머니의 반대로 식구가 될 생각은 꿈조차 꿀 수 없는 처지라, 동래 정씨 집안 그늘 아래서라도 살려고 그렇게 기를 쓰고 오시계에 빌붙어 지내는 것이라 했다. 그렇지 않고서야 삼촌에 관한 그 해괴한 소문이 떠돈 지 한 달이나 지났는데도 그녀를 내쫓을 생각조차 안 할 리가 없다는 것이었다. 그 소문이 가당찮은 것임을 잘 알면서도, 동네 사람들로부터 사정을 전해 들은 할머니는 분해서 치를 떨었다. 소문에 시달려 며칠을 고민하고 또 고민하던 할머니는 결국 그녀를 우리 집에서 내쫓기로 결론을 내렸다. 말복네 처지야 불쌍하고 가엾지 않은 것은 아니었으나,

객식구 잘못 들였다가 귀한 자식 혼삿길 막힐까 염려도 되었거니와, 자칫 잘못하다가는 흉한 소문 덕에 아예 집안 망해먹는 게 아닌가 하는 생각 때문에 더더욱 그러했다. 그리고 거기에 덧붙여 그녀를 집에서 내보내기만 하면 나쁜 소문들이 가라앉으리라 기대한 것이 더 큰 이유이기도 했다. 궁핍하기 이를 데 없는 그녀에게 방 얻을 돈조차 없었던 것은 말할 나위도 없었다. 그동안 푼푼이 모았던 돈조차도 아이들 입성이나 먹성에 다 들어간 지 이미 오래였다. 그래서 할머니는 겨우 사글세 얻을 돈을 마련해서 그녀에게 쥐어 주고는 가까스로 그녀를 우리 집에서 내보내게 되었다. 물론 우리에게 그녀를 위해 굳이 사글세 얻을 돈까지 쥐어 주어야 할 의무가 있었던 것은 아니었으나, 할머니는 인정상 도저히 그녀를 맨손으로 내쫓을 수만은 없었다. 그것은 말복네라는 인간 자체에 대한 동정심이라기보다는 앞서 언급한 바와 같이 청상과부에 대한 할머니의 깊은 연민 때문이었다.

우리 가게 터를 떠난 그녀는 오시계의 아무 빈 땅에다가 전을 펴고 여전히 찐빵 장사를 시작했으나, 목이 좋지 않아서인지 얼굴을 아는 몇몇 단골을 제외하고는 손님이 통 들지를 않았다. 겨우 오시계 장이 서는 날에나 돈푼깨나 쥐고 보니 평일 장사가 도통 되지 않는 그녀의 살림살이는 갈수록 힘이 들고 궁핍해졌다. 그리고 보면 그동안 그녀가 우리 가게 앞에서 장사하는 동안 우리 집 단골깨나 빼앗아간 모양이었다. 그녀의 그 궁핍에 비해 우리는 뜻하지 않은 평일의 군것질 손님들로 약간의 웃돈을 더 벌 수 있었던 것이었다. 말복네의 빈궁한 처지를 잘 아는 할머니는 그녀를 내보낸 뒤에 온 그 수확에 대해 그리 달가워하는 눈치는 아니었다. 그보다는 마치 그녀의 궁핍과 고통이 할머니의 죄이기라도 한 듯이 그녀의 그 궁상맞고 가난한 처지를 연민했던 것이었다. 그렇다고 해서 할머니가 그녀를 위해 무엇을 해줄 상황도 아니었기에, 우리는 다만 그녀의 어려운 처지를 먼발치에서 바라만 보고 있을 뿐이었다.

그렇게 해서 표면상으로는 말복네와 우리 집과의 인연이 일단 끝이 난 듯이 보였다. 그러나 그 일단락의 소문은 고작해야 우리가 다음에 겪게 될 대사건의 전주곡에 불과했음을 그때의 우리는 어느 누구도 짐작하지 못했다. 그것은 바로 말복네의 천덕꾸러기 셋째딸 말복이가 맞아 죽었다는 엄청난 소식과 함께 다시 고개를 들기 시작한 소문이었다. 우리 집을 나간 뒤 마음 붙일 곳이 없게 된 그녀는 전에 그랬던 것처럼 자신의 생의 분풀이를 여전히 셋째딸 말복이에게 해대고 있었다. 그녀가 우리 집에 있을 때에는 말복이 구박을 받을 때면 할머니가 언제나 편을 들어주곤 했지만, 이제 바람막이가 없고 보니 그 어린것이 어머니가 하는 대로 내돌려지고 두드려 맞곤 했던 모양이었다. 게다가 사글세를 얻어 나간 뒤로는 우리 집에 있었을 때와는 달리, 그녀가 아이를 구박하고 매질 하는 그런 일들이, 전혀 숨겨짐도 걸러짐도 없이 동네 사람들 에게 낱낱이 알려지고 있었다. 그러다 만날천날 구박만 받던 말복이가 느닷없이 죽자, 동네 사람들은 그녀를 몹쓸 인간 취 급을 하면서 과거에 대한 소문까지도 다시 되돌려 가며 그녀 를 손가락질했다. 그들의 말에 의하면 우리 집에서 쫓겨난 말 복네가 앙심을 품고, 삼촌의 태생인 그 어린것에게 분풀이를 해대는 바람에, 지지리도 구박을 받으며 고생하다 모진 어미 손에 맞아 죽었다는 것이었다. 그런데 사람들의 구구절절한 말들에도 불구하고 말복네의 주장은 그들과 달랐다. 말복이 는 어미에게 맞아 죽은 것이 아니라, 급성 폐렴에 걸려 병원으 로 급히 옮겼으나 그만 살아나지 못하고 죽어 버린 것이라 했 다. 평소 그녀가 아이를 때리는 꼴을 보아 온 할머니는 말복 네가 아이를 모질게 구박하기는 하나 맞아 죽을 정도로 심하 게 매질을 하지 않는다는 것을 너무나 잘 알고 있었다. 아무 리 생각해 보아도 먼지 펄펄 날리는 속 빈 수수깡 같은 빗자루 에 아이가 맞아 죽었다는 것은 상식적으로 이해가 안 되는 일 이기도 했다. 그래서 할머니는 아이가 죽었다는 부고를 듣자 마자 그녀의 집으로 득달같이 달려갔다. 그리고는 말복네를 힐난하다 못해 심지어는 그녀를 이 동네에서 내쫓기를 주장하는 동네 사람들을 나무라며 그녀의 무고함을 변론했다.

"이 사람들이 어째 그리 무서븐 생각을 다 하노. 세상이 아무리 디집어지도 부모가 일부로 자식을 때리 직이는 일이 어데 있을 수 있는 일이겠나. 말복네 하고는 내가 같이 지내 봐서 아는데 아를 패 직일 위인이 못 되는 기라."

그러나 소문 즐기는 동네 사람들에게는 물론 아이가 병으로 죽었건 맞아 죽었건 그런 것은 별로 중요하지가 않았다. 단지 그녀에게 구박을 받던 한 아이가 죽었다는 사실만으로도 충분히 트집거리가 되었던 것이었다. 게다가 그녀의 역성을 드는 할머니마저도 소문의 주인공이고 보니, 이런 상황에서 할머니가 말복네의 편을 드는 것은 오히려 그녀의 유죄를 증명하는 셈이었을 뿐 아니라, 그동안 말복이가 정씨 집안의 핏줄이라고 믿고 있던 동네 사람들의 심중을 확실하게 굳히는 꼴이 되고야 만 것이었다.

그렇게 동네가 시끄럽던 어느 날 발쇠꾼 양산댁이 엉뚱한 사건을 빌미로 드디어 소문으로만 떠돌던 그 무시무시하고 소름끼치는 추문을 할머니 앞에서 폭로하고야 말았다. 말복네가 우리 집을 나간 뒤로 양산댁은 줄곧 말복네 대신 우리 가게 앞에서 장사를 할 수 있게 해 달라고 조르곤 했었다. 그 때문에 그녀는 비싼 녹두전을 부쳐 오랴, 때로는 재첩국을 끓여다 나르랴 하면서 할머니의 선심을 사기에 열을 올렸다.

그러나 말복네로 인해 호되게 데인 적이 있는 할머니는 가게 앞터를 어느 누구에게도 내어 주고 싶은 생각이 없었다. 그러니 양산댁이 제아무리 아첨을 해댄들 할머니에게 씨가 먹혀들 리가 없었다. 그렇게 기를 쓰며 아첨을 해대던 양산댁도 할머니의 그 군건한 거부에 질려 버렸는지 결국에는 우리 집 가게 터를 분양받을 생각은 포기하고야 말았다. 그녀는 우리 집에 들였던 그간의 공이 아까웠던지 나중에는 눈에 보이게 불만을 표시하며, 길을 지나칠 때에도 공연히 우리 가게 쪽을 향해 눈을 흘기곤 했다. 또 한 번의 냉정한 거절을 당한 어느 날 그녀는 드디어 할머니를 향해 구체적인 보복의 칼을 들이댔다.

"그런 못된 가스나는 이 동네에서 내쫓아 뿌야 되는 기라요. 그란데도 할매가 자꾸 불쌍하다꼬 못하라 하이 까는 동네 사람들이 머라 하는 줄 아요? 할매 보고 말복네 시어마시라 하요. 말복이가 할매집 핏줄이이까는 할매가 그래 역성을 드는 기지, 안 그라면 머하로 더러븐 소문까지 들어가면서 그 여자한테 그래 잘해 주는 기요!"

그녀는 말복네의 험구에 중점을 두었다기보다는 오히려 할머니가 말복네에게 가지는 그 편애에 가까운 연민에 대해 더 불만인 듯 열이 나서 할머니에게 성깔을 부렸다. 그녀가 입에 담은 그 소문이 여기저기서 나돈 것이야 이미 오래된 일이라 두려울 것이 없었으나, 그것이 뜬소문의 자리에서 살아나 명백한 현실로써 할머니의 면전에 내리꽂히자 할머니는 숨이 턱 막히는 충격을 느꼈다. 더욱이 그런 모진 말을 내뱉은 당사자가 바로 앞뒷집에 살면서 매일같이 친분을 나누어 오던 처지이고 보니 그 충격은 더더욱 컸던 것이었다.

"아, 이 여편네가 머, 머라꼬? 니 그기 지금 말이라꼬 내뱉는 기가. 그 아가 누구 자식이라꼬? 니가 머를 안다꼬 아무 말이나 내뱉고 있노. 어이구, 억이 막히고 기가 막혀서 말도 안 나온다. 이 천하에 못된 것들아. 느그가 그래 잘나서 남의 말을 그리 함부로 쏟아붓고 다니나……."

그날 분노로 치를 떨던 할머니는 그 말 많은 양산댁과 인정사정없이 할퀴고 물어뜯으며 대판 싸움을 벌이는 바람에, 온몸이 만신창이가 되어 집으로 돌아왔다. 그야말로 자신의 이익 앞에서는 인정도 체면도 무시하는 한 인간의 치졸한 배반심리를 톡톡히 맛본 꼴이었다. 그 일을 겪은 할머니는 비로소 또 하나의 중대한 결단을 내리기에 이르렀다.

그동안 동네 사람들은 말복네가 소문이 좋지 않다는 빌미로 그녀를 몇 차례나 동네에서 추방하려 했었다. 그러나 그때마다 소문의 피해자인 할머니가 오히려 반대하고 나서는 바람에 그 일이 흐지부지 되고 만 것이었는데, 그녀가 자신의 아이를 무자비하게 때려 죽였다는 소문이 나돈 이후에는 그

너를 내쫓아야 한다는 여론이 더욱더 강력하게 고개를 들고 일어났던 것이었다. 아이의 죽음 이후에도 할머니는 물론 그녀를 동네에서 내쫓는 것만은 반대했었다. 그녀 능력으로 어디 다른 곳에 가서 다시 자리를 잡는다는 것이 예삿일이 아니기도 했거니와, 그렇게까지 매정하게 내쫓기에는 말복네보다 그녀 아이들의 처지가 너무 불쌍하고 한심했기 때문이었다. 그러나 뜬소문이 살아서 꿈틀대는 현실을 겪자, 할머니도 더는 그녀의 처지만을 생각할 수 없는 노릇이었다. 더욱이 그 일을 겪고 난 후로는 할머니 자신조차도 혹시 그 소문이 사실이 아닌가 하는 의구심에 시달리기까지 했다. 물론 말복이가 우리 식구라는 소문이야 말도 안 되는 엉터리였지만, 적어도 삼촌과 그녀 사이에 동네 사람들의 의심을 받을 만한 무슨 일이 있었을는지도 모른다는 생각이 할머니를 자꾸 괴롭히는 것이었다. 그런 의구심이 발동하기 시작하자 할머니는 하루 빨리 그 소문을 잠재우지 않으면 안 되겠다는 생각을 하기에 이르렀다. 그리고 그 소문을 잠재우는 방법으로 그녀를 오시계에서 되도록이면 빨리 내쫓아야 한다는 결론을 얻어 내게 되었다. 그렇게 해서 할머니는 오히려 동네 사람들보다도 더 적극적으로 그녀를 오시계에서 내쫓으려는 부류의 일원이 되고야 만 것이었다. 좀 모질기는 했으나, 할머니도 그렇게 밖에는 달리 방도를 찾을 길이 없었다. 말복네가 살려고 머무르려 했듯이, 마찬가지로 할머니는 살려고 그녀를 버리고 가족들의 삶의 자리를 지키려 했다. 그렇게 해서 할머니는 날을 잡아 그녀를 우리 집에 불러다 놓고 애원하다시피 하여 그녀 스스로가 알아서 떠나도록 강권하게 되었다. 다른 사람들이 그토록 떠나 주기를 바라도 눈썹 하나 까딱 않던 말복네였지만, 할머니조차 그녀를 저버리자, 그녀는 순순히 그곳을 떠나마 했다.

그녀가 그렇게 떠날 결심을 비춘 지 이틀째 되는 날이었다. 그날 나는 오시계의 뒷산인 대포산 아래에서 동네 아이들과 놀고 있었는데, 그녀가 마침 놀고 있는 내 쪽을 향해 아는 체를 하며 걸어오고 있었다. 평소에 늘 싸매고 있던 꽃무늬 두건을 벗은 그녀의 검고 아름다운 머리는 단정하게 빗질을 해 어깨넘이까지 늘어져 있었다. 그래서인지 늘 아줌마로만 생각했던 그녀의 자태는 아가씨처럼 곱고 젊어 보였다. 어디를 그렇게 차려입고 가는지, 그녀의 손에는 노란 나일론 보자기로 꼼꼼하게 싼 보따리가 얌전하게 들려져 있었고, 그녀의 아이들은 집에 두고 왔는지 동행하지 않았다.

"종열아, 니 여서 머하노?"

"그냥 놀고 있지예!"

나는 느닷없는 그녀의 출현에 놀라 빤히 그녀를 처다보았다. 아니 사실 평소와는 너무나 달라 보이는 그녀의 아름다운 모습에 놀라 눈을 뗄 수가 없었다.

"그란데 아줌마는 어데 가는데요?"

나는 그녀를 뚫어지라 넋 나가게 처다보던 자신이 문득 부끄러워져서 딴청을 부리듯 얼른 말을 이었다.

"대포산에."

"머 하러요?"

"웅, 얼라들 아부지가 거게 있거든."

"그래요? 그라먼 안녕히 다녀오세요."

내가 싱겁게 말을 끝맺고 인사를 꾸뻑 하고 돌아서자, 그녀는 가려는 나를 느닷없이 붙들었다.

"야, 종열아. 니 내하고 같이 안 갈래?"

"예?"

나는 갑작스런 그녀의 제안이 의아하게 느껴졌기는 했으나 아무 말 않고 그녀의 손을 잡고 덩달아 그녀의 남편이라는 사람의 무덤을 향해 동행했다. 자신의 아이들은 산길을 오르기엔 너무 어리고 번거로워서 그냥 집에 두고 온 듯했다.

빽빽한 밤나무 숲 사이로 난 오솔길에는, 저절로 떨어진 알밤들이 땅바닥에서 입을 쩍 벌린 채 반짝거리는 제 속을 부끄럼 없이 내보이고 있었다. 길을 가는 내내 알밤을 줍느라 발길을 더디게 했음에도 그녀는 짜증을 내거나 재촉하는 기색 없이 웃으며 나를 기다려 주곤 했다. 오솔길을 지나 산 중턱에 오르니, 멀리서 무덤자리가 훤하니 바라보이기 시작했다. 그 무덤자리는 뒤로는 무성한 나무들로 병풍을 치고, 앞으로는 동네가 다 보이도록 탁 트여 있어 마치 산의 가장 아늑한 부분을 혼자서 독차지하고 있는 듯했다. 그녀는 그 아늑한 명당을 차지한 몇몇 무덤 중에서 그녀 남편의 무덤을 찾아 꿇어앉았다. 그리고는 그 앞에다 미리 싸들고 온 제수들을 늘어놓았다. 그녀는 물건을 쌌던 노란 보자기를 정갈하게 깔아 놓고, 그 위에 사과와 배의 밑동을 깎아 얹어 망자의 묘제상을 차렸다. 소주병을 따서 무덤에 바치고 난 그녀는 성묘가 끝나자마자, 남은 소주를 혼자 따라 마시기 시작했다. 나는 그녀가 얼근하게 취해서 인사불성이 될 때까지 혼자서 무덤 근처를 배회하며 놀거나, 아니면 그녀가 깎아 주는 과일들을 먹으면서 시간을 보내었다. 그렇게 얼결에 따라나섰던 나는 어스름이 어둑어둑 몰려올 즈음에야 비로소 비틀거리는 그녀를 부축하며 집으로 돌아올 수가 있었다. 술에 쩐 그녀를 어깨에 부축한 채 끙끙거리며 돌아오는 길에도, 나는 어쩐지 그녀의 술 냄새가 더럽다거나 또는 그 휘청거림이 한심하다거나 하는 느낌은 들지가 않았다. 오히려 그동안 그녀에 대해 별로 개인적인 감정 상태를 견주어 볼 생각도 의미도 가지지 못했던 내게, 아니 솔직히 말해서 오히려 그 지리멸렬한 소문 때문에 약간의 경멸감마저 품고 있었던 내게, 그날의 그 동행은 그녀에 대한 야릇한 친밀감마저 느끼게 했다. 그리고 무덤가에 앉아서 청승을 떠는 그녀의 모습을 확인하고 나서야, 비로소 나의 어린 마음에도, 그녀가 여염집 여자와는 다른 고충을 떠안은 서글픈 과부라는 사실이, 조금은 아프게 느껴지는 것이었다.

다음날 아침 내가 학교에 갔다가 집으로 돌아오니, 우리 가게 앞에는 엉뚱하게도 말복네의 찐빵 살림, 다시 말해 드럼통 화덕과 무쇠 가마솥, 그리고 밀가루 반죽통 따위가 놓여 있었다. 나는 혹시 말복네가 동네 사람들의 용서를 받아 다시 우리 집 앞에서 장사를 시작하게 된 것이 아닌가 하고 공연히 들떠서 얼른 가게 안으로 뛰어들어갔다. 평소에 그녀가 내게 썩 잘해 준 편이기는 했으나, 그래도 내 쪽에서는 늘 마음을 환하게 열어 보이지 못한 편이었기에, 나와 그녀와의 사이가 그리 돈독한 편이라고 볼 수는 없었지만, 전날 겪었던 그녀에 대한 야릇한 연민 때문이었는지, 나는 그 순간 이상하게도 그녀의 흔적이 반갑고 기쁘게만 느껴졌다. 그러나 나의 그러한 지레짐작은 단순한 착각에 불과했다. 가게 안으로 들어가니 할머니는 힘없이 손님용 탁자 위에 홀로 앉아 청승맞게 안주도 없는 강소주를 홀짝홀짝 마시고 있었다.

"할매, 말복이 엄마 또 우리 집에서 장사하나?"

나는 부리나케 뛰어들어오느라 가빠진 숨을 몰아쉬며 할머니에게 물었다.

"아니."

할머니는 맥이 탁 풀린 힘없는 목소리로 간단하게 내게 대답했다.

"그란데 밖에 아줌마네 찐빵 기구들이 있던데……."

나는 공연히 설렁줄을 건드리며 미련이 남는 말투로 물었다.

"야야, 정신 시끄럽구로 줄방울은 와 자꾸 건드리노!"

할머니는 자신의 슬픈 감정을 외면하려는 듯 일부러 과장되이 언성을 높이며 나를 나무랐다. 나는 머쓱해져서 잡고 있던 설렁줄을 놓아 버렸다. 내 손에서 튕겨 나간 설렁줄이 재잘재잘 방울 소리를 내다 잦아들자 할머니는 한숨을 쉬듯 말을 이었다.

"말복네는 벌써 떠났고, 그 물건들은 아줌마가 쓸모없다고 우리 주고 떠난 기다. 말이사 이다음에 오게 되면 찾아간다고 했지마는 그기 어데 가능한 일이겠나. 마 인사치레로 해보는 소리지……."

그녀가 이미 떠났다는 것을 확인하고 나니 나도 모르게 어쩐지 원인 모를 슬픔 같은 것이 가슴 한쪽 구석에서 올공올공 부벼 왔다.

"있을 때는 그리 속이 상하드마는 막상 가고 보이 와 이리 섭섭한가 모르겠다……."

할머니의 푸념 같은 마지막 소리를 들으면서 나는 고개를 돌려 마당 안으로 후딱 뛰어들어갔다. 할머니의 그 푸념을 조금만 더 들었다가는 내 눈에서 눈물이 터져 나올 것만 같았기 때문이었다. 그날 이후 며칠이 지나도록 치워지지 않은 말복네의 가마솥은 가게 앞을 오갈 때마다 까닭 없이 나를 쓸쓸하게 만들곤 했다. 그리고 그 가마솥이 치워지고 얼마 되지 않아 나는 곧 말복네라는 한 여인이 오시계에 살다가 갔다는 사실조차도 서서히 잊어가고 있었다. 그리고 물론 동네 사람들도…….